十宗罪

中国十大恐怖凶杀案

蜘蛛◎著

湖南文艺出版社

HUNAN LITERATURE AND ART PUBLISHING HOUSE

图书在版编目（CIP）数据

十宗罪 / 蜘蛛著 .—长沙：湖南文艺出版社，2011.1
ISBN 978-7-5404-4676-5

Ⅰ. ①十… Ⅱ. ①蜘… Ⅲ. ①长篇小说–中国–当代
Ⅳ. ① I247.5

中国版本图书馆 CIP 数据核字（2010）第 228489 号

上架建议：文学·悬疑恐怖

十宗罪

作　　者：蜘　蛛
出 版 人：刘清华
责任编辑：邓映如
策划编辑：柳　易
营销支持：布　狄
版式设计：利　锐
封面设计：荆棘设计·张　雪
出版发行：湖南文艺出版社
　　　　　（长沙市雨花区东二环一段 508 号　邮编：410014）
网　　址：www.hnwy.net
印　　刷：北京鹏润伟业印刷有限公司
经　　销：新华书店
开　　本：787×1092　1/16
字　　数：250 千字
印　　张：18.5
版　　次：2010 年 12 月第 1 版
印　　次：2015 年 4 月第 10 次印刷
书　　号：ISBN 978-7-5404-4676-5
定　　价：26.00 元
（若有质量问题，请致电质量监督电话：010-84409925）

前　言

　　这本书写了一些什么样的人呢？

　　写的是：警察、强奸杀人犯、毁容者、恋物癖、异装癖、非主流少年、碎尸凶手、流浪汉、卖肾的人、变态杀手、色狼、乞丐、精神病患者、一天到晚跪在街头的人……

　　从上帝的角度来说，这些人也是我们的兄弟、姐妹、父母、夫妻、儿女。

　　我要将他们拢入怀中，如同簇拥的仙人球收拢花苞，然后将手中的黑暗呈现在世人面前。

　　我使用血迹斑斑的语言和锈迹斑斑的文字，从被人遗忘的天天踩着的铺路石下汲取营养，来完成这部将在地狱和天堂同时畅销的书。

　　对于黑暗的探索，我从未放弃。为了学习飞翔，我拜鱼为师。我写作的时候，头顶没有太阳，所以我坐在黑暗之中，点燃了自己。借着这点卑微之光，走进地狱深处。正如我在《罪全书》的序言里所说的那样：尝尝天堂里的苹果有什么了不起，我要尝尝地狱里的苹果。黑暗里有黑色的火焰，只有目光敏锐的人才可以捕捉到。有时我们的眼睛可以看见宇宙，却看不见社会底层最悲惨的世界。

　　多少个无眠的夜晚，一个巨人，站在街头，牵着木马，等待开花。

　　我写作，我就是上帝，我赦免一切人，一切罪。

　　本书根据真实案件改编而成，涉案地名人名均为化名。十个恐怖变态的凶杀案，就发生在我们身边，每一个都是曾被媒体严密封锁、当局讳莫如深的奇案大案。出于善意的提醒，胆小者勿看，未成年者勿看，心脏病患者勿看——这绝不是危言耸听！

目 录

十宗罪

肢体雪人

人不能两次踏入同一条河流，因为无论是这条河还是这个人都已经不同。

——赫拉克利特

200×年1月19日，下雪了。

东北三省遭遇几十年不遇的大雪，天空中落下的雪花如同撕碎的纸片那么大。一所大学的保洁女工拂晓时分起来扫雪，看到女生宿舍楼下多了一个雪人，保洁员以为这雪人是学生们堆的，也不以为意。等到天色大亮以后，她才发现这个雪人的五官十分奇怪，壮着胆子拂去面部积雪，仔细一看，几乎吓得魂飞魄散，原来这雪人的头就是人的头颅！

保洁女工吓得惊叫起来，她立即跑去通知校卫队，一路上摔了无数跟头。学校保卫处治安科长立即起床，披着一件大衣赶到现场，随即通知了警察。

警方经过勘察发现，雪人的四肢也是用活人肢体做成的，初

步判定，这是一起极度凶残、变态的恶性凶杀案件。法医的鉴定结果显示，这个雪人至少是由五名被害者的肢体和头颅拼凑而成，该案件的恶劣程度可以说是世所罕见！

消息传出，全校师生极度震惊，恐慌情绪弥漫校园。

一个女生反映：案发之前的午夜，她听到隔壁宿舍里有人爬动与拖东西的声音，后来她迷迷糊糊地睡着了，做了一个噩梦，梦到隔壁宿舍一个女生被杀害，那女生双腿被砍掉，正拖着自己半截身子在走廊里爬，她拿着自己的一条腿，想要爬回自己的房间……

中国特案组到来之后，梁教授告诉该女生："你做的不是梦，你是真的出现在了凶杀现场。"

女生恐惧地说："啊，我怎么不知道？"

特案组梁教授说了一句让她感到毛骨悚然的话："你不知道你有梦游的习惯吗？"

◎第一章　特案小组

案发当晚，当地警方将肢体雪人案汇报给中国最高公安部门，公安部将此案上升为"一号特殊大案"，副部长白景玉亲自召开案情发布会，会议决定成立特案组，从全国公安系统一百八十万警察中挑选四位出类拔萃者，四个警察担任特案组专案指挥，公安各部门无条件配合，限期破案。会议反复研究，制定了工作原则，对于特案组长的人选，大家纷纷提议，但始终没有确定下来，副部长白景玉沉思良久，说道："我倒是想起一个人。"

刑侦局局长说："让他来报到就是。"

白景玉说："这个人，非同小可，我必须得亲自开车去接才行。"

所有的人都在会议室原地待命，白景玉只带着一个女助理，匆匆忙忙地离开了，一小时后，接回来一名老者，六十多岁，坐着轮椅，头发全白了，但

肢体雪人

看上去非常精神，目光炯炯有神。

刑侦局长站起来敬了个礼，恭恭敬敬喊了一声老师。

国际刑警组织中国事务处处长走过去弯下腰握住老者的手说："梁教授，您什么时候回国的啊？"

会议室里的一些人纷纷交头接耳，窃窃私语，打听这个坐着轮椅的梁教授是谁。

白景玉的女助理在旁边介绍道："这位是国际著名刑侦专家，梁书夜，梁教授，曾任国际刑警组织中国事务处首席顾问，美国FBI犯罪行为特邀分析专家，先后在美国各州与全球十七个国家参与调查三千多起重大案件，世界多所大学的荣誉教授，目前刚刚退休，回国安度晚年。"

特案组成员将从全国一百八十万警员中挑选，与会人士纷纷推荐，都是警界闻名的精兵强将。

散会之后，会议室只剩下三个人，白景玉，女助理，梁教授。

女助理打开了电脑，上面显示着全国各省市优秀警察的一些资料，还有会议上提名的警界精英，让梁教授从中挑选特案组成员。梁教授仔细地打量着女助理，虽是冬天，但室内温暖如春，女助理只穿着一身OL制服，一款素雅的丝巾系在颈间，怀里抱着一摞文件，秀发束起，扎着个马尾，黑色丝袜包裹着风情万种的双腿，明眸皓齿，笑容可掬。

梁教授笑呵呵地问道："这里面可有你的资料？"

女助理愣了一下，笑着回答："没有。"

梁教授说："那我要你加入特案组！"

女助理瞪大眼睛，问道："为什么挑选我？"

梁教授回答："很简单，能做副部长的助理，岂是等闲之辈？"

白景玉介绍了女助理，她叫苏眉，从中学起就一直自学计算机编程，懂得五门外语，国际互联网安全协会副会长，美国五角大楼在追踪全球十大黑客时发现了她，并且发现她秘密创建的一个黑客联盟组织，成员不多，但来自世

界各地，她手下的每一名黑客都足以成为信息战的统帅。

梁教授说："仅仅是这些恶作剧吗，她还干过什么？"

白景玉说："抱歉，官方未解密的事情，我无权泄露。不过，小眉是这个星球上少数几个掌握网络虫洞的黑客高手之一。美国五角大楼曾和她的黑客联盟进行过网络对战，最终以五角大楼完败而结束。"

梁教授说："然后，你们逮捕了她？"

白景玉说："确切地说，我们聘用了她，经过数年的考核，她现在是一名警察。"

梁教授点燃烟斗，抽了一口烟说道："喂，丫头，为何当警察？"

苏眉回答："因为其他部门不敢要我了。"

特案组成员，还差两位，梁教授并未从电脑上挑选，那些多次获得表彰和奖励的优秀警察看来不在他的挑选范围。梁教授说出了两个名字：画龙和包斩。

白景玉皱着眉头，用一种为难的语气说："能不能换一个，这个画龙我倒是认识，不过——他现在还被关押在拘留所里！"

梁教授说："你可以保释他，取保候审，让他戴罪立功。"

苏眉开始念："画龙，武警教官，全国武术冠军，国际警察自由搏击大赛第一名，三亚散打王，1995年'泰王杯'六十公斤级金腰带获得者，1997年私自去日本参加K—1国际格斗大赛，被勒令回国，未取得名次。多次违反纪律，非法使用警械，刑讯逼供，上班喝酒，下班赌博，生活作风不检点……呃，这个人，简直是劣迹斑斑。"

白景玉问道："另一个，包斩，从来都没有听说过此人，他是武警吗？"

梁教授说："不是。"

白景玉问道："他是特警吗？"

梁教授摇摇头。

白景玉又问道："那他总得是个刑警吧？"

梁教授说："也不是！"

肢体雪人

白景玉下令："天亮之前用直升机把这两个人带来。"

一夜过去了，梁教授特意挑选了一个圆桌会议室接待这两个人。圆桌会议的意思就是不分职位大小，没有尊卑区别，大家一律平等对话。

画龙先到，他站在圆桌会议室里，叼着根烟怏怏不乐地说："老大，我想回拘留所。"

白景玉笑着说："画龙，好久不见，一切都好吧，找你来就是有事情，为啥这么消极啊？"

画龙说："上次，你要找几个卧底，我和他们站在一起，后来，他们都倒下了，再也站不起来了，我想多活几天。"

白景玉问道："这次，为啥进拘留所？"

苏眉将一份材料递给梁教授，上面写着画龙打架斗殴涉嫌故意伤害的刑事案卷。

画龙说："把警队领导给揍了。"

白景玉说："打架斗殴，严重了就是故意伤害，再严重的话，就是过失杀人，这是你要走的路吗，还是加入特案组？"

白景玉介绍说："特案组由公安最高部门成立，对全国各地警局拥有指挥权、调度权。特案组成员是万里挑一的超级警察，这是任何一个警察都梦寐以求的荣耀。特案组负责对全国各地的特大罪案进行侦破，各地警局无条件全力协助特案组破案。程序是当地警局申请介入，将案卷汇报之后，我们来决定……"

画龙打断白景玉的介绍，说道："好嘛，这个全力协助是什么意思？"

白景玉郑重地说："当地所有的警察都要服从你们的指挥，听从你们的调遣。如果有必要的话，你可以让当地公安局长给你擦枪，他必须无条件服从！"

画龙的眼睛一亮："老大，我加入，就是说，他们请特案组去帮忙，咱们都不一定会去。"

白景玉说："是的，好钢用在刀刃上，特案组所接手的都是特大凶杀

案、特殊性案件，每一件都是惊天动地的案子。"

画龙说："那些警察会不会不听我们的，他们不配合，就很难办案。例如我这样的……"

白景玉说："这点你可以放心，他们呈送上来的每一宗案卷如果不能侦破，都有可能让当地警方负责人引咎辞职。当地的公安局长会把你们看成救星，当地的警察会列队欢迎你们的到来，所有的经费也由他们负责，我所能做的，就是派出最优秀的警察，而不是把笨蛋丢给他们。"

白景玉说："你们接手的第一个案子，你们的表现将写进评估报告。"

画龙说："什么意思？"

白景玉说："成立特案组，我受到了前所未有的压力，希望特案组不要让我失望，不要辜负我的信任。如果第一个案子不能侦破，特案组将面临解散。"

梁教授说："这是命令吗？"

白景玉说："不，这是请求。"

梁教授说："如果第一个案子侦破了呢？"

白景玉说："还有下一个。"

梁教授叹了口气，说道："我上你的当了啊。"

白景玉哈哈大笑起来！

大家对于最后一个特案组成员特别感兴趣，这个人既不是特警也不是武警甚至不是刑警。苏眉从电脑中调出了包斩的档案，看上去资历平平，没有任何可圈可点之处。从档案上看，这个人的智商似乎有问题，他的小学上了7年，高中读了5年，刚刚从警校侦查系毕业，现在乡派出所实习，目前连个正式的民警都不算。

画龙说："哦，竟然找了个比我还笨的笨蛋？"

苏眉反驳道："也许是天才呢，很多天才都是大智若愚！"

梁教授简单介绍了一下，包斩是个孤儿，父母双亡，是包家村村民共同抚养长大，从小学时就半工半读，做过饭馆学徒、电焊工人、摆过书摊，卖过

肢体雪人

菜，送过报纸，一直勤工俭学到警校毕业。在警校时，包斩和梁教授一直保持书信往来。根据族谱，包斩是包拯的直系后裔。

画龙说："这也没什么了不起的，包公后裔估计有几万人，每年都会在安徽举行访古祭祀大典活动。"

梁教授说："我能选中他，说明他肯定不是平庸之辈。"

白景玉说："我倒想看看，包拯的后人有什么非凡之处。"

这时，门开了，一个人走了进来。

一个民工打扮的人进来了，皮肤黝黑，阔脸，鼻子非常大，脚上穿着一双解放鞋。

苏眉正想问他找谁，只见那人端端正正地敬了个礼，说道："山东省嘉祥县包家铺子乡派出所实习民警包斩报到！"

白景玉上前问道："刚刚警校毕业，还在实习阶段，就被选进特案组，有什么感想？"

包斩将手放下，立正姿势，朗声说道——

"国旗在上，警察的一言一行，决不玷污金色的盾牌。

"宪法在上，警察的一思一念，决不触犯法律的尊严。

"人民在上，警察的一生一世，决不辜负人民的期望。

"我面对中华人民共和国国旗和国徽宣誓：

"为了国家的昌盛，为了人民的安宁，中国警察，与各种犯罪活动进行永无休止的斗争，直至流尽最后一滴血。为了神圣的使命，为了牺牲的战友……我能做一名警察，我能站在这里，是我一生的荣耀！"

这段话让人热血沸腾，白景玉还了个礼，说道："欢迎加入特案组。"

画龙说道："一个刚出道的小警察。"画龙的语气带有戏谑的成分。

梁教授对包斩说："看来，你要给他们露一手。"

梁教授让包斩闭上眼睛，转过身，背对着大家，他从上衣口袋里拿出一支钢笔，竖在空中，问道："这是什么？"

包斩闭着眼睛，不假思索地答道："一支派克旋帽钢笔！"

画龙感到有点难以置信，拿出一盒香烟，举起来说："这个呢？"

包斩回答："中华牌香烟，还剩半盒。"

苏眉怀疑包斩作弊，也许能从房间里的反光处偷看到背后的物体，她解开脖子上的丝巾，蒙上包斩的眼睛，系在脑后。苏眉举起手，手中什么东西都没有拿，她问道："我手里是什么？"

包斩沉默了一会，说道："什么都没有，只有……香水的味道。"

大家恍然大悟，原来包斩有着异于常人的嗅觉，法国高级香水师可以用鼻子分辨出几千种花卉的味道，这也不足为奇，令人疑惑不解的是包斩何以知道钢笔和香烟的牌子。包斩告诉大家："钢笔的牌子，梁教授曾经在信中谈到过，判断出香烟是中华牌是因为包斩进入房间的时候……画龙正叼着根中华牌香烟。"

特案组成立了，没有任何仪式，没有闪光灯和记者，然而这却是中国警方具有历史意义的一天！

四位成员，各怀绝技。

梁书夜教授，经验丰富，思维缜密，善于发现和推理。

包斩，有着异于常人的侦查能力。

画龙，武警教官，格斗能力非常强，

苏眉，黑客高手，可以提供信息技术帮助。

◎第二章　九号鬼舍

案发当地雪灾严重，机场关闭，火车站滞留有数万旅客，城市交通陷入

肢体雪人

瘫痪状态。

特案组先乘飞机抵达省城，再坐火车到达邻市，然而，两个城市间的高速公路已经关闭，邻市警方动用直升机冒着大雪将特案组四人送至案发学校。

直升机落在大学门前的空地上，飞机的轰鸣声引来了全校师生。

大雪依然在下，全校师生列队欢迎特案组的到来，他们站在校园道路两旁，没有人鼓掌，没有人说话，只是默默地看着特案组四人。苏眉推着轮椅上的梁教授，画龙和包斩跟在后面，他们感到肩上的担子非常沉重。

梁教授轻声说道："这个案子要是破不了，咱们可没脸回去，也没脸面对这些学生。"

包斩说道："至少有一件事对咱们很有利，因为雪灾，凶手暂时无法离开这个城市。"

道路的尽头，站着迎接的是市委市政府的领导、教育局长，以及学校校长。特案组没有到来之前，他们已经成立了专案组，副市长兼任本市的公安局长，所以副市长任专案总指挥，由此可见他们对此案的高度重视。

副市长迎上去与特案组一一握手，出于东北人的豪爽性格，副市长看梁教授衣着单薄，就脱下自己的大衣给梁教授披上，一连声地说辛苦。各方领导也上前嘘寒问暖，表示对特案组一直翘首以盼，因为大雪阻断交通未能远迎，还请多多包涵。

教学楼会议室内，简单的寒暄过后，梁教授说："根据我以往办案的经验，领导越少，效率越高，所以我建议除副市长之外，各级领导都撤出校园，由特案组接管此案，副市长负责执行和调度各级警力。"

副市长说："我已经在全市干警以及学校师生面前立下军令状，不破此案，我不再兼任公安局长职务，脱下这身穿了大半辈子的警服。"

校长介绍说："学校里有五名女生被杀害，四名女生都是一个寝室的，其中一个是省领导的女儿，还有一位身份不明，正在调查。目前学校已经放寒假，但发生此案后，校方要求全校师生不许离校，等待接受调查。因为临近春节，学生们群情激奋，不能老是不许学生们回家，所以时间非常紧迫，破案压

力非常大。"

梁教授说:"我们先去案发现场看看!"

案发的女生宿舍是一幢阴森森的陈旧大楼,住的都是大一新生,楼里没有监控,没有安装报警系统。309女生寝室位于三楼走廊的尽头,隔壁是308寝室,对面就是厕所和水房。

309女生寝室的四名女孩在寝室里被全部杀害,凶杀现场非常血腥,惨不忍睹。走廊里有大量血迹,一名受害人曾经爬出寝室呼救,不知为何又爬回自己寝室。两名女孩分别被砍下了一双腿和一双胳膊,另外两名女孩分别少了一条胳膊和一条腿,头部均有钝器致命伤。凶手在寝室里将其杀害之后,在宿舍楼下将她们的肢体拼凑成了一个雪人,警方赶到的时候,现场已经被破坏,因为大雪一直在下,宿舍楼下没有提取到凶手脚印,再加上天气寒冷,所有的人都戴着手套,警方也没有在宿舍里提取到指纹。

副市长向特案组介绍了一下案情进展,当地组织近千名警力做了细致的摸排工作,宿舍楼管阿姨晚上10点锁门,11点熄灯,因为临近放假,管理松懈,晚上没有巡视检查,现在还不清楚凶手是几人,也不清楚凶手的性别,又是怎样进入宿舍的。肢体雪人的头颅为年轻女性头颅,四肢为309寝室四名被害女生的肢体。学校共有一万多名师生,因为不少学生在外租房,再加上临近放假,一些学生已经提前离校,目前还无法确定人头所属的受害人身份。

警方在案发后的第一时间走访了旁边的几个寝室,隔壁308寝室的一个女生患有梦游症,在她的鞋底发现了血迹,这说明在案发的当天夜里,她曾经出现在凶杀现场,但她自己对此毫无所知,只是觉得做了一个噩梦。

这个患有梦游症的女生整天神神道道的,经常对同学说自己有阴阳眼,能看到鬼魂和其他不干净的东西,同学就给她起了个外号,叫小妖。小妖曾经对同学说,309女生寝室闹鬼,住在那寝室里的四名女孩——蕾蕾、梅子、雪儿、野曼迟早会有血光之灾。

肢体雪人

特案组和副市长、校长在寝室里再次详细讯问了小妖，苏眉对整个讯问过程进行了拍摄。

小妖说，1月19日早晨，她还没起床，听到楼下很多人在喊，她蒙上头接着睡，后来，警察就进来了，到处翻东西，看到她的鞋子后，立刻大呼小叫地让她穿衣服起床，问她昨晚都去哪里了。小妖说自己哪儿也没去，一直在睡觉，但是同学当场指认她夜里12点左右出去过一次，同学问她是不是去上厕所，她当时说是的，过了五分钟左右，又回到自己寝室睡觉。

小妖对特案组重新讲述了案发当晚做的那个噩梦，她梦到自己去厕所，黑暗之中，看到隔壁309寝室的门虚掩着，虽然隔着门，但是她在梦里清清楚楚地知道门里面的四个女孩被人杀害了。其中一个女孩从门里爬出来，小妖认出是蕾蕾，蕾蕾的头上被砸开了一个洞，双腿被砍掉，拿着自己的一条腿在地上爬，那条腿还露着白森森的骨茬，她的身后拖着血迹，想要爬到小妖面前求救，小妖很害怕，跑进厕所里，因为惊恐无比，排泄不出，小妖就蹲了一会，记得蹲下的时候还被便池里的什么东西抓挠了一下，小妖低头一看，便池里伸着一只骇人的手，手上还染着红红的指甲。

小妖吓得汗毛直立，离开时，看到蕾蕾从走廊里爬回寝室，门吱吱呀呀地关上了。

梁教授对苏眉耳语了几句，苏眉放下摄像机，看了看时间，从宿舍里走出去，然后去了对面的厕所，回来之后，又看了一下时间，整个过程只用了两分钟。

梁教授问道："你当时是小便还是大便，你有便秘的习惯吗？"

小妖回答："我哪儿也没去，夜里根本就没出去过，我就是做了一个噩梦。"

梁教授看了一下案情报告说道："你做的不是梦，和你住在同一个寝室的几个同学都反映你有梦游的习惯，你目睹的是真实的凶杀现场，当时，凶手很可能就在附近，在309寝室门里面，或者躲在厕所里。"

包斩说道："我们警方也确实在便池里发现了一只手。"

小妖说：“啊，那我以前做的噩梦也是真的？”

梁教授说：“以前都做过什么噩梦呢？”

小妖说：“我爷爷是风水先生，所以，我对风水也略懂一些，从小就看到过一些灵异的东西，很难解释。大一刚开学时，我就觉得这幢楼不对劲，属于风水上的凶煞之地，我有一次梦到309寝室的地基下面有一座无名之坟，坟中生出一棵树，盘根错节，虽然被砍伐过，但根系极旺，后来坟被铲除，建造了这幢楼，坟中的孤魂野鬼就跑出来害人。”

画龙和苏眉嗤之以鼻，认为这是无稽之谈。

包斩在农村长大，对于风水之说心存敬畏，他半信半疑地问道：“有什么破解的办法吗？”

小妖说：“我问过我爷爷，爷爷说，野坟生木，极凶极恶，铲此坟墓，阴煞必出，自然化生，后患无穷，无法破解，只能克制，可以将一盆金鱼放在宿舍里，金鱼不能死，还必须为红色金鱼才可以……我建议蕾蕾这么做，但她不信，还笑我傻，人家是大官的闺女呢。”

副市长看着校长，校长想了想，惊讶地说道：“还真有这事，我想起来了，这幢楼当年建造的时候，确实挖了一座坟，当时我们还贴出布告，寻找家人，但后来不了了之，很多学生都说夜里有怪异的声音，要求换寝室。”

小妖说：“我们也要求换宿舍，隔壁就是凶杀现场，我老是看到吓人的东西。”

校长为难地说：“现在也快要放假了，等开学的时候再掉换宿舍吧。”

副市长问道：“你还看到了什么吓人的东西？”

小妖说：“隔壁309寝室以前还死过人……一个女生，上吊自杀的。”

校长点点头，疑惑地说道：“你怎么知道？这是好几年前的事情了。”

小妖说：“有的是我梦到的，有的是我看到的，那女生吊死在寝室门框上，舌头吐出来，眼球突出，大小便失禁，顺着白裙子往下流。”

包斩问道：“上吊的那女生是短发还是长发？”

小妖回答：“短发，看上去像男生。”

肢体雪人

特案组四人面面相觑，梁教授拿出肢体雪人的照片让小妖辨认，雪人的旁边立着一根标尺，前面也放着黄色卷尺，这是警方测量雪人的身高和长度时拍下的照片。雪人头部的积雪已经被清理，面目表情呈惊骇痛苦状，眼睛无神，因为冰冻的原因，整张脸看上去毫无血色。这颗人头是短发，看上去像男生。

小妖说："我好像见过，这死人的眼神，我还记得。"

梁教授说："你好好想想。"

小妖突然扔掉照片说道："这个头，这张脸，没错，和上吊的那女生很像！"

◎第三章　凶杀模拟

会议室内，大家对案情展开讨论，梁教授要求每个人都必须发言，大胆说出自己的看法。

包斩先说："梦游者能够做很多复杂的动作，例如上街购物，而自己对此毫无所知。小妖梦游，历时五分钟，这个得到了室友的证实，她去厕所用时两分钟，另外三分钟她干了什么，这个是案情的疑点之一。还有她的室友当时没有睡着，为何室友没有听到隔壁以及走廊里的动静，还是听到了什么，出于恐惧而不敢说，小妖的室友以及楼管阿姨，应该作为下一步重点排查对象。"

画龙说："我从来不相信什么鬼魂之说，如果凶手是一个人，很难闯入寝室同时杀害四个女生，我分析认为，凶手提前躲在309寝室的某个地方，例如门后或者柜子里，四个女生并不是同时回来的，而是先后回到寝室，凶手一个一个杀死她们。"

苏眉说："案发当天，四名女生的手机通信记录，寝室的电话记录，以及校门口的监控录像，应该可以从中找到蛛丝马迹。"

校长说："我会尽快确定雪人人头的身份，那个几年前自杀的女生，遗

体当时被家属领回，据说当时火化了，学校还赔了一些钱。如果人头是那自杀女生的，这也太变态了吧，将其头颅冷冻保存了几年，现在又出现了，凶手制造肢体雪人的目的是什么？"

副市长说："根据我的经验，凶手隐藏在校园之中，我建议还是人海战术，搜查凶器为主。"

画龙说："凶杀现场没有发现凶器，不能确定凶手现在还在校园。"

副市长说："会不会是梦游杀人？我以前破获过一个案子，一个男的，梦游时用猎枪把老婆的头轰成了马蜂窝，他自己竟然一点都不知道。"

包斩说："小妖虽然出现在凶杀现场，但是她杀人的可能性不大，五分钟，杀死四人，还在楼下堆了个雪人，时间根本不够，除非另有帮凶，可疑之处是她怎么知道上吊自杀的女生，还有建造宿舍楼时挖到了坟地？"

校长说："她不是有阴阳眼嘛，那楼确实古怪。"

治安科长说："是啊，住在那楼里的很多学生都反映过，半夜有人哭，还有什么鬼影子之类的，前段时间，309宿舍的梅子同学还反映过，她们寝室里的一些财物被盗了。"

画龙问道："女生宿舍的便池里为什么会有一只手？"

包斩说："很可能是凶手扔进去的。"

梁教授说："我只有一个问题，国外也曾经发生过拼凑尸体的案例，例如加拿大医学博士拼尸案，还有德国纽伦堡，一个牧场主猎杀路人，用人头和动物肢体拼凑成人形，这类案件有个显著的特点，除宗教因素外，就是制造恐慌，报复社会或他人。我的问题是，这个肢体雪人的脸向着什么地方，或者说，那人头的眼睛是睁着的，看着哪里？"

校长想了想，说道："雪人看着的地方是——教师公寓，学校里为老师刚建的限价公寓。"

会议结束后，梁教授部署了工作，大家各负其责。

画龙根据法医的鉴定结果做模拟击打实验，凶杀现场发现大量血迹，根据血迹的喷溅轨迹，结合受害人致命创口的数据，画龙经过击打实验，初步判

肢体雪人

定杀死四名女生的凶器为一把斧子，斧刃的另一端为锤头。

梁教授要求副市长和治安科长在整个校园内搜查凶器，尤其是垃圾桶、杂物间、体育馆角落，礼堂后台等僻静角落，以案发宿舍为中心，铲除积雪，在周围做地毯式搜索，不能只看着地面，还要留意附近的树上以及电线上是否有可疑之物，寻找凶器的同时更要注意寻找肢体雪人头颅的躯体。

校长负责尽快确定肢体雪人头颅的身份，发动全校师生进行辨认，充分利用学生会等社团组织，不要局限于"短发女生"这一面貌特征上，因为发型是可以改变的。还要对学校里的长发女生进行排查，包括学校里的女教师以及女性家属，要做到滴水不漏，确定头颅的身份是破案的关键。

梁教授要求苏眉不仅要排查四名被害女生的通信记录和网络浏览信息，还要在校门口的监控录像中确定她们案发当天是否离开过学校，什么时候回来的，以及隔壁寝室小妖的通信记录，从中寻找蛛丝马迹。

很快，苏眉从四名被害女生的通信记录中得知，她们与社会人员交往密切。蕾蕾在案发当天给一个酒吧的歌手打过多次电话，梅子疑似被人包养，与当地一个富商时常往来，雪儿与学校附近的一个饭店老板关系暧昧。除野曼之外，309寝室的三名女生生活作风糜烂，与校外人员均有情人关系。

监控录像中可以看到这几天以来校门口的情况，因为天气寒冷，学生大多戴着帽子和口罩，有的学生甚至头上罩着塑料袋躲避风雪，除了出入的学生，还有在门口兜售鲜花的小贩，义务疏导交通的老人，跪着乞讨的乞丐，聚众打架的社会小混混，值得注意的是放学时，校门口停着很多豪华小车。

梁教授问道："这些车子是干吗的？"

校长尴尬地回答："有些是家长接送孩子的，有些是……接送包养的女学生。"

在很多学校门口，每到周末，校门口都停着一些小车，学校早已不是一片净土，甚至有的学校还出现了专门的中介，介绍女生与校外人员达成包养关系。从校门口车子的价位上可以分析出主人大多是一些富商老板，车子的价位与包养女学生的价位成正比！

十宗罪

学校门口的监控显示，案发前一天傍晚六点钟，四名女生——蕾蕾、梅子、雪儿、野曼，一起步行离开学校，同学也证实，她们声称去吃饭和购物，晚上九点以后，四名女生陆续回到学校。野曼最先回来，其次是蕾蕾和梅子，雪儿最后回来，间隔分别为五分钟和十分钟。当时风雪交加，四名女生都戴着帽子和围巾，梅子还戴着口罩。

特案组对宿舍楼里的所有学生又录了一遍口供，除了楼管阿姨和308寝室的同学之外，309楼上寝室和楼下寝室的同学也做了重点讯问。

楼管阿姨说："天黑得早，五点就天黑了，很多学生九点多就进入了梦乡，因为临近放假，所以没有巡夜检查。"

梁教授问道："楼门的锁和309寝室的锁都没有被破坏的痕迹，除了你，还有谁有钥匙？"

楼管阿姨说："宿舍楼门的锁是新换的，寝室的门锁是旧的，一把钥匙能开好几把门锁，有的学生甚至用发卡打开过寝室的门锁。"

特案组对209寝室的女生讯问时，得到一条消息，宿舍楼里的学生对楼管阿姨意见很大。

209寝室女生："楼管阿姨太变态了，没收了我们的东西，还在宿舍楼下办了个展览。"

梁教授："都是些什么东西啊？"

209寝室女生："电饭煲，电磁炉，电水壶，热得快，煤气小灶，都是些普通电器。"

梁教授："啊，你们继续说。"

209寝室女生："变态阿姨把我们的东西给卖了，钱都归她了。"

梁教授："这个我们会调查的。"

209寝室女生："她还偷偷进入过没人的寝室，说是检查，其实是偷东西。"

梁教授："你们夜里听到楼上有什么动静了吗？认识309寝室的女

肢体雪人

生吗？"

209寝室女生："没听到，认识那个蕾蕾，学校的大名人，爸爸是省领导，她平时趾高气扬，目空一切，据说，爸爸送她一辆跑车作生日礼物，太显摆了，开车来上学，后来学校禁止学生开车上学，还出台了一套规定。对了，蕾蕾和楼管阿姨吵架过，记得当时，楼管阿姨不让蕾蕾在宿舍楼下停车，蕾蕾当场掏出一沓钱想抽阿姨的脸，后来扔到地上，楼管阿姨将钱捡起来，一点都不脸红，钱也都归她了。"

楼管阿姨向特案组气愤地解释说："冬季天干物燥，容易引发火灾，这些都是学校里禁止使用的违章电器，没收以后，学生情绪很大，也能理解。那个蕾蕾，学校禁止学生开车，她还把车开来停在宿舍楼下，省领导的女儿怎么了，我罚款一千，后来她就再没开车上学过。"

警方列出了309寝室的财务丢失清单，案发之后，蕾蕾的包不见了，包里的首饰、高档化妆品、钱包、信用卡也都不翼而飞，加上梅子的五百元现金，共计被窃财物价值五万元左右。尽管如此，特案组和副市长分析认为，这起恶性案件，凶手谋财害命的可能性不大，犯罪动机应该定性为仇杀或者情杀！

晚上9点，特案组进行了犯罪模拟，假定凶手为一人，包斩扮演凶手，副市长扮演最先回到宿舍的女生野曼，苏眉和画龙扮演蕾蕾和梅子，校长扮演最后回来的雪儿。

309寝室恢复成案发前的样子，一台夜视摄像机放在寝室的桌上，用来记录整个模拟凶杀过程。

模拟凶杀之前，梁教授说道："谁来扮演小妖，她也是这起案件的重要人物。"

包斩说道："还有谁能比她扮演自己更合适呢？"

下面即是警方凶杀模拟过程，为了便于区别身份，我们用凶手和被害人名字来叙述。

这天晚上，雪依然在纷纷扬扬地下，就和凶杀当晚的天气一样。

监控显示，晚上9点多，校园里已是空无一人，只有雪花静静地飘，野曼最先回到宿舍，她戴着帽子和围巾，走过幽暗的走廊，用钥匙打开寝室的门。寝室里住四个女生，配有桌椅衣柜等必备设备，共有两张床，都是上下铺，门左边的上铺有一个红色帐篷布做的蚊帐，有的女生喜欢拥有封闭独立的空间，所以这个蚊帐从夏天到冬天就没有摘下来。警方根据凶杀现场的血液喷溅痕迹，确认凶手当时就潜伏在蚊帐里。寝室的门锁是坏的，用任意一把钥匙甚至发卡都能打开。凶手应该是提前隐藏在309寝室里。野曼进入房间，做的第一件事是要转身开灯，凶手居高临下，猛地将斧头狠狠地锤在野曼的头上，野曼戴着帽子，所以钝器击打头部声音不大，一击毙命。凶手用斧子砍下野曼的一条腿，因为穿着冬衣，所以截肢时也没有发出太大的声响。一会儿，蕾蕾和梅子回到宿舍，黑暗之中看不到房间里刚刚发生的血案，凶手用斧头在蕾蕾头上砸了一下，梅子戴着口罩，无法呼救，也随之倒在血泊之中。斧子自上而下挥击时，非常具有杀伤力，三名女孩均是一击毙命，凶手砍掉了蕾蕾的双腿以及梅子的双手，这个过程历时十分钟。最后一名女孩雪儿回到宿舍，也是以同样的方式遇害，凶手砍断了雪儿的一只胳膊。

警方分析认为，凶手不能确定四名女孩会全部回到宿舍，所以砍下的四肢各有不同。凶手在杀人时，就有了要将这个寝室女孩的肢体拼凑成雪人的想法，肢体雪人并不是临时所为。

宿舍楼门的锁是新换的，有钥匙的人非常有限，凶手如果不能从宿舍楼门走出去，必然会想别的办法离开。凶手杀死四名女生截肢之后，开始在寝室里翻箱倒柜，寻找财物，这时，楼门已锁。凶手在309寝室耐心地等到熄灯，等到宿舍里所有女生都睡着，他开始蹑手蹑脚地上楼下楼寻找出口，一楼和二楼窗户安装有防盗网，三楼以上没有阳台，女生宿舍为了防止男生进入，出入口早都封死了，凶手无处可逃。也很可能是对现场并不熟悉，总之，到了午夜12点左右，凶手应该还在宿舍楼里。

人的生命力有时非常顽强，例如地震时，成功救出一个被埋近一百六十四

肢体雪人

小时的老人，还有矿难时，有个工人下半身被石头砸烂，肺部撕裂，几天后获救。即使是生命垂危者也往往有回光返照的惊人行为。

午夜12点左右，双腿截断、头部被砸出一个血窟窿的蕾蕾从昏迷中醒来，奄奄一息的她爬出宿舍准备呼救，她拿着自己的一条腿，说明内心有着强烈的生存欲望，或许还想着获救后做接腿手术。蕾蕾爬到走廊里，恰好遇到梦游的小妖，那时，凶手就在附近，很可能在对面的厕所里。蕾蕾欲向小妖求救，小妖却走进了厕所，蕾蕾应该看到了厕所里的凶手。她本来想爬上楼梯，但意识到自己体力不支，所以，虚弱的她爬回了自己的寝室，最终死去了。

小妖梦游的时候，凶手就在附近，可是，没有杀她灭口，警方认为，凶手要么认识小妖，要么是不想滥杀无辜。凶杀的目的非常明确，只针对309寝室里的四名女生，杀人的目的也非常明确，需要她们的肢体，盗窃应是顺手牵羊的行为。

模拟凶手的过程中，小妖扮演自己，她扮演得并不是很成功，忍俊不禁笑了出来。场面确实很滑稽，校长和副市长扮演雪儿和野曼，两人都戴着女生帽子，扮演蕾蕾的苏眉，本应是爬出宿舍，但她却是走了出来。只有包斩，对自己的角色非常投入，小妖回到寝室之后，人们发现——包斩不见了！

副市长呼叫警力进行搜寻，然而，整幢宿舍楼里都没有找到包斩。

大家都感到很奇怪，宿舍楼门锁得好好的，包斩究竟去了哪里？

画龙和苏眉焦急万分的时候，有个警员发现了宿舍楼下又多了一个雪人！

雪人的旁边还站着一个人。

那人正是包斩。

包斩道："凶手是从三楼跳下去的，三楼厕所有个通风窗口，爬上厕所隔断间，即能打开窗户。凶手先将死者肢体从通风窗口扔出去，他需要的是四名女生的肢体，很可能拿错了，所以将梅子的一只手扔进了便池。然后，他钻出窗口，站在外面的窗台上，跳了下去。宿舍楼下堆着很厚的积雪，凶手并未

受伤，最后，拼凑成肢体雪人，整个过程甚至不到十分钟。"

梁教授分析说："小妖在厕所里小便的时候，凶手很可能正蹲在上方的窗口看着她，蕾蕾应该看到了凶手，所以选择了爬回寝室。"

凶杀模拟使警方掌握了更多的信息，第二天，学生会组织捐款一万元，全校师生从最初的极度震惊转为极度愤慨，再加上已经放假但不能回家，学生们都希望警方尽快抓到凶手。

副市长婉言谢绝了捐款，他向学生会干部表示，自己身为警察，肯定会尽心尽责。

学生会干部说："我们希望警方悬赏缉拿凶手。"

副市长说："同学们的心情，我们理解，不过，这钱，我们无论如何也不能收。"

梁教授笑眯眯地说："悬赏缉凶，倒是个不错的主意，这样吧，捐款由学生会保管，学生会通过广播室向全校师生征集线索，谁提供有价值的线索，帮助警方破案，即可获得赏金。"

学生会向全校师生发出悬赏公告之后，警方接到了大量举报线索，不过，有价值的线索并不多，都是校园里的一些普通纠纷和治安事件。有的非常可笑，例如——

一个同学信誓旦旦地举报声称学校里的诸葛老师有杀人嫌疑，他每年的元旦晚会，都会弹着吉他唱《雪人》。

保洁女工秘密举报治安科长常常殴打学生。

两个女生说，案发前几天，有个男生购买了她们的校服，但给的钱是假钞。

一个校卫队员列出了近百人名单，上面写着聚众赌博、打架斗殴的学生名字，更多的是被校外人员包养的女学生。

超过十名同学认为自己的老师是杀人犯，甚至还有一个匿名举报者声称校长徇私舞弊，收受了蕾蕾父亲的贿赂。匿名者声称，蕾蕾根本就没有参加高考，却进了这所大学，毕业后还要被大学保送出国留学。

肢体雪人

举报信息使警方不得不抽调更多的警力予以确认，校长向副市长以及特案组解释了匿名举报的事情。蕾蕾是保送生，保送生无须参加高考，经学校推荐，即可进入大学就读。

校长离开之后，包斩叹口气，道："十年寒窗苦读，不如有一个当官的爹！"

这段时间，特案组重新调查了上吊自杀女生一事，遗体早已火化，家属证实遗体并未缺少头颅，警官学校的一个法医专家对肢体雪人的头颅做出了权威性鉴定——解剖结果显示，肢体雪人的头颅没有经过长期冷冻保存，应是近期死亡，从脖子上的创口来看，没有经过利器砍砸，很像是动物撕咬，摔死或车祸，以及其他不明原因造成。

包斩问道："其他不明原因是什么原因？"

法医专家说："形成这种创口，打个比方说，很像是有人硬生生地把她的头拽了下来。"

警方对全校女性师生的照片进行了比对，苏眉也用电脑分析过多次，但始终没有确定肢体雪人头颅的身份，案情陷入了僵局，学生们强烈抗议，纷纷要求回家，校方的压力非常大。

几天后的一个傍晚，小妖走进了特案组办公室，当时副市长和校长以及治安科长也在办公室里，小妖表示自己也有线索举报，但是她希望只告诉特案组。

副市长、校长、治安科长回避之后，小妖对梁教授说："我知道谁是杀人凶手。"

梁教授精神一振，立即问道："谁？"

小妖吞吞吐吐地说："我能拿到那一万元悬赏吗？"

梁教授说："这个你放心，如果你能提供线索破案，我保证你能获得赏金。"

小妖说："好吧，我告诉你们，其实，我没有什么阴阳眼……"

小妖表示自己是一个好奇的女生，对于小道消息和别人的隐私非常感兴趣，开学之后，她在浏览学校论坛的旧帖子时发现309寝室有个女生上吊自杀过，还有建造宿舍楼时挖到了一座野坟，这些都是从旧帖子里看到的。当年的那些学生已经毕业，小妖现在住在309寝室的隔壁，所以她展开了调查。当时的学生对此事讨论非常热烈，很多学姐师兄都认为自杀是伪造的，上吊女生应是他杀。小妖查看了大量帖子，甚至看到了自杀女生的照片，对于几年前发生的事情，小妖渐渐知道了来龙去脉。

自杀女生名叫阿娇，当时和一个复姓诸葛的老师有过一段师生恋，诸葛老师长得非常帅，三十岁左右，博学儒雅，还弹得一手好吉他。很多女生都暗恋他，阿娇死后，诸葛老师一直都没有结婚，每年的学校元旦晚会，他都会上台自弹自唱一首歌曲《雪人》。

阿娇上吊死后，家属来闹，学校赔钱了事。当时，同宿舍的一个胆小女生几乎精神崩溃，选择了退学。那女生在校园BBS上写了一篇告别性质的帖子，她讲述了自己的童年以及求学历程，洋洋洒洒近万字，但对于上吊自杀的阿娇只字未提。细心的小妖发现，那名胆小女生写的是一篇藏头文章，将每一行的第一个字连起来读，就是她目睹的凶杀过程：

我躲在柜子里，看到诸葛老师用丝袜勒死了阿娇，然后吊在了门框上，我想报警，但我不敢，因为诸葛老师是校长的亲戚，没有人相信我说的话，但是总有一天，他会落入法网，我不敢面对，我很懦弱……

苏眉打开电脑，当场调出了这篇帖子，小妖说的确实不假。

诸葛老师就住在刚建成的教师公寓里，那也是肢体雪人看着的方向！

诸葛老师有杀人嫌疑，特案组通知了副市长，副市长要求警员尽快联系退学的那名胆小女生，让她出面作证。校长当场表示自己不会包庇凶手，希望尽快抓捕。

抓捕方案很快制定下来，画龙和治安科长带领三名便装武警立即实施秘密抓捕。

肢体雪人

雪花飘飘，纷纷扬扬，夜色中的校园万籁俱寂，吉他声打破了安静，教师公寓传来歌声：

好冷，雪已经积得那么深。

Merry Christmas to you，我深爱的人。

好冷，整个冬天在你家门，

Are you my snowman？

我痴痴，痴痴地等。

雪，一片，一片，一片，一片，

拼出你我的缘分，我的爱因你而生，

你的手握出我的心疼。

雪，一片，一片，一片，一片，

在天空静静缤纷。

眼看春天就要来了，

而我也将，也将不再生存。

◎第四章 雪人活了

画龙带人将诸葛老师抓捕之后，他对于几年前的杀人事实供认不讳。诸葛老师在审讯中说，几年来，他一直生活在阴影之中，很多次都想投案自首，但缺乏勇气，如今被警方抓获，反倒觉得释然。

几年前，诸葛老师和阿娇同学在校园论坛里相识，他们最初通过站内消息交流，后来加到QQ上，两人开始了网恋。其实，每个上网的人都经历过网恋，正如一个人会经历初恋一样。他们渐渐熟悉，虽然看不到对方，但那是两个灵魂在交谈。

尽管同在一所学校，但他们都刻意掩饰自己的身份，没有看过对方的照

片，没有打过电话，不知道对方的真实名字，他们只是在网上倾心交谈，彼此思念，互相爱慕。

阿娇品学兼优，可是她应该是这所大学里最穷的女生。她很漂亮，但面黄肌瘦，头发焦黄，有时，一天只吃两个馒头，上网也是用别人的电脑。

诸葛老师长得很帅，多才多艺，有一种成熟男人特有的魅力，学校里很多女生都暗恋他。

很多次，诸葛老师和阿娇都在校园里擦肩而过，但是他们不知道对方就是自己深爱的那个人。

爱到一定程度，两人会难以避免地想要见到对方。

他们在网上约好了见面的时间——冬天下第一场雪的时候。

诸葛老师：也许，我是你的老师呢？

阿娇：也许，我是校长呢，呵呵，开玩笑，不管你是谁，我都喜欢。

诸葛老师：我也是的，我喜欢的是你，无论你是什么样的。

阿娇：我对自己没有自信，见面时我会很紧张，但是又很期待。

诸葛老师：我会抱抱你的，我的小鸟，我的小妖精。

阿娇：我想在一个安静的地方见你。

诸葛老师：哪里？

阿娇：反正不是校园里。

诸葛老师：什么地方？

阿娇：学校后面有一条江，我要站在江面上等你。

诸葛老师：这个，有点难度啊，站在船上吗？

阿娇：冬天，下第一场雪的时候，我站在学校后面冰封的江面上等你，不管你来不来！

两个人从夏天聊到冬天，每天都在盼望，盼望着下雪……

东北的冬天来得很早，下第一场雪的时候，有个同学看到学校后的江面上，有两个人拥抱在了一起。和所有恋爱中的男女一样，他们每天都非常想念

肢体雪人

对方，有说不完的话，爱得也越来越深。冬去春来，两人甚至都做好了结婚的计划。

放暑假的时候，诸葛老师突然接到一个意外的电话，是阿娇在派出所打来的。

阿娇因为卖淫，警察在宾馆突击检查时将其抓获，她没有钱交罚款，派出所要通知校方，阿娇万般无奈之下，拨打了诸葛老师的手机。

诸葛老师将阿娇从派出所领回来。

阿娇泪流满面，解释说自己缺钱，生活困难，禁不住室友的教唆蛊惑，想用自己的初夜换一千元。

诸葛老师铁青着脸，一言不发，默默地把阿娇送回宿舍。

那天傍晚，胆小女生正在宿舍里看色情片，当时已经放暑假，宿舍楼里大部分女生都回家了，她以为宿舍里不会有人来，也许是天热，她脱掉了所有衣服一边看片一边自慰，快要高潮的时候，走廊里传来诸葛老师和阿娇的声音。她听到诸葛老师压抑怒火的骂声以及阿娇小声的哭泣声。胆小女生手忙脚乱关掉电源后，意识到自己还光着身子，这时她已经听到了钥匙开门的声音，情急之下，她躲进了柜子里。

在宿舍里，阿娇悲恸欲绝地说："我们分手吧。"

诸葛老师冷冷地说："你没钱，还买丝袜穿？"

阿娇脱下丝袜，哭着说："丝袜是那人要我穿上的，不是我买的。"

诸葛老师怒火中烧："那人是谁？"

阿娇捂着脸，一句话也说不出。

冲动之下，怒不可遏的诸葛老师终于爆发了，他用丝袜勒死了阿娇，冷静下来之后，诸葛老师为了掩盖真相，逃避打击，对现场及尸体进行了伪装，伪造了阿娇上吊自杀的假象。这一切，都被躲藏在柜子里的胆小女生看到，后来她因为精神压力巨大而退学。

诸葛老师一直没有结婚，QQ上阿娇的那个头像永远都不会再亮起来了。

苏眉使用电脑技术破解了阿娇的QQ密码，登录之后，看到了诸葛老师的很多留言。这几年来他一直在忏悔，他对着那个永远暗淡着的QQ头像自言自语，他还爱着她，每年元旦晚会都会唱《雪人》。

苏眉对诸葛老师说："我们重新调查了此案，阿娇当年的室友，包括躲在柜子里的女生，都由户籍所在地的公安机关找到了她们，你知道阿娇为什么卖淫吗？"

诸葛老师说："不知道。"

苏眉说："她想给你买生日礼物，想给你买一把吉他。"

诸葛老师："我不明白，那也用不了一千元啊。"

苏眉说："一把吉他大概二百元，阿娇还想买一部手机，你总该知道她为什么想买手机吧？"

诸葛老师想了想，他的泪水夺眶而出……

阿娇是农村女孩，放假回家后无法上网，家里也没有电话。放寒假的时候，她每天都要步行十公里去县里的网吧给诸葛老师留言。所以，放暑假的时候，她下定决心要买一部手机，对于恋爱中的女孩来说，整个假期都和心爱的人失去联系，这是难以忍受的事情。

副市长对诸葛老师说："别磨叽，快说重点，肢体雪人案，你怎么杀死的那四名女生。"

诸葛老师依然在哭，过了一会，抬起头愕然地说："我没有杀害那四名女生啊！"

警方调查后得知，1月18日和1月19日，肢体雪人案发的那两天，诸葛老师一直在参加教育系统年终的培训，有几十人可以证明诸葛老师没有作案时间，案发时不在现场。

到了这里，线索中断了，唯一的犯罪嫌疑人只是另一起案件的凶手。

案情陷入僵局，连日来，特案组和当地警方都情绪沮丧，校方终于顶不住压力，除了小妖之外，校长决定让学生们回家。校园里，很快就变得空空荡荡，只有一些准备考研的学生留在学校。

肢体雪人

副市长怀疑小妖是凶手，小妖始终无法说清案发当晚，她梦游时，上厕所之外的三分钟都干了什么。小妖家在本市，这个好奇的女生对于警方的控制毫不介意，她甚至跃跃欲试想要参与案件的侦破。出于安全的考虑，警方让她和苏眉住在学校的招待所里。小妖对苏眉非常羡慕，表示自己也想要当一名女警察。

苏眉说小妖是一个八卦小女生，更适合当小报记者。

梁教授对小妖说："你很好奇，善于分析，上吊女生自杀一案的破获就是你的功劳，你对肢体雪人案有什么看法，我倒是很想听听你这个局外人的意见。"

小妖说："你们只在学校里查，万一那个人头，还有凶手，是校外的人呢？"

梁教授点点头说："有道理，你继续说。"

小妖说："学校里的两个女生，我认识她们，有人用假钞买了她们的校服，这件事很奇怪。"

包斩也凑过来，很感兴趣地问道："怎么奇怪了？"

小妖说："我们都是大学生了，谁还穿校服啊，还有人买校服，怪了。"

特案组走访了学校里的学生，有的学生因为考研或者打工，放假后并没有回家。

一个学生说："真的，我从来都没穿过大学校服，大一发给我之后，我就扔了。"

另一个学生说："不好意思，我不认得我们的校服，我们有校服吗？"

小妖的这个意见引起了特案组的重视，侦破方向开始转到学校的外面，警方详细调查了四名被害女生交往密切的校外人员，酒吧歌手没有提供有价值的线索，包养梅子的富商更是声称自己和梅子关系清白，学校附近的一个饭店老板承认了与雪儿的暧昧关系，老板提供了一条非常重要的线索——1月18日晚上9点多，雪儿去过饭店，要求老板在校外给她租套房子，老板答应后，雪

儿就回了学校。

梁教授召开紧急会议，他在会议上说："这个案子距离侦破不远了，那天晚上究竟发生了什么，以至于让雪儿不愿意住在宿舍，想要搬到外面，这里面肯定有隐情。"

苏眉说："如果是校外人员进入学校作案，只需要重点排查当晚监控录像中进入校园的校外人员，就能找到凶手。"

包斩说："我提示一下，这个凶手很可能穿着校服。"

副市长说："这起凶杀案，我怎么感觉都不像是有预谋的，凶手不计后果，甚至连逃跑线路都没有提前想好，还穿着校服进入学校作案，这两点很矛盾啊。"

梁教授说："除了购买校服一事可疑之外，还有一件事值得我们注意，我们从省城坐火车来到邻市，又来到这里，蕾蕾家也在省城，她开车来上学，肯定不是从家里开车到学校，那么，她的车停在哪里？这辆车上肯定有线索。"

校长说："法医专家认为雪人头颅创口是外力拉扯形成的，会不会是车祸？"

包斩说："一共买了两件校服，买校服的人是个男生，雪人头颅是一名女性头颅，正好是两个人。"

画龙说："我同意副市长的观点，如果是凶手，他为什么要提前买校服呢，用于作案还是其他什么目的？"

大家正在热烈讨论案情的时候，小妖突然进来，会议室里的人都停止了发言，不明白她为何闯入。

小妖面色苍白，紧张地说道："我知道买校服的人是谁，我见过他。"

校长说："你现在不是在梦游吧？"

小妖吓得哆哆嗦嗦地说："我想起一件事，前些日子下着大雪，我在校门口看到一个雪人，当时一些人还围着看，那雪人竟然是活的，他跪在地上，穿着校服，身上有一层厚厚的雪。"

梁教授和包斩都心跳加快了，副市长焦急地站了起来，苏眉的脑海中快速闪过监控录像中的一幅幅画面：停在学校门口的豪华小车、兜售鲜花的小贩、义务疏导交通的老人、跪着乞讨的乞丐……

大家静静地等待小妖往下说。

小妖说："他是一名冒充学生的年轻乞丐！"

◎第五章　冰雪玫瑰

警方在学校附近的一个停车场找到了蕾蕾的车，尽管车已经洗刷过，但是车辆底盘残存的血迹和肢体雪人头颅的血迹相吻合。经大量走访调查，据一目击者声称，1月18日晚，停车场附近发生过一起车祸，一个跪地乞讨的女学生被车撞死，向前拖行几百米后，遇到一个坎，车辆底盘硬生生将头颅拉扯下来，目击者怕给自己惹麻烦，所以没有报案。

到了这里，特案组初步认定，肢体雪人的头颅为女乞丐，在校门口跪地乞讨的男乞丐具有重大杀人嫌疑！

东北三省普遍都在降雪。黑龙江在下雪，吉林和辽宁在下雪。雪落在冰封的江面上，落在黑暗的平原上；雪落在行人寂寥的公园里，落在长白山顶的树上。雪洋洋洒洒地飘着，飘在城市的广场上，轻柔地飘在大兴安岭森林的每个角落里，雪厚厚地落在墓碑上，落在乡村的白桦林里，落在村里人家的栅栏尖上，落在枯萎的野草上，落在两个乞丐的肩头。

让我们把目光对准他们，两个跪在大街上很像是学生的乞丐。

有谁会注意两个学生乞丐呢？

中国并不是只有北京天安门、王府井，上海陆家嘴，不是只有五星级大

酒店，也不只有高级白领写字楼，更多的是贫苦的农村，那些无人知晓的冷清和惨败，朽坏的门扉，家徒四壁的窘迫。社会的丑陋在于从来都没有正视过这一点——这些正是社会造成的！

山西某镇，那里的棉花是黑色的，农民在棉花地里干了两小时的活之后农民也是黑色的。附近山上挖煤的人群里，送饭的农妇，无法辨认哪个人是她的父亲哪个人是她的儿子。

内蒙古某工业园，那里的居民晾晒的被子全都是橘红色的，这要归功于周围数以百计的烟囱。那里的晴天和太阳无关，晴天指的是工业园不再排放毒气。

这两个学生乞丐都有着一双绿色的手，来自一个污染严重的贫困山村。

全村人在家里编筐，一个人一天可以编二十个，挣二十元。一位老母亲为了供孩子上学，编了整整十八年的筐，她手上的柳条颜色永远也洗不干净，手上的裂口永远也不会痊愈。

他们是邻居，隔着一道矮墙。

她喊他泥娃哥，他喊她幺妹。

两个人兄妹众多，生活压力大，所以都没有读完小学，在家里编筐的时候，村里的年轻人最大的梦想就是去城里打工。

那一年，他们第一次见到了真正的火车。

那一年，他们去了南方，第一次见到繁华的都市。

一个男孩和一个女孩，他们穿着轮胎制作的鞋子，离开了山羊，离开了筐，离开了村子，离开了家，从此踏上一条流浪的路。如果没有你，这条路将是多么的孤独和艰难。我们无法得知，两个孩子从打工到乞讨经历过怎样的转变，也许打工和乞讨本就没有什么区别。

他们从来都没有见过真正的雪！

肢体雪人

幺妹说:"泥娃哥,我想去看雪。"

泥娃哥:"好啊,我带你去北方!"

他们从一个城市到另一个城市,从中国的南方到北方。城市里的人忙忙碌碌,脚步匆匆,有谁会注意到跪在路边的两个年轻人呢?他们就像野草一样,无人关心,无人过问,偶尔会有人满目狐疑打量他们,偶尔会有人扔下一两枚硬币。

某个县城的一片树荫下,站着两个学生模样的人,有个买菜的老太太听到了两个学生的对话。

一个女学生对另一个男学生说:"我去那个路口跪一会吧?"

男学生说:"别去,我在那儿跪了一上午了,没得多少钱。"

女学生说:"好累啊,腰酸背疼,比编筐都累,但是钱多。"

男学生说:"幺妹,等你的膝盖跪出趼子,就不觉得累了。"

最初,这两个孩子毫无乞讨经验,后来渐渐摸索出一套办法。他们以前是去商店购买运动服冒充校服,还伪造了一些证明,后来,聪明的他们想到直接去学校购买校服,大学生将校服视为垃圾,一般给钱就卖。两个学生乞丐还向大学生请教英文,然后在水泥地上练习。

本文作者曾经在一个学生乞丐面前陷入长时间的思考。

那个乞丐跪在水泥地上,穿着一件真正的校服,膝盖下放着一件衣服,背着一个书包。

学生乞丐用粉笔在地上写下了一段中英文对照的话:

爸爸患病十几年,今年一命归了天,至今欠下几万元,妈妈她真没良心,离家远嫁六年整,我和妹妹真命苦,没钱继续把书念,只能在这穷讨饭,人人都说黄连苦,我比黄连苦万分,过路行人请慢行,望君路见生怜心,三元五元献爱心,无论多少我感恩,一生平安祝恩君!

　　长长的三十多行仿宋体粉笔字写得规整隽秀，旁边的英文翻译得准确而到位，过往路人无不相信这是一个真正的沦为乞丐的学生，纷纷慷慨解囊。

　　乞丐是一种职业，尽管有手有脚，但他们并不想工作，对他们来说，乞讨就是工作。尽管，这种工作含有欺骗性质，但是在这个充斥谎言的时代，他们的这点欺骗又算得了什么呢？

　　我们很难想象，一个从不施舍的社会，一个乞丐绝迹的城市，真的是我们想要的吗？

　　我们的恻隐之心和同情心正在一点点地消失吗？

　　两个冒充学生的乞丐，小学都没有毕业，他们心里是否对大学生活有过憧憬和向往呢？

　　泥娃哥跪在城南，幺妹跪在城北。

　　他们有时也会跪在一起，这相当于一个男孩的命运加上了一个女孩的宿命。蚂蚁往他们的身上爬，麻雀从他们头顶飞过，他们从世界的某处到达某处，走遍千山万水，他们是从何时渐渐走进了对方的内心？

　　麻雀总是带着闪电的味道，蚂蚁有着树根的颜色。

　　爱情的美妙和惊心动魄不可言传，他们每时每刻都能听到对方心灵的回音。

　　一场五十六年以来历史同期最大的暴风雪袭击了东北三省，两个跪在路边的学生乞丐平生第一次见到了真正的雪，他们辗转奔波，一路乞讨，心里还有着一个小小愿望——他们生长在一个从不下雪的村子，他们想看到真正的雪。跪着时，他们本该是低着头的，雪花飘落的那一刻，两个学生乞丐不由自主地抬起头，哦，纯洁的雪花，一如两个苦命孩子的爱情。他跪在她的身边，两个人一起跪着，这很像是某种仪式，没有人说话，没有人注意到他们，只有美丽的雪花静静地落下。

　　那天，大雪纷飞，他和她跪在一起，就像是两个雪人。有个过路的中年人，看到女孩用手指在雪地上反反复复地画着一颗心的图案。这图案也许勾起

肢体雪人

了陌生路人的遥远回忆，也许出于一种恻隐或感动，这个从未施舍过的路人从他们身边走过，然后又走回来，将一张五十元钞票放在了地上。

两个学生磕头感谢，等到路人离开，街上行人寥落，他们的手悄悄地握在了一起，丝毫没有注意到那是一张假钞。

这个冬天，下着很大的雪，因为交通堵塞，他们沿着一条冰冻的河流徒步赶往另一个城市。河堤是两个很陡的雪坡，他先上去，蹲在上面向她伸出手，男孩的脸上带着纯净的微笑，如同雪后初晴的阳光，如同冰雪消融后的春风，温暖从一只手传递给另一只手，最终抵达心脏。他们的初恋，第一次也是最后一次。在此之前和从此以后，任何难关也没人向她伸出手，这个世界上，没有一个人可以像他，没有人可以代替他。

树梢的一根冰落下来，他们听见心里水晶落地般的一声响，一辈子，就这样有了归属。

那一瞬间，世界冰天雪地，两个人的内心鸟语花香。

流水已经冰封，这是寒玉制造的河流。

冰封的河面之下，残存的旧日颜色完整地保存，也开始一点点地腐烂。

一千里晶莹透明的河面落了一层雪，冰的下面有春天落下的梨花，有游鱼，有夏天落下的牵牛花，有泥鳅，有秋天落下的矢车菊，还有贝壳。梅花落在地上，和白雪一起吹散，漂流瓶不再漂流，半个身子嵌入冰中。

所有的花都开过了，世界上所有的花加起来都比不上她最初的一朵微笑！

他们每到一个城市，就去这个城市最大的学校买两身校服。

在学校里买校服的时候，幺妹指着刚建好的教师公寓说：真漂亮，像是大酒店，有钱的人才能住在里面。

泥娃哥说："酒店里都有温度计，让人知道屋里的温度。"

幺妹说："咱的脚就是温度计，冷得没有知觉，也知道有多冷。"

泥娃哥说："我们结婚的时候，要是能住这样的房子该多好。"

幺妹说："咱回村盖房子也行，这样的楼都是有钱人住的，破屋子，只

要有你，就不破。"

泥娃哥说："买不起，也住不起，看看总行了吧。"

一连几天，他都跪在学校门口，学校里有一万多名学生，谁也无法分辨他是不是真的学生，因为他穿着本校的校服，很多不明真相心地善良的学生都会施舍零钱。

她跪在停车场附近的一座桥下。

两个人并不在一起，但雪花如席将两个人同时覆盖，雪花让两个人白发苍苍。

他们跪在地上，他们的爱从大地深处——坟墓的位置，相互攀缘，爱与思念缭绕成一道徐徐上升的豆荚墙，万花摇曳，美不胜收。相爱的人是自私的，他们只为对方开花。

泥娃哥在校门口一直跪到傍晚，他像是一个雪人，在这个城市的另一个地方，停车场附近的桥下，还有着另一个雪人。

雪地上有一枝残破的玫瑰，那是校门口兜售鲜花的小贩扔下的，是别人抛弃不要的。

他悄悄地捡起来，像做贼一样，很不好意思地将玫瑰放进书包里。

他们甚至从来都没有向对方说过"我爱你"。

这三个字，对于来自贫困山村的男女总是难以启齿的吧。

泥娃哥带着一枝捡来的玫瑰，带着乞讨来的钱，带着对女孩的想念，他站起来，去找她，她却不见了。停车场附近的桥下发生了一起车祸，距离桥五百米的地方，男孩看到了女孩的一颗头，旁边停着一辆豪华小车，车边站着四个女生：蕾蕾、梅子、雪儿、野曼。

泥娃哥连滚带爬地跑过去，捧起女孩的头，号啕大哭起来。

蕾蕾说："死的是你什么人？和你有什么关系？"

泥娃哥哭着回答："她是我幺妹。"

蕾蕾说："幺妹？兄妹？兄妹俩考上了同一所大学？好吧，三十万够了

吧？我赔钱。"

泥娃哥继续哭，因为心痛而声音嘶哑。

梅子说："你穿的这是我们学校的校服吧，咱们是校友？"

蕾蕾瞪大眼睛说："再给你十万，怎么样，别不知足，闹大了对你没好处，我老爸是……"

泥娃哥咆哮着说："不要钱，不要钱，不要钱，要人。"

蕾蕾说："人都死了，就剩一个头了，难不成要我们四个的胳膊腿砍下来，接到她身上？"

梅子说："这事还是私了算了。"

蕾蕾拿出手机说："咱们先去洗车吧，倒霉，新车呢，明天我再给我爸打电话要钱。"

野曼说："蕾蕾姐，我们还是报警吧。"

蕾蕾说："警察处理也是私了，赔钱，我赔就是，和你们无关，先去洗车，然后吃饭唱歌。"

蕾蕾写下学校寝室的号码，还有电话以及自己的名字，要泥娃哥明天去寝室拿钱，将此事私了，泥娃哥情绪失控，接过字条，拽住蕾蕾的包，他并不放过蕾蕾，一连追问幺妹的身子哪儿去了，蕾蕾说不知道。事后，警方在路边的壕沟里找到一具被大雪覆盖的无头尸体。

其他女生上前拉住泥娃哥，蕾蕾挣脱开，索性连包也不要了，四名女生上车迅速离开。

那天晚上，除了野曼之外，三个女生都喝得醉醺醺的，她们对于车祸一事并不在意，蕾蕾的爸爸是高官，其他女生都相信蕾蕾有能力摆平此事。

野曼没有喝酒，最先回到宿舍，蕾蕾和梅子晕乎乎的，走路跟踉跄跄，互相搀扶，雪儿因为去找学校附近的饭店老板，耽搁了一会儿才回到宿舍。

对于此案，泥娃哥并没有做周密的计划，逃跑路线也是作案之后临时想到的，他感到心痛和绝望，他的目的只是杀人，并且目的非常明确：杀掉四人

或其中一人。他买了把斧子，按照蕾蕾字条上的地址，溜进宿舍楼，在寝室里等待四名女生回来。

他将幺妹的头和蕾蕾的包一起放进自己的书包里。

四名女生陆续回到寝室，泥娃哥自己也没想到会这么轻松杀死四名女生，他只知道心里是多么的恨她们。窗外的雪在下，空无一人的校园里万籁俱寂，用肢体拼凑雪人也是临时起意，并不是警方犯罪模拟时推理分析的预谋作案，也许是蕾蕾的那句话起到了提示的作用——"难不成要我们四个的胳膊腿砍下来，接到她身上"。他要给心爱的人一个完整的身体，对他来说，四名女孩才是凶手，所以，他用凶手的肢体作为对心上人的赔偿。

雪人的头颅看着教师公寓，那是两个学生乞丐很想住进去的地方。

卖粽子的人从来都不知道什么是《离骚》，建造高档商务楼的民工住着的是工棚。

他们一直在流浪，他们乞讨，他们也想有一个家！

警方特殊影像研究室以及省厅的画像专家，根据监控录像和两名举报人的描述，做出了凶手的画像，全市警力联合出动展开搜捕，几天后，在学校附近的一个简陋出租屋里将泥娃哥抓获，在出租屋里发现了凶器——一把带血的斧头，还有蕾蕾的包，以及一枝残缺的玫瑰。

泥娃哥告诉特案组，他想等到春天的时候，一个人再去以前一起跪着的地方跪着讨钱。

特案组讯问了一些作案细节，泥娃哥供述，他杀人后，从三楼厕所的通气窗口跳到楼下的雪堆里，跳下去之前，他没有看到蕾蕾从寝室爬出来，也没有看到小妖。

梁教授和学生会的干部将一万元赏金给了小妖。

苏眉说："既然现在案子破了，有件事也不妨告诉你，你知道阿娇的QQ网名叫什么吗？"

肢体雪人

小妖紧张地摇摇头说："不知道。"

苏眉说："小妖！"

梁教授对小妖说："你梦游的时候，那三分钟究竟干了什么，没有人知道，不过……"

小妖惊恐地说："不过，什么啊？"

梁教授说："你梦游回来，从凶杀现场回到宿舍，你的室友看到你……"

小妖瞪大眼睛，问道："我怎么了？"

梁教授说："你在哭，泪流满面！"

雨夜幽灵

第二卷

我们走得太远，以至于忘了为什么而出发。

——纪伯伦

一群非主流少年在下街公园的水塔上发现了一具尸体，既没有报案也没有告诉家人，他们每天都去看尸体，观察其腐烂的过程，把这当成一种娱乐消遣的游戏。这帮少年还围坐在尸体周围，用手机拍了一些合影，用他们的话来说：

太刺激了，这可是真正的尸体！

有个年龄最小的少年，叫做三锤，胆小怯弱，不想再去看了，结果遭到大家的耻笑。为首的一个男孩，留着刺猬头发型，头发染成了七种颜色，他说了一句话，引起了大家的敬佩：

MB，等到这个人的肉烂掉了，我要把他的头当球踢。

这五个少年，三男两女，他们以游戏中的网名彼此相称：癫鸡，滚水，三锤，烟女子，华丽。

有一天，他们在网吧通宵玩游戏，半夜的时候，百无聊赖。

癫鸡对三锤说："贱男子，如果你现在敢去看那死人，我就把衣服给你。"

华丽说："别去公园，胆小鬼。"

滚水说："还有本少爷仓库里的刀，也给你。"

烟女子说："三老公，你要是敢去，记得和死鬼拍张合影回来哦。"

这衣服和刀指的是游戏中的虚拟装备，看来对三锤的诱惑力很大，他当场答应，表示自己要和尸体拍张合影，回来发到空间里，还警告和他打赌的两个人不许反悔。

当时是午夜一点，外面下着雨，街上空无一人，三锤淋着雨去了公园。

半个多小时后，三锤给癫鸡发了一条短信：我看到，水塔上的那个死人站起来了……

◎第六章　鬼脸照片

公安部特案组办公室，窗外，大雨哗哗。

白景玉拿着几张照片进来，发给特案组成员。

照片上的少年都穿着奇装异服，留着怪异的发型，眼神中露着叛逆和颓废。他们围在一具高度腐败的尸体周围，姿势各异，其中一个少年竖起中指，另一个少年手指伸成枪状对着尸体，两个少女坐在地上，瞪大眼睛，嘟着小嘴，手指伸成剪刀状。

画龙："我怎么有一种想狠狠揍他们一顿的感觉，这几个是人是鬼？"

白景玉："照片上有个鬼脸，仔细看看。"

包斩将照片倒过来看，右下角浮着一个苍白的很模糊的鬼脸，有一种说不出的诡异。

苏眉："估计是相机闪光灯反射到别的物体，形成的鬼脸图像。"

白景玉："没有闪光灯，这照片是用手机拍的。"

梁教授："拍照的是谁？"

白景玉："那孩子吓得精神失常了，现在医院里。"

拍照的少年就是三锤！

那天午夜，他和朋友打赌，去了公园，后来再也没有回来。没有人知道他在公园里看到了什么，第二天清晨，朋友发现他倒在家中，全身抽搐，口吐白沫。三锤的父亲是个出租司机，平时都是夜里开车，他刚好回来，把三锤送进了医院，然后拨打110报了警。医生说，三锤身体无碍，只是精神受到刺激引发了羊癫疯发作，因为过度惊吓变得精神恍惚。

警方随后做了大量的走访调查，那个公园里的水塔很高，塔顶更是隐蔽，平时也没有什么人上来，是个适合抛尸的场所。在没有尸体的情况下，法医进行了尸检。从三锤拍下的照片上可以看出，死者为男性，头部有致命伤，应系他杀死亡。

尸体已经生蛆，头部密密麻麻爬满了蛆，有的蛆甚至从眼睛和嘴巴里钻出来，看上去非常恶心恐怖。从蛆虫的长度和当地气象部门的温度统计可以推断出死亡时间为七天左右。

一个出色的法医也是昆虫学家！

《洗冤集录》中记载宋慈利用苍蝇寻找到一把杀过人的镰刀，从而找到了凶器的主人；《时代》杂志评选出的百年大案纪实中，美国昆虫学家杰姆韦布，在野外一具尸体上发现了死去的苍蝇，推断死者死于中毒，后来破获了美国历史上臭名昭著的"乡村餐馆杀人案"！

照片中水塔上的那具男尸，背部有尸斑，这说明尸体被移动过，因为一个人死后仰面躺着，尸斑才会出现在背部。

几张照片上的尸体姿势各异，甚至还有盘腿打坐背靠着一摞砖头的姿势。

警方讯问那几个非主流少年后得知，他们确实翻动过尸体，还用石头砸过尸体的头部！再加上头部已经生蛆，只从照片上无法判断死者死于何种凶器。

警方讯问三锤时，三锤表现得非常恐惧不安，他用颤抖的语气不停地重

雨夜幽灵

复着一句话：

"死人站起来了……鬼。"

那几个非主流少年，三锤，癫鸡，滚水，烟女子，华丽，都收到了一条莫名其妙的短信：

七天之内，杀死你们。

当地警方联合电信部门，查出了这个号码的主人，正是水塔上的那具男尸，一个包工头，名叫金葵，几天前失踪……

白景玉说："一个死人怎么可能发短信呢？"

梁教授说："这个案子有意思。"

白景玉说："鬼要杀人，这则骇人听闻的消息迅速在当地传开，人心惶惶，尸体又不见了，一个孩子吓疯了，他们都收到了威胁短信，当地四街公安分局束手无策，请求咱们特案组协助调查。"

苏眉说："日本有部恐怖片，叫《午夜凶铃》，凡是看到一盘录像带的人，都会接到一个神秘电话，然后在七天内死亡。看来，照片上的这几个少年，在劫难逃……"

包斩说："我们只有七天的时间，七天后，很可能再次发生命案！"

画龙说："走，出发吧，去捉鬼！"

道士捉鬼需要桃木剑，警察捉鬼也需要一些特别的装备。白景玉表示，上一个案件，特案组成功破获，已经名震全国。无论是上级领导，还是下级各地警局，都对特案组期望非常高，这一次，只许成功，不许失败。

白景玉让助手拎进来四个密码箱，特案组成员打开后，每个人都眼前一亮。

画龙的箱子里装着一整套最先进的警用枪械装备：92式9毫米手枪、网枪、88式狙击枪、多功能警用匕首、催泪瓦斯、搏击手套、防恐面罩、战术腰带、攀援装置等。

画龙问包斩："你的箱子里放的什么，侦破小说吗？"

包斩的密码箱里是一些高科技刑侦工具，有些甚至是特工装备——警用无线影音侦搜仪、隔墙窃听器、猫眼窥孔、狼眼手电、激光夜视观测仪、针孔摄像机、追踪定位戒指、手表式数码相机等。

苏眉的箱子里放着一台迷彩色的笔记本电脑。

画龙说："你的小本本能打游戏吗，无线上网？"

苏眉说："菜鸟，这台电脑是军方和中科院联合研制的最新科技产品，内置卫星信号接收装置，完全Linux系统，开放源程序，你可以在北冰洋的冰层下面玩网络游戏，因为它还有防水功能。"

画龙又问梁教授："梁叔，你的箱子里有什么，给我们看看。"

梁教授笑而不语，合上密码箱。

苏眉说："我们该出发了，拎起你那野蛮人的箱子。"

画龙说："你的呢？"

苏眉说："科技之箱！"

特案组成员，每人配备一部特制的Iridium卫星手机，还有一套微型对讲装备。画龙认为，特案组成员还应该配备一副墨镜，那样会使特案组看上去更神秘，给人一种很牛逼的印象。机场安检的时候，出现了一点麻烦，尽管特案组出示了持枪证明还有公安部门的证明信，但是机场工作人员要求人枪分离，由机长暂时保管。

在飞机上，画龙沮丧地说，这次办案，还没出门，就让人把枪给缴了。

梁教授的密码箱，在安检的时候顺利通过，大家对他箱子里的东西都感到很好奇，一再要求打开看看，梁教授笑着打开密码箱，里面只放着一本《圣经》。

飞机在机场降落后，四街分局局长亲自开车来接，由此可见当地警方非常重视。局长对特案组介绍说，四街分局下辖四个派出所，分别是东街、西街、上街、下街。110指挥中心接到报案后，巡警去医院做了笔录，最先出公园现场的是下街派出所，那个公园的水塔也在下街派出所的辖区之内。

雨夜幽灵

梁教授说："那我们就去下街派出所，腾出一间房子作为特案组办公地点就行。"

局长说："我建议先去局里吧，刑警总队队长，治安处处长，分局领导都在局里等着呢，为特案组装备了一个简单的欢迎午宴。"

画龙说："我们不是来吃饭的。"

局长无可奈何，只好将车开进了下街派出所。

在派出所内，当地警方详细地汇报了一下案情。

死者金葵四十二岁，某工地包工头，和工人聚餐喝完酒后，声称回家，就此下落不明。经过家属辨认，照片中水塔上的尸体正是金葵。警方也对金葵的社会背景和人际关系做过大量调查，没有找到可疑之处。水塔上发现尸体的五个少年，年龄最大的二十岁，最小的十七岁，均被学校开除，待业在家，平时是白天睡觉，晚上在网吧通宵上网。他们收到威胁短信后，已被警方严密监控，暗中保护。发送短信的手机号码，确认为死者金葵生前使用。目前的情况是：死者尸体和那部手机下落不明，手机处在关机状态。三锤躺在医院，精神恍惚，白天自言自语，晚上说梦话，警方多次讯问那天晚上他在公园看到了什么，他声称自己看到了鬼，看到那个死人站了起来，鬼要杀死他，追他，他拼命地跑，还摔了几个跟头，跑回家里就晕了过去。

梁教授问道："三锤晕了过去，是谁最先发现的？"

派出所长回答："一个叫华丽的女孩，她和三锤是恋爱关系，住在他家，当时三锤的父亲刚刚交车回来，两人一起把三锤送进了医院。"

苏眉说："呃，两个不良少年，这么小年纪就同居，爸爸也不管。"

派出所长说："三锤的父母离异，父亲开出租车，平时很少在家，对孩子缺乏管教。"

包斩对梁教授耳语了几句，梁教授点点头，包斩从密码箱里拿出一支录音笔，他让警方悄悄地把这支录音笔放在三锤的床头，用来记录三锤睡梦时说的话。

一个人的梦话往往含有大量信息，与平时思维相仿，多为白天所想的

事情。

第二天，警方整理了录音笔录下的内容，从那些含糊不清的只言片语中，从那些不连贯的梦话中，他们得到了一条信息：

那天晚上，三锤在公园里看到了一个穿雨衣的人，雨衣里鼓鼓囊囊的，好像背着什么东西！

警方推测：穿雨衣的人很可能背着一具腐尸！

◎第七章　凶杀现场

这个多雨的小城，街道两边栽种着栀子花，白色的大花瓣淋在雨中。

下街公园，自从发现了一具尸体后，游人变得寥寥无几。水塔已被警方封锁，平时，这个地方人迹罕至，杂草丛生，现在变得更加阴森恐怖。特案组四位成员出现在公园，苏眉推着轮椅上的梁教授，公园管理处的人介绍，这个水塔建于50年代，已经废弃很久了，以前有一些掏鸟窝的孩子常常上去玩，后来那几个孩子长大了，他们组建了一个摇滚乐队，常常在水塔上声嘶力竭地唱歌。

包斩爬上水塔，又下来，在周围的灌木丛中蹲下，他用手数着路灯的数目，观察着小径上的行人，他时而若有所悟地点点头，时而又摇头否决着什么。

画龙问："这个土包子在干吗？"

梁教授说："犯罪模拟。"

一些优秀的刑侦警察常常会将自己置身于犯罪的场景中，把自己扮演成罪犯，来模拟整个犯罪过程，通过假设以及推翻自己的假设，揣摩犯罪心理，分析凶手下一步做什么以及是怎么做到的。

雨夜幽灵

梁教授问："有什么发现？"

画龙说："凶手，很可能有一辆车，也可能，有好几个凶手！"

　　下街公园并不是杀人现场，而是抛尸现场，从杀人现场到抛尸现场需要车辆或者多人转移尸体，车辆还可以用来掩人耳目，避免被人发现，这个推论也合情合理。罪犯处理尸体的方式并不高明，选择公园作为抛尸地点，很可能是一种随机的选择，没有经过精心的策划。

　　罪案史上，有过很多二次抛尸的案例。村民吴自兴因赌博纠纷杀死债主，抛尸于村前的蓄水井，他每天喝水时都感到恶心，所以从井中打捞出尸体再次转移；银行保管员马晓峰杀死同事，先将尸体绑在宿舍床底，又移尸到自家冰柜，最后把碎尸扔在街头的垃圾箱。

　　三锤的精神状态不稳定，过多的讯问会让他更受刺激，警察也问不出个所以然。特案组认为，三锤在睡梦中说的那些含糊不清的话，那个穿雨衣的人，很可能就是凶手。可能那天夜里，凶手第二次转移尸体的时候，偶然被三锤发现。

　　特案组打算先从外围侦查。死者金葵的通信记录引起了特案组的兴趣。案发当天，金葵拨打的最后一个电话号码是一家桑拿城，名叫大富豪，这家桑拿城就坐落在下街公园旁边，同在一条街道上。

　　有个细节值得一提，金葵给老婆发过一条短信，声称自己去给孩子买奶粉，要晚点回家，然后他就去了这家桑拿城。

　　梁教授令画龙和包斩前去调查，他们并没有和当地警方打招呼，而是准备暗访。包斩带上金葵的照片，画龙带上枪，两人换上便装，把微型通话装置隐藏好，苏眉连接上电脑，一切准备就绪后就出发了。

　　包斩还是第一次去这么富丽堂皇的地方，画龙倒像是轻车熟路，门口的迎宾员彬彬有礼地鞠躬说欢迎光临，画龙没有理会，径直往里走，一个服务生在前面引路，走进一个包间，画龙看了看说，有没有好点的贵宾室，这里要不开。

　　服务生又带着两人到了楼上，领进一个豪华套房，宽敞的客厅，铺着厚

厚的红地毯，靠墙放着三排欧式沙发，估计能坐几十人，整个房间装修得非常高档，尊贵典雅的气息处处流露。画龙和包斩在沙发上坐下来，画龙对服务生说："你下去吧，把领班叫来。"

画龙对包斩说："土包子，让你见识一下。"

包斩有点紧张，他还是第一次来这种风月场所。

苏眉在耳麦中提醒画龙和包斩，你们俩要是想做坏事的话，不要忘了这里还有两个观众。

画龙咳了两下，一个靓丽的女领班面带微笑敲门进来，先是寒暄了几句，然后讯问画龙和包斩需要什么样的技师。

画龙："都有什么样的？"

女领班："您要什么样的，应有尽有，我们大富豪的特色是制服系列。"

画龙："简单介绍一下？"

女领班："制服系列，凡是您能想到的，我们这里都有。有空姐制服，护士制服，教师制服，秘书制服，学生制服，女仆制服，'文革'时的知青制服，还有穿着古装的宫女……"

画龙："有警察制服没？"

女领班："有。"

女领班开始往房间里带人，先是带进来一排穿着警察制服的小姐，个个秋波流转，难掩风尘本色；又带进来一批空姐装扮的美女，仪态万方，媚态十足，甚至还拉着旅行箱；接着一群穿着露背晚礼服的女郎鱼贯而入，千娇百媚，各有风情。

画龙说："把你们这里所有的小姐都找来。"

女领班："有些小姐在上钟，不可能都叫来，您挑选一个吧，要不，我帮您推荐……"

画龙坚持要把所有的小姐都叫来，双方争执起来，女领班报告了经理，经理带着几个怒气冲冲的保镖就进来了。经理指着画龙破口大骂："你他妈的

谁啊，这么难伺候，敢来这里找碴，我看你是找死。"

画龙笑着说："我就是来找碴的，我是警察，你能把我怎么样？"

经理冷笑着说："小子，这个地方就是警察开的，老板是四街分局局长，你也不打听一下。"

画龙说："不出所料。"

经理说："往死里打，给我扔出去。"

一个保镖上前揪住画龙的领子，画龙一个背摔将其摔倒在地，其他保镖围过来，画龙一记右直拳打倒一个，随即腾身垫步一脚侧踹，踢飞一个。这几招一气呵成，如行云流水，三个保镖倒在地上，剩下的两个保镖一看情势不妙，从身后抽出砍刀和球棒，画龙也迅速地拔出枪，两个保镖不敢轻举妄动，场面僵持不下。

这时，经理的手机响了。原来一直在特案组办公室监听的苏眉，担心局面失控，就通知了四街局长，局长立即给经理打电话，告诉他这两个警察是自己人，特意从中央请来的，有什么要求，尽量满足。

经理挂上电话，满脸堆笑，一连声地道歉。

画龙重新在沙发上坐下，点起一根烟。经理和女领班耳语了几句，一会儿，桑拿城所有的小姐都被叫来了，等候在门外的走廊上。包斩拿出金葵的照片，要求小姐们仔细辨认，其中有个叫香香的小姐，穿着水兵服，像个清纯的女学生，她认出金葵是她前几天服务过的一个客人。

女领班要求香香好好配合，然后驱散了无关人员，把房门关上。

香香："哥哥们，我什么都不知道，不要抓我。"

画龙："放心，我们是特案组探员，扫黄这样的小事还是留给当地的警察吧。"

香香："特案组？"

画龙："我们只负责大案要案。"

香香："明白了，你们只接大活，就跟我们只做特服一样。"

画龙："是的。"

根据桑拿女香香的回忆，死者金葵在案发当天来过桑拿城。服务的过程中，他数次强吻香香，香香拒绝，他就从包里拿出一百元当小费，还跪在地上哀求，所以香香对这个客人印象深刻。

画龙说："我有个问题，你们做小姐的，为什么拒绝和嫖客接吻？"

香香撇撇嘴，将头歪向一边说道："那臭嘴……"

画龙说："后来呢？"

香香说："他要求我打他耳光，还要亲我的靴子，我生气了，经理把钱退了，赶走了他。"

包斩问道："一百元，是整张的吗，还是两张五十元的？"

香香说："那人的包，看着有很多钱，其实里面装的都是十块的，五元的，还有一包奶粉。"

案情到了这里，虽然没有明朗，但特案组至少搞清楚了杀人动机。这很可能是一起偶然的杀人劫财案。桑拿城距离金葵的家，如果步行，只有二十分钟的路程。金葵在回家的路上，偶遇凶手，凶手以为他的包里有很多钱，将其杀害。画龙和包斩离开桑拿城之后，特意去了一趟公园里的厕所，没有发现可疑之处，这也排除了金葵因内急去公园厕所被人杀害的可能。

包斩突然想起经理说的那句话"往死里打……扔出去"，然而他又摇了摇头，否决了什么。

金葵离开桑拿城的时候是晚上9点左右，路上行人不少，大庭广众之下，凶手是如何将其杀害又不被人发现的呢？

他在回家的路上，发生了什么呢？

凶杀现场又在哪里？

◎第八章 鬼影再现

　　一连几天，案情毫无进展。特案组分析认为，三锤应是此案的突破口，他是唯一一个见过凶手的人。只是这几天，躺在医院的三锤，精神状态依旧不好，连续发作过几次羊癫疯，每次发作都很吓人，翻着白眼，四肢痉挛，手指握成鸡爪状，意识丧失，神志不清。住在同一病房的病人，都认为三锤是鬼附身了。

　　等到三锤神志略微清醒的时候，梁教授为他做了一次催眠治疗。

　　香港警方聘请过灵媒破案，美国FBI也曾用第六感侦破案件。在某些案件中，使用特殊刑侦手段也很有必要。

　　梁教授并没有透露自己的警察身份，他声称是医院里的心理医师，还出示了伪造好的证件，这取得了三锤的信任。

　　梁教授告诉三锤，催眠是一种心理治疗，可以终止焦虑，消除对事物的恐惧，以新的正确态度面对生活，走出内心的阴影。

　　三锤端坐在椅子上，神情憔悴，表示自己会好好配合。

　　梁教授拿出一块怀表，垂在空中摆动着，让三锤盯着看，并且要三锤仔细倾听指针走动的声音，这也是催眠中的"摆锤法"。梁教授开始实施想象引导，用话语暗示和诱导，经过半个多小时，三锤的眼皮越来越沉，他闭上眼睛，开始进入催眠状态。

　　梁教授："下雨了，听到滴滴答答的雨声了吗？"

　　三锤："听到了。"

　　梁教授："你正走在下街公园里，栀子花的味道很浓，闻到了吗？"

　　三锤："是的。"

　　梁教授："看到公园里的那个水塔了吗？"

　　三锤："看到了。"

梁教授："你还看到了什么？"

三锤："一个穿雨衣的人，背着一具尸体。"

梁教授："穿雨衣的人长什么样？"

三锤："这个人……我认识。"

梁教授："他是谁？"

三锤突然双眼圆睁，啊地大叫了一声，从催眠状态中醒了过来。

催眠可以诱导他人进入一种情境之中，但是无法控制他人做自己潜意识不认同的事情。每个人的潜意识里都有着坚守不移的秘密和隐私，出于自我保护，即便在催眠状态中，也不会暴露自己的秘密。

三锤认识凶手，催眠获得的这个消息令人振奋。四街警方随后加强了审讯力度，但是三锤再也不肯多说，他的精神几近崩溃。特案组要求四街分局严密监控三锤的几个朋友，也许其中一个就是杀人凶手。两天后，有一条消息反馈上来，根据一个秘密监控癫鸡的警察反映，这小子最近不知道从哪弄来一笔钱，天天和朋友蹦迪唱歌，还在KTV吸食毒品，此人有着很大的嫌疑。

四街警方作出了一个大胆的假设，一个刑警队长这样推测：

那天晚上，金葵离开桑拿城回家，路上很可能因为内急或者其他原因去了公园，他并没有去厕所，而是在水塔附近的灌木丛里就地解决，癫鸡那天正好也在公园—— 一个少年总喜欢到处游逛，癫鸡心生歹意，抢劫杀人，将尸体背到水塔上，事后，又和朋友一起装作偶然发现尸体，避开自己的嫌疑……

四街局长说："也有可能是这几个孩子共同杀害的，三锤应该是局外人，没有参与。"

刑警队长说："是啊，几个不良少年，还吸毒，不是干不出这事。"

包斩问道："凶杀现场在哪儿，如果是在灌木丛里，为什么没有找到血迹？"

刑警队长说："那天下雨，给冲没了呗。"

包斩点点头，走到窗前，陷入了沉思，自言自语说道："下雨，我怎么就没想到这一点呢？"

雨夜幽灵

梁教授说："今天是最后一天。"

四街局长问道："什么？"

梁教授拿出三锤拍下的那张照片，用手指了指照片上面的鬼脸。

当天夜里，下起大雨，癫鸡、滚水、华丽、烟女子，四个少年在网吧上网，两个警察坐在外面的车里秘密监控。四个少年都叼着烟，玩着网络游戏，迷恋着虚拟世界的屠杀。三锤的住院并没有影响他们的心情，这几天，华丽已经移情别恋，和癫鸡在游戏中结了婚。

他们边玩游戏边说一些只有他们才能听懂的话：

癫鸡："TMD，给老子跪下，喝××，舔××。"

滚水："屁啊，爆你头。"

烟女子："寻F，妹的真心只属于有钱的哥哥。"

华丽："民工死开，飞你，本公主血洗你全家。"

凌晨3点钟的时候，网吧停电了，四个少年各自回家。

离开网吧的时候，华丽央求癫鸡，要去他家住。但是癫鸡没有理她，双手插在屁股上那两个超大的裤子口袋里，脸上一种漠然的表情，走进了雨中。

警车在后面悄悄地跟着癫鸡。

滚水和烟女子拉着手，拐进一条街道，不见了。

华丽抱着胳膊，走进一条没有路灯的胡同，胡同尽头就是她的家。

她穿着一件韩版牛仔裤，裤子很长，几乎拖在地上，她曾经指着裤腿说："这儿越脏，越烂，我就越喜欢。"

雨下大了，但她毫不在意，任由雨将自己淋湿，也不躲避地上的水洼。

胡同狭长而又黑暗，华丽隐隐约约听到身后传来脚步声，回头看，却没有人。她心里害怕起来，走了几步，她猛地一回头，后面出现一个穿雨衣的人，黑暗中看不到那人的脸。华丽吓了一跳，加快步伐，身后那人却跑了过来，华丽惊慌失措，隐在一户人家的门前，犹豫着要不要敲门或者喊救命，只听到脚步声越来越近，华丽心跳得厉害，想着也许是个路过的人，那个穿雨衣

的人并没有走过去，而是在华丽面前停下了，他扭过头，看着她。

一道闪电划空，照亮了华丽惊恐的眼神，也照亮了那人的脸——她发现自己认识这张脸！

第二天，人们在华丽家五十米的地方，发现了大量血迹，很显然，华丽被人杀害，不过，现场没有发现尸体。

地上的血迹已被雨水冲刷干净，但是墙上还有一大摊血迹，警方做过痕迹检验，无法判断凶手使用的什么凶器。画龙先后使用斧子、锤子、棒球棒、扳手等致命工具进行模拟击打，仍旧无法确定墙上的血迹是由什么东西击打造成的。

经过走访调查，根据网吧老板反映，当天晚上停电是人为因素，有人撬开了网吧附近的变电箱，扳下了铡刀开关，导致网吧停电。

从现场勘察来看，因为下雨的缘故，没有提取到脚印、指纹等有价值的线索，警方认为凶手熟悉地形和环境，应是熟人所为。然而那天晚上，警方一直在跟踪癫鸡，没有发现异常，滚水和烟女子离开网吧后就回家了，三锤躺在医院，都有人能够证明他们不在现场。

那么，是谁杀死的华丽呢，这个熟人又是谁？

尸体为什么又不见了呢？

四街刑警分析认为，凶手有可能是个恋尸癖患者，然而特案组反驳了这一推断，梁教授说："如果不出意外的话，肯定还会有命案再次发生。"

出于保护措施，警方以涉嫌吸毒为理由，将癫鸡、滚水、烟女子三个少年治安拘留。经过多次审讯，他们没有提供有用的线索。

仅仅过了一天，下街派出所接到报案，一个烟草局的会计去银行取钱，再也没有回来上班，也没有回家，下落不明。警方调取银行的监控录像发现，下午4点，会计在银行取出了十五万元离开了银行，当晚，另一个人在自动取款机上分两次取走了会计银行卡上的四万元。

自动取款机监控录像显示：那个人穿着一件雨衣，故意低着头，用帽檐遮挡着脸。当时是午夜时分，只能模糊分辨出此人体形偏瘦，个子不高。

特案组和四街警方一致认为，这个会计很可能已被杀害，穿雨衣取钱的人就是凶手，这个案子和水塔腐尸以及华丽被杀，应是同一人所为。

一连三起命案发生，四街局长再也坐不住了，如果不能破案的话，他肯定要负一定的责任。四街局长部署警力加大摸排力度，重点寻找目击者，包斩说道："不用找目击者了。"

四街局长："为什么？"

包斩："这个穿雨衣的人，咱们摸排时，肯定有警员见过他。"

四街局长："废话，监控录像里见过。"

包斩："我的意思是，这个凶手，我们也认识……"

◎第九章　埋尸之处

所有的人都站了起来，期待着包斩继续往下说，然而包斩却停顿了一下，表示自己没有证据，只是推理和猜测，四街局长拍着大腿喊道："别卖关子了，凶手是谁？"

包斩在黑板上画了一个简易的时间轴，按照时间顺序，把三起凶杀案件中的线索都对应上去，一些词汇被他分门别类地写了上去，例如手机号码、下雨、尸体失踪、雨衣、熟悉地形、凶杀现场等。大家发现主要共同点有两处，一、没有发现尸体；二、凶手穿着雨衣。

包斩提示道："还有第三个共同点，我们都忽略了。"

四街局长说："什么？"

包斩说道："三起命案发生时都下着雨，但是三位死者都没有穿雨衣，也没带伞！水塔腐尸案和会计被害案，没有找到凶杀现场的原因是因为——凶杀现场是在不断移动的。"

凶手穿着雨衣是为了掩饰身份，但这也恰好暴露了他的身份，三起命案

都发生在雨天，三个死者都没有带雨具，而转移尸体需要车辆运输，那么凶手的身份是什么呢？

梁教授说："司机。"

包斩说："是的，死者金葵离开桑拿城时正下着大雨，烟草局会计去银行取钱时也下着大雨，如果你是他们，你会怎么做呢？"

四街局长挠挠头，回答不上来。

苏眉说："下雨的话，我会打车。"

包斩说："没错，凶手很可能是一名出租车司机，三名受害者都没有带雨具，上了他的车，就走上了不归路，我想提示大家的是——三锤的父亲正好是一名出租车司机。"

四街局长："把这家伙抓起来，审一下，给他吃点苦头，是不是他干的，肯定就招了。"

梁教授："如果他不是凶手，是无辜的呢？"

四街局长："哪能管那么多，警察办案，谁能保证百分百抓对人。"

梁教授："没有证据，不能抓人。"

苏眉通过技术手段调取了三锤的父亲户籍档案里的照片，还获得了驾驶证照片，与监控录像进行比对，结果大失所望。驾驶证照片显示三锤的父亲是一个中年胖子，而监控录像中穿雨衣的那个人身材偏瘦，很明显是两个人。

四街局长坚持要把三锤的父亲抓来审问，但梁教授认为没有证据直接表明他就是杀人凶手。场面有点僵持不下，最终四街局长作出妥协，同意让特案组先去三锤家调查一下，发现证据后再行抓捕。

特案组四人驱车出发，按照户籍地址，找到了三锤家，他们将车停在远处，打算以租车为借口去三锤家。三锤家是在一个破旧的居民小区里，一楼，有个小院，门虚掩着，院里有一株葡萄树，绿叶中垂着一串串紫色的葡萄，滴着雨水。

雨夜幽灵

门口停着一辆出租车，车门锁着，看不出里面有什么异常。

四人径直走进小院，画龙喊道："有人吗？我们想租车。"

苏眉推着轮椅上的梁教授，包斩观察着小院，葡萄树下，可以很明显地看到有挖掘过的痕迹，松动的土和周围的土颜色不一样。

包斩把食指竖在嘴边，说："嘘，示意大家别动。"

他从墙角找到一把铁锹，在葡萄树下掘了两下——土里赫然露出一个人的袖子，看来这里埋着尸体。

四个人的心都怦怦直跳，他们用眼神交流着要不要立即实施抓捕还是通知四街警方。

正在这时，屋门打开了，一个体形偏瘦的人冲到院里，画龙意识到那人想跑就迎了上去。那人举起手里的东西——一把射钉枪，二话不说，对着画龙的头部就扣动了扳机。画龙看到那人目露杀机，也来不及拔枪，甚至没有时间躲闪，危急之中，他用手堵住了射钉枪口。一枚钉子射了进去，穿透手掌，手背上露着钉子的尖，鲜血立刻流了出来，画龙疼得蹲下身子。那人看到苏眉推着轮椅上的梁教授，抢步上前，对着梁教授的胸口又开了一枪，然后他用力撞开包斩，仓皇夺门而逃。

这突然的变故把包斩和苏眉都吓呆了，仅仅不到一分钟的时间，画龙和梁教授两人中枪，画龙没有生命危险，但是梁教授的伤势在胸口，正对着心脏，钉子射入，必死无疑。

包斩惊慌失措地喊道："小眉，赶快叫救护车，通知四街分局来现场，我去追那家伙。"

包斩冲出院门，那人已经发动起出租车，以奇快的速度驶出了小区。包斩不会开车，画龙手掌受伤也无法驾驶，包斩追到小区门外，眼睁睁地看着那人越行越远。

他垂头丧气，心里非常担心梁教授的安危，这时，一辆出租车在他身边停下了。

司机："去哪里？"

包斩立即上车，说道："快，快点，追上前面那辆车。"

司机一边发动车辆一边问道："讨债？还是老婆跑了？"

包斩："开快点！"

出租司机："前面红灯。"

包斩："冲过去。"

出租司机："凭啥听你的？"

包斩："我是警察。"

出租司机："还真没看出来，抓坏人？说真的，我好久没这么干了——闯红灯！"

包斩："你的驾驶技术怎么样？"

出租司机："我年轻时飙车，能让车轮起火，舒马赫来了也不敢和我叫板，这里是我们出租车司机的地盘，你注意到没，我是怎么把你抢到手的吧，你站在路边，一个同行打算斜插过来，而我呢，从天而降，你打开我的车门的时候，我正在向同行翻白眼，残酷的生存环境造就了我们高超的抢客技术……"

包斩："那好，逆行车道，抄近路，绕到前面截住他。"

出租司机："出了事你负责吧，我是说，不是出车祸，而是被扣分，严重了就得吊销驾照。"

包斩："我不负责，你肯定会被扣分，不过你的名字会出现在明天的报纸上和收音机里。"

出租司机："哎哟喂，玩真的了，好，系好安全带，我早就想这么干了。"

包斩："能追上吗？"

出租司机："放心吧，前面即使是F1赛车冠军，也能追上，我开出租车多少年了。话说回来，前面那人是干吗的？"

包斩："那人也是一名出租车司机。"

出租车司机认出了前面那辆车的车牌，他说这是简师傅开的车，几乎所有出租车司机都认识简师傅，因为他的车牌号码上有三个"4"。

简师傅就是三锤的父亲。

那天，城外的高速公路上发生了车祸。两辆车一路追逐，险象环生，轧死了一只鹅，溅起的水花高过了绿化树，后面的出租车试图超过前面的出租车，但差点被甩进路边的壕沟，在收费站参与堵截的情况下，前面的出租车闯过路障，一辆大货车紧急刹车，横在路上。眼看着出租车就要逃离，但是那辆车以最快的时速撞断了桥上的护栏，在空中长鸣着喇叭，飞越了一段距离，然后重重地摔在了桥下的河滩上。

我们不得不说，在空中的时候，那辆车的姿势非常优美，一道生命的弧线和轨迹。

警方在扭曲变形的车辆中发现了一具血肉模糊的尸体，从现场情况来看，此人应是自杀！因为当时他完全可以驾车逃离。

包斩百思不得其解的是："简师傅为什么要杀人，为什么又要自杀？"

包斩的心里闪过一个恐怖的画面：一个少年，在午夜时分，偶然看到一个穿雨衣的人背着尸体，这个人竟是他的父亲。

然而，包斩没有心思多想，他担心着梁教授的生死安危！

◎第十章　栀子花开

这个杀人犯住在一条安静的街道上，街道两旁栽种着栀子花，白色的花瓣使得附近的空气变得芬芳。那时候，他有一间房子，他和他的心在那里休息了很多年，整个少年时期一晃而过。然后，父母去世，他娶妻生子，结婚离婚，过着平淡如水的生活。

院里的葡萄树是和妻子一起种下的，离婚之后，他常常看着葡萄树发呆，他从树荫里坐着，从树荫里站起，等待着儿子三锤放学。在院墙角下，冬天的白菜挨在一起，夏天的西瓜挨在一起，时光如流水，一年又一年。无论是

大雪纷飞，还是大雨滂沱，他没有过再婚的念头。

　　他这一生中的大部分时间是在车上度过的，他开过各种各样的车：机动三轮车、拖拉机、长途客车、洒水车、带挂斗的大卡车、挖掘机、桑塔纳轿车、出租车……

　　他只有过一个职业：司机。

　　出租车同行们称呼他为简师傅。简师傅不爱聊天，喜欢开玩笑，例如在背后拍拍别人的右肩然后站在左边。他还有一个爱好，就是买彩票，但是从来没中过大奖。

　　司机的生活非常枯燥乏味，所以很多司机都爱贫嘴。出租车司机都是文化人，他们见多识广，扎堆聚在一起闲聊的时候，时常蹦出闪耀着真理光辉的惊人之语，例如下面这段话：

　　司机甲："宇宙？切，睾丸爆炸。"

　　司机乙："没错。"

　　司机甲："睾丸爆炸，就是宇宙大爆炸。如果摄影机能直播宇宙诞生的整个过程，将电视的画面放大无数倍，再乘以无数倍，先找到太阳系，再找到地球，最终就会看到自己傻兮兮的脸。"

　　出租车司机也爱谈论时事，和一般小市民不同，他们往往能看透事物的本质，例如一个司机和一个乘客这样谈论台湾关系。

　　乘客："要打仗了。"

　　司机："他们要炸台湾，就让他们炸吧，他们要干掉日本人，就让他们干吧。君不见，帝王将相化尘埃，鹅鹅鹅，鸡毛浮绿水，一江骨灰向东流。无论你和我生活在清朝，还是明朝、元朝、宋朝，包括牛逼烘烘的唐朝，咱都是没有名字的人，什么都改变不了，阻止不了。"

　　简师傅喜欢在雨中开车。有时，他会将车停在大雨中，一条林荫路边，他待在车里抽一支烟，把车窗打开一条缝隙，让烟飘出去，让雨中湿润的空气

雨夜幽灵

进来。混合着雨声哗哗，车里的收音机播放的音乐显得更加动听，雨刷将这个城市的轮廓变得时而模糊时而清晰。

他在矿泉水瓶子里撒尿，然后扔出车外。其实，很多出租车司机都这么干。

他把装着大便的塑料袋扔出车窗，青春的稀屎在风中飘荡。

他喜欢恶作剧，这说明他还不老。

雨总是和浪漫有关，简师傅并不是一个浪漫的人，不过有时会有一些很有诗意的想法。例如，他将车停在路边，穿着雨衣去买包香烟，他站在十字路口，会这样想：

如果雨下的大一些，如果大雨一直在下，他所生活的地方会成为一个湖，湖面，也就是他膝盖的位置，会开满荷花。他站在水中，看着船绕膝而过。

简师傅有时也很幽默，例如外地游客拒绝搭乘出租车而选择等待公交车时，简师傅会对他们说："鸡都炖了，还舍不得放盐？"

出租车司机更像一个旅人，看车水马龙和似水流年，将别人送回家，然后自己回家，每天重复，这就是他的一生。枯坐不动，但穿梭于城市的喧嚣之中。不管是穿着背心打完麻将的猥琐男子，还是洒了香水吃完麻辣烫的妖娆女子，无论是什么人，什么时间，有人招手，他就过去，他带着他的车。他能感觉到车就是他的身体，他的皮肤。他用眼角的余光观察每一个乘客，遇见善谈的人，会聊几句；遇到沉默的人，也就无话可说。

有一次，在人民医院的路口，简师傅拉了一个奇怪的客人，一个穿着医院病号服的女人，面目苍白，容颜憔悴，怪异的是——这个女人没有头发，是个秃头女人。

他："去哪儿？"

女人："哪里人少？随便转几圈吧，我也不知道，这附近有什么山吗？"

他："没有。"

女人："湖，有吗？"

他："有一条河。"

女人："就去河边吧，唉，我怕水。"

两个人不再说话，一路沉默，车在河边停下，女人欲下车，简师傅提醒她还未付车钱，女人扔下一份病历，说："连死人的钱你也要？"

简师傅看了看病历，也没继续讨要车费，这女人是一个白血病患者，头发应该是化疗而掉光了。

简师傅看了那光头女人一眼，她下车，面带微笑，泪流满面，走向河边。

简师傅以为这女人只是出来散散心，没想到，几天后从河里打捞出一具穿着病号服的女尸，他才意识到——这女人自杀了！

这件事给他带来很大的震撼，从那天起，他想着一个问题，以至于开车的时候常常走神。

这个问题其实也是我们每个人都有可能面对的：

如果自己患上了绝症，付不起高额医药费，会怎么办？

静静等待死神的来临？

也许自杀是一种解脱，结束自己的生命，来缓解家庭的经济压力，让自己的痛苦和家人的悲伤随着纵身一跃而结束。

这件事过去了好久，简师傅还自言自语："那个女人肯定有孩子……她只想找个无人的地方静悄悄地死。"

简师傅想起和妻子离婚的那天，儿子三锤把鞋藏到了被窝里，他和妻子两个人找了半天，直到办理完离婚手续，他一个人从民政局回来后才发现藏在被窝里的鞋子。

那时，他的儿子三锤只有六岁，儿子站在门口，站在葡萄树下，没有哭，也不笑，只是很平静地问："妈妈呢，还回来吗？"

他没有说话，感到一阵心酸，泪水涌了出来。

父子俩相依为命，他发誓要让孩子生活得好一些。三锤长大，穿着奇装

异服，留着怪异的发型，他也只是觉得自己跟不上时代了，可是，他看得出儿子并不快乐。

一个少年眼神中流露的叛逆和颓废并不是伪装的。

有个细节不得不说，三锤和朋友们在水塔上发现尸体的那天，他坐公交车回家，上来一个拄着拐杖的老太太，车里人很多，没有空座，三锤——这个有着文身戴着耳环留着爆炸式发型的非主流少年，站起来很有礼貌地说："老婆婆，你坐我这里。"

周围的人会心一笑，觉得这个少年很可爱。

从最初的栽树之心，到最后的杀人之心，这中间发生了什么呢？

2006年冬天，简师傅患了痔疮。最初只有花生米大小，他试图吃药康复，他吃槐角丸，消痔灵，温水坐浴，涂抹药膏，每天傍晚，别人下班的时候，他开始上班。他吃完药，把碗放在院里结冰的桌面上，哈着寒气，开车上班。

他坐着的椅子总是离地半尺，与汽车尾气保持平衡。

很多司机都患有痔疮，所以这实在不是什么大不了的事情。只是每一次踩刹车或者离合器，都会感到阵阵疼痛。

过年的时候，痔疮开始恶化，当初的花生米长成了面目狰狞的肿瘤，就好像屁股下面坐着一个番茄。动完手术，正逢春节，他强忍着疼痛包了饺子，一个人孤零零地等待着儿子，那天是大年夜，儿子通宵在网吧上网，第二天早晨带了一个女孩回来。

他没有生气，他很高兴，觉得儿子长大了。

三锤和华丽开始同居，简师傅很含蓄地告诫过儿子，怀孕是一件很麻烦的事。

三锤说："放心吧，不会的。"

华丽也用一副满不在乎的语气说："我们只是玩玩，没想结婚生孩子呢。"

宗罪

2007年夏天，他的痔疮又犯了，这次非常严重，肚子剧痛，便血和吐血，拉出的大便不是圆形而是月牙形，这说明肠道里有肿瘤，他以为是内痔，结果到医院一检查：直肠癌晚期，已经转移扩散到肝和肺！

医生安慰说："直肠癌并不可怕，动个手术，身上插个管子，做一个人工肛门就是了。"

简师傅说："我这已经扩散到肝和肺了，能维持多久？"

医生说："看化疗效果，三五年应该没问题，如果不治疗，也就三个月。"

简师傅说："大概需要多少钱？"

医生说："手术倒不是很贵，就是得进行十几次化疗，后期还要……"

简师傅说："全部加起来，一共多少钱？"

医生说了一个数字。

简师傅有点不敢相信自己的耳朵，他得过中耳炎，耳朵常常流脓，医生又大声说了一遍。当他听到那个数字的时候，窗外阴云密布，一个滚雷钻进了他耳朵里的脓，他打了个战，医生劝他赶紧动手术，但他转身走出医院，走进了雨中。

百万富翁距离倾家荡产也许只隔着一个医院，更何况一个平民百姓？

一个小市民，得了绝症，又能怎样呢？

一只忙忙碌碌的蚂蚁，面对命运，又能怎样呢？

这么多年来，蝇营狗苟，苦心经营，简师傅并没有多少积蓄，家里的房子属于父亲的单位，只有居住权，没有出售权。

得了绝症，只能等死！

那段时间，他迅速地消瘦下来，由一个中年胖子变成了瘦子，生病前后的他，判若两人。

简师傅的邻居是一个有钱的老头，刚过完六十岁生日。

老人换过一个心脏，老人把移植手术成功的那天当成自己的生日。给予他新生命的那颗心脏，老人始终闭口不谈，后来听一个知情者说，老人的心脏

雨夜幽灵

来自一个杀人犯。一些医学专家认为，大脑不是唯一有记忆功能的器官，心脏也能存储记忆。其中一个典型的例子：美国一个八岁的女孩移植了一个被人谋杀的十岁男孩的心脏后，小女孩总做噩梦有人要杀她。

简师傅问过老人一些问题："什么是人工肛门？"

老人回答："屎袋，身上挂个屎袋。"

简师傅："你换的这颗心，用着还行吧？"

老人："说实话，我想杀人！"

也许是这句话让他灵机一动，一只黑色的蝙蝠从脑海中飞起。反正自己就要死了，他决定杀人，给儿子留下一笔钱。他把出租车停在桑拿城门前，来这里消费的客人都是有钱人。金葵带着一个鼓囊囊的包，他用射钉枪杀死金葵后却发现包里没有多少钱。对于第一次作案，他完全没有经验，抛尸也很仓促，所以他再次从水塔上转移尸体。

每个出租车司机，尤其是夜班司机的车里都会放着匕首、消防斧、砍刀之类的防身武器，很多司机都知道简师傅的防身武器是一把射钉枪。一旦警方发现尸体，追查凶器，很可能就会查找到简师傅。出于一种反侦查的想法，他作案后将尸体转移，埋在了自家院里。

他走在雨中，背着一具腐尸的时候，想的是什么呢？

他想的是自己的儿子，他想起儿子小时候羊癫疯发作，他抱着儿子去医院，回来的时候，小家伙睡着了，路灯昏黄，拖长了影子。

在那个雨夜里，他把尸体背下水塔，还不忘和死人说话："老兄，我也是没办法，你都去那边享福了，我还在这边遭罪。"

他把尸体放在出租车的后备厢，完全没有注意到隐藏在公园灌木丛中的一个少年，一双眼睛看着他，那正是他的儿子三锤。他在院里埋好尸体的时候，儿子进来了，嘴唇哆嗦着说道："爸，我都看到了……"

简师傅问儿子："这么做都是为了你，如果我死了，你怎么办？"

儿子说："我不知道。"

简师傅："你能照顾好自己吗？"

儿子说："我，不知道……"

简师傅："以后你会想起爸爸吗？不要想着爸爸的坏，要想着爸爸的好。"

儿子说："我……"

简师傅："所有的罪都让爸爸一个人扛，为了你，爸爸愿意下地狱，只要你好好的。"

儿子说："爸爸……"

简师傅："唉，以后你就是一个人了，你要做一个好人。"

儿子低着头，眼泪扑簌簌地流下来。

一个父亲深沉的爱总是难以表达，他是一个杀人犯，也是一位父亲。

尽管父子间平时很少说话，很少交流，但父爱如山，父爱无声。在埋下尸体的那天夜里，父子俩一直很沉默，他们坐在家里，都不说话，父亲抽着劣质的香烟，低着头，儿子的心里有一句话，却始终没有说出口，那句话就是：

"爸爸，我害怕。爸爸，我爱你。"

天亮的时候，父亲想好了对策。他知道水塔上的尸体已经被三锤的朋友发现，警方迟早会知道此事，所以他选择了报警。当时，华丽正好从网吧回到三锤家打算睡觉，简师傅伪装成自己刚下班回来的样子，和华丽一起将装病的三锤送进医院，然后报警。

在很多案件中，报案人即是凶手。2004年，重庆发生多起火灾，纵火犯崔幼平报警后还在现场救火；2006年，锦州环城路某仓库后山小路上，发现一个被砍断双腿的人，这个人叫曾劲青，自残后报警试图诈骗保险金。

简师傅要儿子在医院装疯卖傻，然后他用死者的手机发送鬼魂索命的短信，这样做只是想误导警方，分散警察的注意力，忽略掉一些真正的线索，来为他赢得继续谋财害命的时间。

三锤的病其实并不是装的，一个孩子如何能够接受公园里背着一具尸体的人是自己的父亲？并且，三锤知道自己家院里的葡萄树下埋着一具尸体，知道还会有第二具尸体埋在那里。

雨夜幽灵

简师傅对儿子这样说："既然做了，我就做到底吧，大案一样，小案也一样，都是个死。"

他在等待杀人劫财的那几天里，常常想，再过几年，儿子会不会继承他抽烟酗酒的恶习，然后再戒掉？结婚以后，会不会再次离婚，把一个好端端的家，摔成支离破碎的回忆？他想起了儿子的女朋友华丽，那个年纪轻轻但水性杨花的女孩，每天早晨，喊一声叔，然后和儿子携手走进房间睡觉，有时，儿子不在的时候，她会给别的男孩打电话，很亲密的样子，这让简师傅感到极其厌恶，所以他杀掉了华丽。

他想给儿子一种崭新的生活，一种与过去完全不同、毫无联系的生活。

简师傅在自己的出租车里用射钉枪杀死烟草局的会计，那会计临死前苦苦哀求，说出了银行卡的密码，但他并没有饶恕那无辜的人。密码是正确的，会计并没有欺骗他，这使他内心不安，他决定收手。

那天，他把儿子接出医院，买了火车票，他把所有的钱装到包里，都给了儿子。

儿子："我去哪儿？"

父亲："哪儿都行，你已经长大了。"

儿子："你和我一起走吗？"

父亲："不用管我，我是快要死的人了……你走吧，走得远远的。"

儿子："爸，我……"

父亲："记住，永远也不要回来。"

儿子："如果有来世，爸爸，我还希望能再做您的儿子！"

父亲心神不宁，觉得有什么事忘了，呆呆地想了半天说：忘记锁门了，家里的钥匙没拿。

简师傅要儿子找个理发店，先把头发理一下，他回家拿钥匙，然后再送儿子去车站。回家的时候，特案组正好去他家调查，他看到院里站着四个人，其中一个人用铲子在葡萄树下挖着什么。他意识到这四人是警察，所以他想都没想，拿起射钉枪就冲了出去……

画龙的手掌被打伤，但未伤着筋骨，没有生命危险。

射钉枪的钉子正中梁教授的胸口，当时，苏眉吓得脸色煞白，这一枪足以毙命，然而梁教授并没有死，毫发未伤——他的上衣口袋里放着一本《圣经》，这本《圣经》救了他一命。

简师傅开车逃窜，像迷失的狗一样不知何去何从，包斩搭乘出租车紧追不舍，同时通知警方阻截。最终，简师傅的车在空中飞出一道弧线，长鸣着喇叭，从桥上撞向河滩，临死前，他闻到了栀子花的香味，他想起那个自杀女人的脸，那张带着笑容但泪流满面的脸。

此案告破，事后，警方没有找到三锤。

那个非主流少年换了新的发型，甚至换上了爸爸给他买的新衣服，他带着一包钱，坐在出租车里，打算回家看看久等不来的父亲，然而却看到了家门口忙忙碌碌的警察，他意识到回家拿钥匙的爸爸出事了。

这个孩子依依不舍，看了最后一眼自己的家，然后毅然地对司机说："走吧，去火车站。"

他的眼泪流了下来……路边的栀子花，洁白而芬芳，默默绽放。

也许，三锤要用一生的时间，才能感受到父亲深沉的爱。

还有一件事必须交代清楚，特案组离开的时候，四街局长设宴送行，宴后，四街局长悄悄给了特案组一封信，按照他的说法——这是一封感谢信，隔着信封可以摸出里面放着一张银行卡，四街局长说桑拿城并不是他所开设，希望特案组回去后不要提及此事。

特案组拒绝了这封感谢信，回去的飞机上，特案组四人对话如下：

苏眉："赤裸裸行贿！"

梁教授："一个城市的色情场所大都有当地公安部门的庇护。"

画龙说："福尔摩斯们，都猜猜，那卡上有多少钱？"

包斩："我想，肯定比简师傅杀死三条人命抢到的钱还要多……"

地窖囚奴

要进来，先把希望留在门外。

——但丁

烈炎似火的一个夏天。京郊体育场想在闲置的空地上建一个露天游泳场，请来了工程队施工。

工程队挖到地下三米，发生了地陷事故，地陷的中间出现了一个黑黝黝地洞，深不见底，侧耳倾听，可以听到洞里传来令人恐怖的呼啸声，奇怪的是这种声音并不是风所形成的。

工程队队长查看之后，连工钱都没要，当天就惊慌失措地走了。

体育场负责人指着那个洞说："下面是什么？"

宗罪

◎第十一章　地下歌声

警方闻讯后赶来，随即封锁了现场。

据说，一个警察下到洞里，再也没有从洞口上来。各种小道消息开始流传，几天后，警方作出了澄清，体育馆在修建游泳池的时候，因为地陷缘故，不小心挖通了地铁隧道的竖井！

地铁隧道中有着很多世人不知的秘密！

地铁隧道有竖井、降水井、压力井、风井，井口大多被掩埋起来，或者设在隐蔽处。地铁接触轨上有千伏高压电，人员闯进隧道会有生命危险，并且有可能造成交通瘫痪。

尽管如此，还是常常有人跳下地铁站台，消失在隧道深处。国家不得不出台相关法规约束这种行为。

那个从竖井洞口下去调查的警察，确实没有从洞口上来，他在黑暗中沿着隧道摸索着前进，当他出现在站台的时候，乘客都大吃了一惊，他气喘吁吁地向地铁工作人员解释了一下自己为何在这里出现，然后，他说了一句令人毛骨悚然的话：

"地铁隧道里……有人在唱歌！"

地铁调度室的监控系统未发现有人跳下站台，列车司机也声称没看到隧道里有人的踪迹，但那个警察依然坚持自己的观点，他说确确实实听到地铁隧道里有人在大声唱歌。

此事非同小可，地铁控制室采取了临时停运的措施，多名稽查人员牵着搜救犬进入隧道，那名警察拿着探照灯在前面带路。然而，隧道里空空如也，在探照灯的照射下，只有铁轨反射着光。搜索了十分钟，没有发现任何异常，大家正想放弃的时候，隧道前方拐弯处突然传来一阵歌声，可以很清晰地听

地窖囚奴

到——一个女人的歌声，很高亢的女中音，并且唱的是一首日本歌！

怪异的歌声在隧道中回荡，听起来非常恐怖。

一名胆小的稽查人员说道："这是人还是鬼？"

那名警察回答："肯定是人。"

稽查人员反问道："要是前面有人，为什么咱们的搜救犬不叫呢？"

搜救犬确实很安静，大家慢慢地向前走，拐过弯，探照灯光打过去，怪异的歌声突然停止了，隧道里却连一个人影都没有。

大家面面相觑，感到汗毛直立。

地铁在挖掘过程中常常会掘到坟墓和尸骨，很多站台也发生过跳轨自杀事件，一些工作人员更愿意相信灵异现象的存在，这使得他们止步不前，开始打退堂鼓，只有那名警察向前搜寻，很快，他停下脚步，弯下腰观察着什么。

其余的人走过去发现，地上有一部手机！

这也正好解释了歌声的来源，肯定是手机的铃声。

大家松了一口气，一名稽查人员想要把手机捡起来，那名警察阻止说别动。

他戴上手套，小心翼翼地拿起地上的手机，用一种特有的警觉性语气问道：

"手机的主人，现在哪里呢？"

众所周知，地铁车厢是一个封闭的空间，这也排除了乘客将手机丢弃在隧道里的可能性。并且这部手机看上去非常奢华昂贵。在地铁安全主管办公室，安检员对比网上的图片，确认这是一款日产东芝Cosmic Shiner exclusive手机，全球限量一千台，面板上镶嵌了十四颗钻石，该手机在《福布斯》评出的全球十大豪华手机中排列第四，售价为399000日元。由此可见，手机的主人肯定非常有钱。

正在安检员介绍这款手机的时候，手机突然响了，怪异的日语歌声再次响起。

安全主管和那名警察用眼神交流了一下，随即决定接通电话，办公室里的人都屏住了呼吸，猜测着对方应该会说什么，谁知道手机那头一片沉默，足足有一分钟的时间，对方挂掉了电话。

大家议论纷纷，商量着要不要将电话回拨过去。过了一会儿，主管办公室突然闯进来一群人，地铁运营总监，调度长，公安局地铁分局局长，地铁各派出所治安站的负责人几乎都到齐了。

地铁公安分局局长召开紧急会议，透露了案情，二十四小时之前，一个富家小姐在地铁站神秘失踪，警方联合电信部门通过信号定位一直在找她的手机，富家小姐名叫安琪，她的父亲安逸轩是环球证券集团总裁，亿万富翁，在港台及大陆数百家企业均有证券投资，还是日籍华人。

安全主管点点头说："这老头的钱多得可以买下咱们整个地铁运营公司。"

分局局长说道："可是，安老爷子唯一的女儿却在地铁里失踪了，活不见人，死不见尸。"

安全主管正想说几句俏皮话，只见分局局长站起来，他环顾四周，脸色凝重地说道："我们的压力非常大，刚才，日方领事已就此事进行了交涉。市公安局四个局长，联合起来担任专案总指挥，你们看着办吧，谁要是出了问题，到时候别说我不给面子，就连我自己也是泥菩萨过江自身难保。"

全市投入大量警力，在地铁内进行拉网式摸排，重点查找失踪当天的可疑对象，讯问笔录也做得非常细致，地铁的监控设备未提供有用的线索，案情毫无进展，只在外围得到了一条没有价值的消息，最后一个见到富家小姐的是私人司机。当时，司机送富家小姐去机场，因路口发生一起车祸遭遇堵车，富家小姐不得不改乘地铁，他们有过这样一段对话：

富家小姐："你是说，让我和那些穷鬼一起挤地铁？"

私人司机说："小姐，现在堵车，我们即使是开着坦克，也到不了机

场，您只能坐地铁了。"

富家小姐："浑蛋，航班还有一个多小时，地铁能来得及吗？"

私人司机："小姐，就在这里下车，坐最后一班地铁，可以直达机场，委屈小姐了。"

富家小姐骂了一声Fuck，下了车，戴上墨镜，她穿着一件白色雪纺薄绸丝缎细肩带露背的花苞裙，挎着一款圣罗兰的Muse手袋，虽然表情有点愠怒，但不失优雅和高贵，风情款款地走向了地铁入口处，然而，她再也没有从地铁内走出来。

三天后，警方依然一无所获，地铁分局局长被停职，在市公安局会议室，四位局长召开了案情紧急分析会议，副部长白景玉亲自前往听取汇报，与此到会的还有市委市政府各级领导。副部长白景玉在会议上发言，案情重大，此案不破，不仅会影响两国外交关系，安老爷子一旦从大陆撤出证券投资，不知会有多少企业和股民面临破产。

正说着，会议室的门开了，一个穿日本和服的女人搀扶着一个颤巍巍的老头走了进来，身后还跟着几个保镖模样的人。

这老头就是环球证券集团总裁安老爷子！

白景玉走过去，握住安老爷子的手说道："对不起，实在是抱歉，我们也很重视……"

安老爷子说的第一句话是："多少钱？"

白景玉不解其意。

安老爷子又说道："他们要多少钱？"

白景玉这才明白，安老爷子以为自己的女儿被绑架了。

市局刑侦处处长站起来对安老爷子说道："勒索钱财的可能性不大，因为到目前为止，并未接到任何绑匪的消息，此案的性质初步分析有两种可能，一种是报复谋杀，如果是这样的话，令爱生存的希望就很渺茫了；还有一种可能，令爱还活着，不过，遭到了……

刑侦处长犹豫着要不要继续说下去，安老爷子一脸的焦急，刑侦处处长吞吞吐吐说了四个字，安老爷子差点昏了过去。

这四个字是："拘禁强奸！"

◎第十二章　地铁色狼

特案组本来准备接手一起游轮爆炸案，白景玉令特案组放弃其他案子，全力侦破这起性质严重的失踪案。特案组成员被紧急召回，立即参加案情分析会。

梁教授听完案情后，一言不发，径直摇动轮椅到安老爷子面前，伸出一根手指。

会议室里的人开始窃窃私语，都不明白什么意思。

安老爷子说："您是？"

白景玉在旁边介绍了梁教授的显赫资历，以及特案组侦破过的几个特大案件。

安老爷子点点头，随即开出一张支票说："这一百万，给你们做办案经费，算是我的赞助！"

梁教授说道："我伸出一根手指，不是向你要一百万。"

安老爷子疑惑地问道："那是，一千万？"

梁教授摇摇头说道："一个星期，我在车上已经了解了案情，一个星期之内侦破此案。"

会议室内又开始窃窃私语，一些人觉得此人口气真大，目前警方一筹莫展，毫无线索，一个星期破案简直比登天还难。白景玉向安老爷子表示不缺办案经费，不能违反纪律收钱，几番推让，安老爷子将这一百万捐赠给了中国公安英烈慈善基金会。

地窖囚奴

案情紧急，在地铁里神秘失踪的富家小姐下落不明，生死未卜，梁教授又夸下海口承诺一个星期破案，然而目前毫无线索。特案组成员立刻投入紧张的工作之中，他们把会议室当做办公室，大家都有一个共同的信念，尽快破案！

副局长一直在门口守候，他坐在一把椅子上，歪着头昏昏欲睡。

下午的时候，画龙把副局长叫醒了："喂，你去把你们局里漂亮的女警察都找来。"

副局长睡眼惺忪地说："啊，什么？女警察，漂亮。"

画龙说："老兄，特案组要召开案情发布会，只许女警察参加，要漂亮一些的。"

副局长不解其意，但还是把局里一些漂亮的女警察都找来了，女警察靠墙站了几排，议论纷纷，不明白特案组为什么要召集她们。她们看到，原本窗明几净的会议室，现在变得一片狼藉，墙壁上用图钉钉满了字条，窗玻璃上用碳素笔写满了密密麻麻的字，地上杂乱地散落着一堆打印文件，三台电脑开着，其中一台电脑正快速地扫描着什么资料，很显然，特案组在这个房间里一直在不停地工作。

梁教授说："现在发布案情，罪犯应在本市范围……"

一名女警打断了他的话，问道："你怎么知道的，为什么要从本市范围查找？"

梁教授说："难道要从外市查起？"

副局长示意大家别打岔，梁教授开始继续说："此案非常简单，唯一的难点在于没有线索。没有线索，那么我们就制造线索。此案的性质有四种可能：1.富家小姐自行失踪；2.被报复杀害毁尸灭迹；3.被绑架勒索钱财；4.被人劫持囚禁。自行失踪的可能性最小，被人劫持的可能性最大，侦破方向只能选择可能性最大的那种，正如我们只能从本市查找，不可能从外市查找。被人劫持囚禁？被什么人？很简单——地铁色狼。"

包斩补充一句："按照刑事四重递进推理，罪犯的身份最有可能的是地铁里的色狼，见色起意，在地铁的某个监控盲区，将这个漂亮的富家小姐安琪用某种方式一下弄晕，然后装进一个大的拉杆箱或者一个编织袋，将其劫走。"

苏眉说："姐妹们，我们去抓色狼，都穿上漂亮的衣服，打扮得性感一些，抓到以后，重点排查安琪小姐失踪当天，有哪只色狼在地铁中见过她，都带上安琪小姐的照片，换下警服。"

一个四十多岁的中年女警大声说："好！"

画龙说："大嫂，您就别参与啦，还是让年轻人来吧。"

中年女警说："我是党员，与坏人作斗争，从来不怕……你是说我不漂亮吗？"

大家哄笑起来……

地铁上的色狼非常多，谁能了解那些乘客在想些什么？

画龙和包斩坐在地铁车厢的椅子上，不远处，苏眉站在门口抓着吊环冒充乘客。她依然是一身白领制服打扮，看上去像是一个风姿绰约的空姐，足以吸引色狼。

梁教授腿脚不便，并未参与此次行动，而是待在办公室看监控录像。

那些漂亮的女警换上时尚性感的衣服，她们分散开来，站在地铁的各车厢中，用眼角的余光偷偷打量身边的人，猜测谁会是色狼。这种工作任务对于她们来说非常新鲜和刺激，也许是出于女性警察特有的敏感和警觉性，那个中年女警抓错了人，差点破坏了整个行动。苏眉用无线耳机悄悄地告诫所有女警忘记自己的警察身份，确认对方是色狼之后，也不要在车厢抓捕，避免打草惊蛇引起围观。

包斩警觉地观察着四周，一个衣冠不整的中年男人凑了过来，包斩戒备地看了他一眼，那人目光闪躲，一会儿，他在包斩身边停下，弯下腰似笑非笑地说："前几天，公园的人工湖里打捞出一具无头女尸，你知道是谁杀的吗？"

地窖囚奴

包斩一听，心跳骤然加速，画龙也听到了，用眼神示意包斩先别轻举妄动。

那中年男人见包斩一脸狐疑的样子，又说道："上个月，一伙人持刀杀害了一个出租司机，这事知道吗？"

包斩回答："不知道。"

中年男人继续说："最近黑社会猖獗，都有枪，专门在车站、地铁抢劫外地旅客……"那人的声音越来越低，同时，他的手向背包里伸去……"

画龙已经站了起来，包斩也在犹豫着是立刻制止他还是按兵不动，还没等包斩作出决定，那人变戏法似的从身后的大背包里拿出一沓报纸，笑着说："买一份今天的《法制晚报》吧，上面都有。"

虚惊一场，画龙走过来，抓住那人的领子说道："滚蛋。"

卖报纸的中年男人看了画龙一眼，悻悻地去了别的车厢。

车到了一站，拥进来很多乘客，大家都往里冲，苏眉被人流挤到了角落里，身后站着一个大学生模样的年轻人。车门关上后没多久，苏眉感觉自己的背部被什么东西蹭了一下，她警觉起来。过了一会儿，对方先是试探性地碰了几下苏眉，蜻蜓点水似的，看她没反应，竟然把手心贴在她的裙子上。制服裙包裹着浑圆的屁股，那个美妙的轮廓被大腿上的黑丝袜衬托得更加性感，苏眉明显听到身后年轻人的喘息开始变得沉重，她心里一阵恶心，又一阵惊慌，心想这是遇到了真正的色狼。

苏眉回头看了一眼，那年轻人摊开手，一脸无辜的模样。

苏眉抱着胸，心里想着，车一到站，就把这大胆的家伙抓起来。车厢里没有移动的空间，身后的年轻人又紧紧地贴了上来，苏眉明显的感觉到对方已经有了生理反应，她的大脑一片空白，心怦怦直跳。她瞥了一眼画龙，画龙正坏笑着注视她，用手机悄悄地拍照取证。

那大胆的色狼竟然把一只手放在了苏眉的腰上，地铁的每一次小小停顿，他都会借此机会轻轻地冲锋一下。

苏眉咬着嘴唇，强忍愤怒，只希望快点结束……

终于，车到了一站，画龙和包斩一左一右将那年轻人夹住，随着人流下

了车，苏眉跟在后面，瞪着那个年轻人，气得说不出话来。

这次行动，共抓获了六个地铁色狼，由包斩和副局长负责审问。

画龙和苏眉开玩笑，问她要不要去做个笔录，苏眉翻着白眼不理他。

审讯结束，毫无收获，这六个在地铁上性骚扰女性的家伙，除了忏悔自己的行为之外，都声称自己没有见过安琪小姐，他们对安琪小姐的照片没有任何印象。包斩、画龙、苏眉三人有点丧气，他们回到办公室准备向梁书夜教授汇报。

梁教授正聚精会神地看着电脑中的监控录像，以至于三个人走进来他都没有发觉。

苏眉说道："哎呀，这录像我已经仔细地看了一遍，地铁分局也筛了一遍，没戏。"

安琪小姐失踪时，从她进入地铁到最后一班地铁驶过，这段时间的监控录像没有发现任何蛛丝马迹，在地铁各出站口都未发现她的身影，监控录像中也没发现背着包或者拉着旅行箱的可疑人物。

梁教授将电脑转向包斩、画龙、苏眉三人，回头说道："午夜恐怖片看过吗？"

他们看到地铁监控器拍下的令人恐怖的一幕，最后一班地铁早已驶过，画面上的时间显示为午夜零点十分，地铁已经空无一人，灯光熄灭了几盏，光线很暗，可以很模糊地看到地铁站台下面，有一个女人弯着腰，垂着手，低着头，长发披散着耷拉下来，她缓缓地从站台下面走过。

◎第十三章　巨人之观

地铁中发生过很多离奇古怪的凶案。

1974年，美国纽约，一伙蒙面歹徒劫持地铁乘客做人质，每过一小时就杀

地窖囚奴

害一名，威胁政府拿出巨额赎金，面对着重重包围的警察，蒙面歹徒得到赎金后竟然从地底下神秘消失了。后来被一个地铁巡道工人发现了事先挖掘好的秘密通道。

1982年，伦敦地铁发生惨案，列车因为停电而中途停下，六名乘客被割喉杀害，一个醉酒睡着的乘客逃过劫难，他用相机拍下了凶杀现场，照片发表在《泰晤士报》上后轰动世界，这也是罪案史上著名的"地铁人魔割喉案"，此案一直没有侦破。

监控画面上的那个女人正是安琪小姐！

监控录像中，她的姿势非常怪异，弯腰低着头，耷拉着手。在她的身体下面，还有一个人，那人正背着她从站台下面走过。

因为光线昏暗，画面看上去很模糊，背着安琪小姐的那个人只露出了小半个脑袋，并且被安琪小姐的头发遮挡住了，难以分辨发型和体貌特征，苏眉将画面放大一百倍，用电脑作清晰技术处理，结果显示那人戴着一个头盔！

梁教授打电话给分局局长，要他重点审讯抓到的那几个地铁色狼中是否有建筑工人，消防员，问问有谁常常戴着安全头盔出入地铁。

包斩补充说："把那个地铁上卖报纸的男人也带来，也许他能提供一些线索。"

一会儿，地铁安全主管把那中年报贩带进了特案组办公室，中年报贩戴着手铐，嘟囔着说："我就是卖个报纸，又没犯啥错误，至于抓我嘛，好家伙，这么多人。"

包斩上前打开手铐，说道："对不起，我们想让你协助警方破案，本来想把你请来，没想到他们把你抓来了。"

中年报贩还有点抵触情绪，不耐烦地说："我什么都不知道，别问我。"

安全主管厉声说道："老实点，好好配合。"

包斩拿起中年报贩的包，检查了一下，里面有一沓报纸。

这些报纸我们买了，包斩说："不过，有件事想向你打听一下，你注意

到，地铁上都有哪些人戴着头盔，你有没有注意到什么可疑的人？例如色狼和小偷。"

中年报贩语气和缓了一些，絮絮叨叨地讲起来，他提供了一条重要线索。这个中年报贩每天都在地铁上卖报纸，见过不少戴头盔的人，大多是民工，也有一个唱歌的流浪歌手，戴着一个摩托车头盔；还有一个人，每天都乘坐地铁，看上去像个电工，也像是地铁的工作人员，他似乎少了一只耳朵，总是用安全帽遮挡着耳部，他并不上班，有时一整天都在地铁上。

安全主管找来了一个头盔，中年报贩说："对，那个人戴的就是这种头盔。"

经过技术比对，这种头盔和监控录像上的头盔相吻合。

梁教授说："嫌疑人很可能是地铁的工作人员，从监控录像可以看出，他尽量低着头，有意识地躲避监控，说明他很熟悉地铁内监控探头的分布情况。"

安全主管介绍说："戴这种头盔的工作人员有巡检员、维修工、机电工，这些人几乎全是夜班，有的是临时工，白天地铁运营结束后，他们在夜间修理机车检测轨道。"

梁教授说："嫌疑人可能毁过容，性格孤僻内向，不爱与人交流，干着低贱的工作，备受歧视，他应该是单身，有着独处的空间使他便于囚禁被害者。"

安全主管说："我倒是想起一个人，一个污水处理工人，长得很丑，没有老婆，还因嫖娼被罚过款，奇怪的是，安琪小姐失踪之后，他就再也没来上过班，这几天发工资也找不到他。"

地铁污水处理中心有六个污水中转站，都在隧道之内，其中一个靠近机场地铁站。

安琪小姐本该从机场地铁站出来，然而却神秘失踪了。

那天，她在网上发了一篇日志，全文摘录如下：

地窖囚奴

今天中午，家里的法国厨师做饭，可恶，本小姐正减肥呢，体重都超过九十斤了。我和男友只喝了一点点拉斐葡萄酒，这瓶酒的价格都够一个农民活几年的。真想去布拉格吃冰激凌，或者去夏威夷的海滩吃冰镇西米露。信步走到化妆室，拿出红石榴水，倒在化妆棉上，在脸上擦了一下，接着抹了一点面霜，然后打电话叫楼下的家庭化妆师上来帮我化了个简单的裸妆。

打扮好，准备出门购物了，走到车库，选了辆粉色的保时捷卡宴，对了，我买了七辆保时捷卡宴，喷成了自己喜欢的颜色，今天的衣服比较配粉色。

开车来到了万隆广场，说实话，我真的不喜欢万隆，货都比国外的慢，不过我还是买了点东西，也就花了三十多万吧，今天真的买的少了，不开心了呢。

有点累，在中信泰富的Starbucks休息。我刚点起了一支reasurer，居然有店员过来跟我说里面不许吸烟，叫我到外面的座位去，还有这个道理？气死我了，我顺手给了她一个耳光，然后说，知道本小姐是谁吗？然后拿出瑞士银行的金卡，丢在了她脸上，说，这里我今天包了，还有，把你们经理叫来，我要让他开除你。她哭着揉着脸，跑出了我的视线，哼哼，敢跟本小姐作对，只有死路一条。

好了，不写了，晚上还要赶飞机，去日本出席一个国际时装周。再见，我的Fans们！

警方事后得知，安琪小姐当时遭遇堵车，不得不改乘地铁，那是最后一班地铁。到达机场站后，这个有洁癖的女人先去地铁站的卫生间洗手，卫生间空无一人，由于地面湿滑，不小心摔倒了，一个戴头盔的男人走过来想扶她，她厌恶地说："脏死了你，滚开，真讨厌。"

她又洗了一遍手，抬头从卫生间镜子里看到那个戴头盔的男人正站在身后，目露凶光。

安琪小姐吓得一哆嗦，急匆匆地想走，却觉得脑后一麻，一阵剧痛，她抽搐着昏了过去。

一宗罪

醒来的时候，安琪小姐发现自己置身在一片黑暗的地铁隧道之中，一个男人正背着她。安琪小姐惊恐地大叫起来，拼命地挣扎，然而她的手和脚都被胶带捆扎上了。那个男人把她放下，用胶带封住嘴巴，然后将呜呜叫着的安琪小姐扛在肩上，大踏步地向隧道深处走去。

那个男人的歌声回荡在黑暗中，他唱的是一首老歌：

天长地久有没有，浪漫传说说太多，有谁能为我写下一个，天若有情天亦老，我只担心等不到，矛盾心情怎样面对才好，从来爱是没有借口，没有任何愧疚，你的一切永远将会是我所有，如果你是我的传说……

安琪小姐再次晕了过去！

地铁中，也有一些人居住，例如乞丐，还有无家可归的人，他们找个角落，睡在几张报纸上。无人关心，无人过问。那个污水处理工人就住在隧道内的中转站里，他是一个雇用的民工，那一间黑暗的带有抽水泵的小屋，就是他临时的家。

副局长和安全主管各带领一队警员，大家浩浩荡荡地沿着地铁隧道向污水中转站走去。包斩和画龙都有一种即将侦破此案的预感，苏眉本来不用参加，但是好奇心使她很想看看富家小姐安琪被拘禁的样子。

快到中转站的时候，大家都有点迫不及待，跑了起来。

梁教授在特案组办公室用对讲机提醒大家："最容易破坏犯罪现场的有五种因素，直接说最严重的一个——警察。"

这使得大家放慢脚步，小心翼翼走到中转站门前，探照灯的照耀下，那间小屋并无异样，里面黑糊糊的，似乎没有人。

画龙上前一步，一记侧踹，铁门并没有锁，咣当一声开了，又慢慢地反弹回来。

门开的间隙，大家清清楚楚地看到地上躺着一个人！

地窖囚奴

一个巨大的人！

确切地说，一具巨大的尸体！

门再次打开，前面的几个警察蹲下呕吐起来，苏眉只看了一眼，就转过头，恶心得吐了。

尸体已经高度腐败，脸部肿胀，眼球突出，口唇外翻，胸腹隆起呈球状，四肢又肥又粗，皮肤呈污绿色，全身肌肉呈气肿状。包斩惊呼道："巨人观。" 死后五至七天，尸体膨胀成一个庞然大物，肿如巨人，这种现象在法医学上称为腐败巨人观。

副局长和安全主管忍住胃里的恶心，上前查看，一名警员拍照取证，这具腐败的巨尸突然爆炸了！砰的一声，汁水四溅，一股令人作呕的恶臭弥漫开来。

腐败气体使尸体腹腔内压增高，有时就会产生尸爆。在韩国有过一个案例，一具怀孕的巨人观女尸，尸爆后喷出一个婴儿！

尽管尸体已经难以辨认容貌，但是从现场的衣服以及血型和指纹，可以鉴定出这名死者正是污水处理工。经过法医初步尸检，污水处理工的死因是被人击昏，然后勒死，死亡时间约五天，也就是说是安琪小姐失踪的那天。

案情到了这里，变得扑朔迷离，唯一的嫌疑人竟然死掉了，变成了一具巨大的尸体，然后爆炸了。

谁杀死了他？

安琪小姐又在哪里？

◎第十四章　恶魔巢穴

警方在地铁车厢安装了监控系统，根据监控录像，抓获了不少地铁色狼。除了地铁色狼之外，特案组注意到，乘客中还有一个庞大的群体：地铁乞丐。

地铁广播每天都在向每一位乘客播音："共同抵制乞讨行为。"

一个城市的人情冷漠由此可见一斑。地铁是公共空间，法律并未禁止乞讨，乘客施舍全凭自愿，地铁运营部门如何能评判社会的道德标准？

特案组抓获了一名冒充残疾人的乞丐，这名乞丐除了乞讨之外，还有一个爱好，喜欢坐在地上窥视女性裙下风光。

第二天，特案组抓获了一个奇怪的地铁色狼，这色狼竟然是女的。

监控录像显示，这名女色狼胆大妄为，多次用手机偷偷拍摄衣着暴露的女性，甚至将手机粘贴到脚上，偷拍女性裙底隐私。

警方审讯之后，没有发现安琪小姐失踪一案的突破之处。地铁警方开始怀疑侦破方向是否有误，抢走安琪小姐和杀害污水处理工的凶手是否为同一人，身份是否为地铁色狼？

梁教授坚持自己的判断，他让警方释放了所有地铁色狼，然后派警员秘密跟踪，画龙负责跟踪那名乞丐，包斩盯住那个在地铁上偷拍的女色狼。

苹果园一带是地铁乞丐的聚居区，至少有近百名乞丐。那里有些老房的月租不仅便宜，而且离地铁很近。画龙暗中调查，遗憾的是没有发现异常迹象。

包斩一路跟随那名地铁女色狼，她居住在三环以外的一处地下室里。

阴暗潮湿的地下室充满传说，很多知名歌手、艺术家甚至一些创业成功人士都曾经住在地下室里。

女色狼三十多岁，北漂一族，她进入地下室后，随手把门关上了。包斩悄悄记下地址，一会儿，女色狼又走出来打电话，地下室没有信号，所以不管刮风下雨，黑夜白天，居住在地下室的北漂者想要打电话，都得站在地下室外面。

女色狼打了个电话，急匆匆地离开了，她并没有关门，看来很快就会回来。

包斩破案心切，犹豫了一下，立即进入女色狼的住所检查。

地下室里光线阴暗，空间狭小，又脏又乱，屋顶上还滴着水珠，小饭桌上放着剩菜，床上堆着衣服，包斩注意到墙边还放着一辆破旧的山地车，车把上挂着个头盔。

地窖囚奴

墙角有一个黑色帷幔搭建起的独立空间，看上去很奇怪，不知道做什么用途。

头盔使得包斩眼前一亮，安琪小姐失踪案中，犯罪嫌疑人即戴着一顶头盔。

安琪小姐也许被凶手藏在黑色帷幔后面，包斩想到这里，心跳加快，慢慢走近，他用手拉开黑色帷幔的拉链，不提防女色狼已经出现在背后，手里还拿着一块砖头。

包斩还未窥视到这神秘空间的一角，女色狼狰狞着脸，大喊了一声"呀呔——嗨"，将手里的板儿砖用力地拍在包斩的后脑上。

包斩眼冒金星，天旋地转，晕了过去。

醒来的时候，包斩发现自己躺在一个民警值班室的长椅上，并且还被铐在了椅子上。原来，女色狼以为住处进了贼，用板儿砖将包斩拍晕，然后和邻居七手八脚地将包斩抬到了警务值班室。

包斩出示了证件，简单解释了一下，值班室民警感到很不好意思，竟然把特案组成员当成贼给铐了起来，民警令社区医务人员给包斩包扎了伤口，同时将女色狼又抓了回来。

审讯得知，女色狼地下室里的那个黑色帷幔是一个冲洗照片的暗房，她是一名骨灰级摄影爱好者，也爱好骑行，平时偷拍一些明星绯闻照片出售给娱乐小报，有时也会偷拍地铁女性的隐私照卖给色情网站。

包斩头上缠着绷带，回到特案组办公室，他将事情经过讲述了一遍，大家都笑了起来。

其实，每个人的心情都很焦急，案情毫无头绪，接下来只能寄希望于地铁隧道现场发现可供破案的证据。

大家都在办公室等待技术科的鉴定结果出来，没有一个人说话。

包斩平生第一次抽烟，进入特案组，对他来说是一个梦寐以求的机会。从小到大，不知道吃过多少苦，这使他养成了坚强能忍耐的习惯，遇到困难，即使低头也挺起胸膛。内心里常常感到自卑，从不大笑，即使微笑也皱

宗罪

着眉头。

这个世界上，没有聪明的罪犯，只有愚笨的警察。任何案件都不可能做到天衣无缝，破不了案的原因是因为做得不够好，做得不够好的原因是因为离得不够近。

任何一具尸体都会说话，只需找到一个倾听的办法。

包斩一个人又去了现场，他在那间臭味弥漫的污水处理间里待了很久，他在黑暗的地铁隧道中思索，然而没有任何头绪。回来后，技术处和物证科的鉴定结果出来了，有些令人沮丧，在犯罪现场发现和识别的物证不多，现场没有搏斗痕迹，脚印和指纹都没有提取到，除了一双鞋子，没有发现其他可疑之处。

那名污水处理工的脚码四十四，死亡现场却发现了一双四十二号的鞋。

梁教授看了看现场照片，又拿起那双鞋看了看，他点点头说："这双鞋是凶手留下的！"

案情有了重大突破。

这是一双普普通通的帆布鞋，任何一个鞋帽商店和地摊都能买到。

梁教授说："从这双鞋中有没有提取到DNA？"

物证科负责人说："我国的DNA数据库尚未建立，即使提取到DNA，也不可能从一双鞋找到一个人，电视上常常看到警察坐在实验室里，聊着天，摇晃着试管，然后就破案了，这很可笑。"

从一双鞋找到一个人，如同大海捞针。然而一号刑侦大案主犯白宝山，他的身份确定就是源于他抛弃的一个装枪的包；追捕东北二王，也是从一辆自行车上判断出他们的逃跑路线。

包斩戴上手套，从证物袋中拿起鞋子，他做了一件令所有人都感到目瞪口呆的事情——他低下头闻了一下鞋子！

苏眉和画龙都惊愕地看着包斩。

包斩闭上眼睛，鼻尖凑到鞋底上，深深地吸了口气，他昂着头，似乎还有点陶醉。

地窖囚奴

苏眉感到有点恶心。

画龙说："兄弟，什么味道？"

包斩面露喜色，回答："猪粪味！"

梁教授听到包斩这么说，不由得精神一振："你确定？"

包斩点点头，这种味道使他想起了很多往事。

梁教授让技术科对这双鞋重新做微量物检验，证实鞋底是否沾有猪的粪便。很多案子，都是由于查证时间的浪费，贻误了宝贵的抓捕时机。梁教授没等检验结果出来，就让苏眉用电脑查找搜寻。如果包斩的判断无误，凶手肯定生活在养殖场或者屠宰场，总之那是一个有着猪粪的地方。凶手就隐藏在这个城市屠宰部门的缴税记录、养猪场卫生检疫记录、建筑部门的备案之中。

市区里有着生猪的地方并不多，养猪场大多在郊区，这缩小了排查范围。苏眉使用黑客技术进入畜牧局、检疫站等部门的电脑网络，这对她来说就像逛街一样轻松，然而没有找到有价值的信息。

梁教授提示说："我需要这个城市的兽医院的就诊名单，我需要所有能踩到猪粪的地址。"

苏眉说："那需要等一会，远程进入他们的电脑应该不会超过十分钟。"

经过大量的排查，苏眉在兽医院的电脑存档资料中找到了近期的就诊收费单，毫无价值，不过她又找到了出勤记录，这家医院的兽医出勤记录中都留下了地址，其中有个养猪场非常可疑，地址就在机场附近的一个村子里。

梁教授立即拨通了村委会的电话，按下免提，村治保主任在电话中介绍说："猪场的主人名叫葛丁，平时沉默寡言，没有过犯案前科，三十八岁，身高一米七〇左右，老婆有精神病，也不知道是买来的，还是从哪儿娶来的，还有个儿子是个哑巴，他的猪场养了几十头猪。"

包斩突然想起地铁上卖报男人的话，他凑近电话问道："这个人的耳朵是不是有残疾？"

治保主任说道："是的，他年轻时，有一次喝多了，醉倒在猪圈，被猪啃掉了半边脸，他常常戴着帽子，有时也戴个头盔。"

特案组成员立刻兴奋起来，心跳也加快了，重大嫌疑人葛丁浮出水面。

在童话中，王子用水晶鞋找到了心爱的灰姑娘；在此案中，提取鞋内的皮屑组织做DNA鉴定，只需要和葛丁比对一下，就可以知道他是否出现在隧道内的凶杀现场。

画龙和包斩通知了副局长，三个人带领着一队全副武装的武警就出发了。

一个多小时后，画龙在电话中向梁教授作出了紧急汇报。

画龙气急败坏地说："有个坏消息！"

梁教授说："什么？"

画龙说："还有个好消息！"

梁教授说："先说好消息。"

画龙说："我们在养猪场的地窖内发现了安琪小姐，她还活着，已被解救。"

梁教授说："那坏消息呢？"

画龙说："葛丁跑了，我们把那猪场团团包围，但他却从我们眼皮底下消失了。"

苏眉并未参与抓捕，出于女性的好奇心理，她很想知道安琪小姐被囚禁时的模样。一个如花似玉的富家小姐和一个丑陋邋遢的猪场饲养员，美女与野兽的结合该是怎样的一种震撼。很快，苏眉就看到了现场的照片。

她一张一张地看，手开始哆嗦起来。

照片显示那是一个种着很多杨树的村子，水泥路边是红砖矮房，葛丁的家就是其中的一间。院子的大铁门斑驳掉漆，门缝里可以看到一条狗，想必是这条狗给葛丁带来了逃跑的时机。院里有两排猪圈，污水横流，然后，画面一闪，出现了一个地窖的入口。画面上还可以看到画龙持枪警惕的样子，地窖内存放着豆饼和香肠，一个木门隐藏其中……

苏眉迫不及待地翻到后面的几张照片，终于，她看到了安琪小姐，照片

让她感到汗毛直立，一阵凉意从背后升起。这比任何事都使公众感到恐惧，一个女人好端端地乘坐地铁，然后突然失踪，就变成了照片上这副囚奴模样。

苏眉捂着脸，不忍再看下去了。

安琪小姐被葛丁囚禁的这些天都发生了什么呢？

最后一张照片，地窖内有一个粪桶，满满溢溢，装着屎尿、卫生纸以及使用过的避孕套。

◎第十五章 地狱深处

此案接近尾声，让我们打起火把，走进一个变态强奸犯的内心，那也是地狱的深处。

中国人的优越感其实是建立在对他人的歧视之上。

城市人歧视农村人，健全人歧视残疾人，地铁乘客歧视乞丐！

葛丁没有娶到媳妇的原因很简单，他是一个残疾人，一个毁容者。

几年前，葛丁从偏远山区"娶"回来一个媳妇。村里的很多人都猜测他的老婆是买来的，但是无人报警。葛丁谎称媳妇有精神病，为了防止逃跑，他就用锁链将其囚禁在地窖里。

2008年，全国法院共审结拐卖妇女、儿童犯罪案件1353件，比2007年上升9.91%。这些数据仅仅是冰山一角，在灯红酒绿的都市之外，在郊区和农村，买卖妇女儿童的犯罪现象比我们想象的要严重。

媳妇给他生了一个孩子，母子俩在地窖中生活，相依为命。那孩子并不是哑巴，但是他从来都不说话，由此可见他们的生活有多糟糕。这孩子也成为母亲地狱般生活的唯一希望。地窖中没有阳光，媳妇的皮肤变得非常白，很快又变胖起来，身材臃肿，就像是一头大白猪。我们无法得知这个家庭是否有过温馨的时刻，但是从母亲给孩子缝制的虎头鞋，以及织的毛衣上，可以看出即使生活在地狱里的人，也依然仰望着天堂。

当葛丁确认媳妇不再逃跑时，偶尔也会让她带着孩子离开地窖，在洒满阳光的院子里坐一会。可以想象到，某个暖洋洋的春日下午，她坐在小板凳上，将儿子从左膝盖抱到右膝盖，紧紧地搂在怀里，母子俩都不说话，只是这么相依相偎。她的丈夫投来的是厌恶的眼光，她那日渐肥大的身躯，如果出现在村子里，会引起儿童的围观。

整个猪场，即是他们的整个世界。

有时，葛丁将一碗猪肉炖粉条，或者一碗大肠汤放在媳妇面前，恶狠狠地说："吃吧，喝吧，老母猪。"葛丁心情不好或者喝醉的时候，会将"老母猪"揍一顿，而孩子就站在一边看着，苍白的小脸上没有任何表情。

夫妻生活的真谛，其实是，睡在一起，但不做爱。

葛丁的老婆生了孩子后，他对亲热的兴趣甚至还不如腌制猪肉的兴趣大。

葛丁的地窖是用来腌制猪肉的，他在扩建地窖的时候，不小心挖通了地铁隧道的一个暗井。

地铁隧道有着一些不为人知的分支，美国纽约地铁有运送军事物资的地下轨道，英国伦敦地铁有供首相紧急避难的秘密通道。任何国家在挖掘地铁隧道时都会把战争因素考虑进去，一些暗井通向尚未启动的防空设施，而那些防空洞即与整个地铁隧道相连。

随着猪肉价格的上涨，葛丁的猪场也赚了不少钱。饱暖思淫欲，他越看自己的媳妇越丑，越看街上的女人越漂亮。有一天，他从猪场的地窖下面，穿过地铁隧道，站在站台上的时候，他看着那些漂亮的女人……上下班的职业女性，妩媚的少女，风情的少妇，曲线毕露的妙龄女郎，都市里各种各样的美丽身影。那些眼花缭乱的裙子，那些纷乱的脚步，那些高跟鞋，一下一下踩在他的心上。

葛丁尾随着心仪的女性进入车厢，最初是小心翼翼的性骚扰，而后发展成胆大妄为的地铁色狼。他每天乘坐地铁，在这个城市的地面之下穿梭，站在

地窖囚奴

美女的背后，这渐渐成为他生活里最大的娱乐方式。就像有人喜欢看电影，有人喜欢打球，他喜欢的是性骚扰。

他的耳朵有残疾，常常戴着帽子，可是，夏天的时候，戴着帽子会显得很滑稽。夏天的时候，他每次乘坐地铁，都戴着一个安全帽，打扮成一个电工或者建筑工人的模样。那安全帽是他在地铁内捡到的。

葛丁的想象力很丰富，有时，飞机从村子上方掠过，他昂着头，能够想象到那些空姐的俊俏模样。

每个人都是一座监狱！

葛丁的胸腔里，关押着一头野兽。从一个雏形，渐渐长大，最终面目狰狞。他可以买一个媳妇，为什么不可以抢一个媳妇呢，他这样问自己。葛丁觉得那些漂亮女人中的一个才是自己的老婆，他用帝王选美一样的眼光打量着她们。他与美女们无数次的擦肩而过带来无数次的遗憾和惋惜，整个案件的策划过程就是由点点滴滴的惋惜所促成的。

一起强奸案，其实隐藏在美女走过一伙建筑工人或送货人身边时响起的口哨声中！

那段时期，没有人注意到葛丁的老婆不见了，他对村里的人说老婆回娘家看病去了。

对于作案，他始终没有鼓起勇气，直到火花一闪——他买了一个电警棍，先在猪身上做了实验，这个电警棍可以将一头猪电晕，那么也可以将一个人瞬间制伏。

正如售出电警棍的老板介绍的那样：被这警棍击中的人，至少昏迷十五分钟才会醒来，失去反抗和进攻的能力。

他的作案工具：安全帽，电警棍，胶带，手套。

他把作案工具装进包里，将一颗邪恶的兽性之心放进胸腔，然后就开始了捕猎行动。

都市成为森林。葛丁应该怀念远古时代，喜欢谁就把谁弄晕，拖回洞里，就是一生。

宗罪

地铁内的卫生间是监控盲点。葛丁将安琪小姐电晕，拖进卫生间，捆绑好手脚。他扛着她，站在女厕所的一个格子间里。那是最后一班地铁，等到乘客散尽，他背着自己的猎物走进地铁隧道。在隧道内，安琪小姐的手机响了，这让葛丁吓了一跳，他丢掉手机，继续往前走，前方出现一个人，又把他吓了一跳。葛丁用电警棍击晕污水处理工人，然后勒死，整个过程尽管惊心动魄，但是对他来说也没费吹灰之力。

葛丁知道隧道内的铁轨上带有高压电，百密终有一疏，他的作案工具中并没有绝缘鞋，而被他杀死的污水处理工穿的正是绝缘鞋，所以他毫不犹豫地换上了鞋子。这也成为警方日后破案的突破点。

一个富家小姐从天堂突然坠入地狱。

葛丁将安琪小姐背回自己的巢穴，想象力丰富的人可以猜出那几天发生了什么。从偷看女人洗澡，到强迫女人看他洗澡，这个过程也是他这一生犯罪的过程。

他喜欢唱歌。

谁唱得比我好，葛丁对安琪小姐说："没有人。"

他不仅喜欢唱歌，还喜欢边唱边跳，舞姿酷似扭秧歌，疯狂而又陶醉，扭得肥臀乱颤，丑态百出。那几天他唱得最多的是：咱老百姓，今个儿真高兴，吼，咱老百姓呀，嘿……

安琪小姐被囚禁的第一天，这个平日里趾高气扬冷若冰霜的女人，跪在地上，痛哭流涕，苦苦哀求葛丁放了她，葛丁无动于衷。这个富家小姐甚至主动脱光衣服，要求媾和，只求葛丁完事之后放她走，而且，她像个农妇一样指天画地保证离开后不会报案。

安琪："你要多少钱？我家很有钱。"

葛丁不说话，只摇摇头。

安琪："那你要什么？只要我有，都给你好吗？"

葛丁咧嘴笑了，露出黄牙，他用手指戳了戳安琪小姐的胸部，这个动作富有诗意，因为他指向的既是乳房也是心的位置。但接下来的一个动作，实在龌龊，他拿起安琪小姐的裙子——那件白色雪纺薄绸丝缎细肩带露背的花苞

地窖囚奴

裙——蒙在了自己的脸上，他陶醉而疯狂地深呼吸。

安琪小姐浑身颤抖："好吧，告诉我，你到底想要我做什么？"

葛丁狞笑一声，扯掉脸上的裙子，一把将面前的这个美人儿搂在怀中，他抱着怀里的温香软玉，用一种因过度激动但又想极力保持温柔的羞涩语气哼哼唧唧地说道："老婆……"

那几天，这个喂猪的男人，还做过一件事，这大概是他一生中最浪漫的一件事。

"老婆，"葛丁对安琪说，"咱俩得正式结婚，我要办个结婚证。"

安琪小姐彻底崩溃，痴呆似的说不出话，泪水再次滑落。葛丁像饥渴的狼一样舔干净安琪脸上的泪，然后用臭烘烘的嘴轻柔而怜惜地吻了她一下。

葛丁站在一面墙之前，墙上写满了办证、透视扑克、贷款、复仇、发票等牛皮癣广告。

他给办假证的人打电话，声称自己要办理个结婚证！

我们无法得知办假证的不法之徒在接到这个电话时，曾经有过怎样的猜测，他们办理过各种各样的假证，毕业证、职称证件、身份证、房产证以及营业执照，还是第一次接到办理结婚证的生意。

葛丁说："我要带钢印的。"

办理假证的人："那得加钱，说实话，你们怎么不去民政局办理结婚证呢？"

葛丁说："多少钱都行。"

办理假证的人："你和你爱人叫什么名字，我这边应该怎么写？"

葛丁："先空着，名字我自己填，我现在还不知道我老婆叫啥。"

办理假证的人："您不是开玩笑吧？"

葛丁："我要办理一个结婚证，这是真的，我要和老婆结婚，真的。"

结婚证还没办妥，警察就闯进了葛丁的家。安琪小姐被解救的时候，这个要去日本参加国际时装周的富家小姐，此时正一丝不挂；这个要去布拉格吃冰激凌去夏威夷吃西米露的美人，正在吃一碗猪下水杂碎汤。被囚禁的这几

天，她已经变成了一具行尸走肉，一个眼神呆滞、浑身脏兮兮、脖子上锁着链子的女人。

葛丁从地窖内的入口跑进了地铁隧道，当天，地铁停运，警方出动大量警力全面搜捕，上级命令必须在天亮之前抓获，因为地铁停运会造成整个城市的交通混乱，损失和影响巨大。

每一个地铁站的入口都有可能成为他逃跑的出口。

警方对地铁站出入口都设置了警力严密布控。

葛丁在隧道内如惊弓之鸟，他选择了另一条逃跑的方向——京郊体育场。我们在前面说过，京郊体育馆修建游泳池的时候，因为地陷缘故，不小心挖通了地铁隧道的竖井。

天快亮的时候，葛丁发现了这个出口，他欣喜若狂，以为从这里可以逃出去，但是刚一露出地面，就被两个警察抓获了。

这两个人就是包斩和画龙。在此之前，他们有过这样一段对话：

画龙："你怎么知道葛丁会从这里出来？"

包斩："我想过了，如果我是他，也会选择这里。"

画龙："嗯，咱俩需要点好运气，耐心等吧，刚才副局长说，在猪场内发现了大量人的血迹，看来他把老婆孩子也杀了，只是不知道抛尸在哪里。"

包斩："也许，尸体在地铁隧道内的某个地方……"

画龙："他家里，还发现了几本很旧的英语书和课本，上面有女性的字迹，副局长怀疑……"

包斩："难道，他老婆不是买来的，也是从地铁里抢来的？"

人皮草人  第四卷

痛苦就是被迫离开原地。

——康德

在那桃花盛开的地方，有一个石头亭子，名叫烂柯亭。亭有楼，分两层，上层可以居住，还存放了一些棋谱古籍，下层五个方形石柱支撑着整个建筑，石柱上都刻着一些棋经残局。

两个人在亭子里下棋，周围雾气弥漫，夜色苍茫。

向南而坐的是一个干部模样的人，武陵县旅游局规划发展科杨科长，他也是当地象棋协会会长，从小酷爱象棋，国家一级棋士，方圆百里，难逢对手。

杨科长对面的那人说道："这局棋，你要慎重，应该是你一生中最重要的一局棋。"

杨科长说："我不想下。"

那人说道："那不行，你说的不算。"

杨科长说："赢了呢？"

那人说道："你赢不了我的。"

杨科长说："我要是输了呢？"

那人说道："输了，你就会死！"

杨科长开始冒汗，这是一局生死棋，他执红先手，哆嗦着摆了一个当头炮，他对自己的棋艺还很自信，没想到，那人只用了三步棋，就把他将死了。

第一步，马不走日。

第二步，象也不走田了。

第三步，那人尚未过河的小卒斜飞起来，直接吃掉了杨科长的老将……

杨科长："你到底想干啥？"

那人说道："我想把你做成一个稻草人！"

◎第十六章　桃花源记

白景玉："好了，现在有新的案子了。"

包斩："什么？"

白景玉："死了一个人，凶杀。"

画龙："老大，咱们特案组只接大案子。"

白景玉说了一句话，所有的人都闭上了嘴巴：纽约史上最残酷的十大杀人狂魔，和这个凶手比起来，简直就是小学生。

苏眉拿起卷宗，凝神看了一会，吓得丢在了地上。

梁教授滑动轮椅，捡起卷宗，他戴上老花镜，看了几页，这个见多识广慈眉善目的老人表情突然变得肃穆，他用一种震惊的语气说道："这个死者被剥皮了，还被做成了稻草人？"

人皮草人

2007年，武陵县发生一起特大凶杀案。

案发当天，山村的早晨雾蒙蒙，远处传来卖豆腐小贩敲的梆子声。山路崎岖难行，卖豆腐的小贩放下担子，休息一会，他去路边的桃园里撒尿，当时浓雾弥漫，蟠桃将树枝压成一道美丽的弧线，叶子滴着水，一个稻草人静静地伫立在果园里。

小贩觉得很怪异，凑近一看，魂飞魄散，那稻草人的头就是人的头，皮里面塞了稻草……

梁教授介绍说："罪案史上，有两名凶手最为臭名昭著，一位是被世界各国媒体称为'如雾般消失的元祖连环杀手——开膛手杰克'，另一位是'明星连环杀手——Edward Gein'。开膛手杰克的杀人方法为割喉然后肢解，Edward Gein的杀人方法是枪杀并肢解剥皮，制成手工艺品，他有个令人闻风丧胆的外号叫做：野牛比尔。很多知名电影就是以这两人为原型，例如《屠出地狱》、《沉默的羔羊》、《得州电锯杀人狂》。"

白景玉说："如果被媒体知道，中国的这个野牛比尔也足以轰动世界。"

桃源乡派出所接到报案后，感到极为震惊，案情重大，可以说是建国以来非常罕见的特大刑事案件，经过初步调查，死者为武陵县旅游局杨科长。当地警方一边封锁消息，防止引起当地群众恐慌，一边向上级汇报，并请求特案组协助。特案组成员四人立即动身，先乘坐飞机抵达省城，然后从省公安厅借到一辆车，没有片刻休息，一路鸣响警笛，风驰电掣般驶向武陵县公安局。

武陵县公安局大楼看上去非常豪华气派，虽然是县级公安局，但奢华程度堪比白宫。楼下绿树成荫，园林遍布，门口禁卫森严，哨兵威武，抬头就能看到办公楼上五个金光闪闪的大字——为人民服务。

公安局门前一片狼藉，垃圾遍地，这与豪华办公楼形成了鲜明的对比。

包斩看着地上的烟头、矿泉水瓶、馒头，还有血迹，他分析说道，这里刚刚有群众上访。

画龙说："上访？应该去县政府啊，这里是公安局。"

梁教授说："肯定是先去的县政府，被公安强行驱散，还抓捕了几个带

头上访的人，其他人就来到公安局门前静坐，要求放人。"

公安局大楼里，却没有人接待特案组，所有人的态度都冷冰冰的，甚至用异样的眼光打量着特案组四人。讯问过后，得知局长出差，政法委书记也去外地开会了。这让特案组成员感到奇怪，大楼里弥漫着一种诡异的气氛。

画龙嘟囔道："怎么说的来着，当地警察会列队欢迎，公安局长会把我们看成救星，人呢？"

一个警员探头探脑，看见特案组四人，就满脸堆笑，把特案组请进办公室，他自称是宣传干事，然后他拿出一份材料，说道："不好意思，真是抱歉……"

梁教授说："怎么回事？"

宣传干事："我们这里没有发生什么特大凶杀案。"

画龙说："开玩笑，是吧？"

宣传干事："对不起，让你们白来一趟，你们，还是请回吧。"

宣传干事介绍说，这是一个恶作剧，当地没有发生特大凶杀案，桃源乡派出所谎报案情，所长已被记过处分，那个稻草人只是一个人体模型，是当地一个村民的恶作剧。宣传干事将材料上的鉴证结果，以及讯问笔录，还有处理结果让特案组看。

苏眉气愤地说："召之即来，挥之即去，我肚子饿着，连饭都没顾上吃，竟然是恶作剧？"

宣传干事说："现在我们武陵县公安局撤销特案组的协助，可以报销机票，付差旅费……"

特案组千里迢迢来到这里，迎接他们的却是一个恶作剧。画龙拍着桌子骂了一句脏话，然后，特案组四人出了房间，离开武陵县公安局。画龙发动汽车，车开到一个十字路口，遇到红灯，包斩低着头看着刑侦案卷说道："他们撒谎！"

人皮草人

刑侦案卷中的现场照片拍得很不专业。因为乡派出所平时大多处理一些治安案件,抓抓计划生育,调解打架斗殴什么的,有时甚至还要帮老乡寻找丢失的牛,乡派出所拍照的警察估计当时很害怕,手也在抖,再加上案发时雾气弥漫,所以从照片上很难分辨那稻草人是模型还是真正的人。

照片显示一张很模糊的脸,整个头部从下巴底下整整齐齐割了下来,但是还连着一张皮,皮里面鼓鼓囊囊塞着稻草,没有穿衣服,手和脚也是稻草扎成的,看来凶手只割掉了头剥下了躯干的皮。在脖子的位置,可以看到一道绳索印子。

包斩疑问道:"谁会把人体模型吊起来呢?"

苏眉说:"这肯定是一个人,这个人应该是先被吊起来,然后剥皮,最后插到桃园里。"

梁教授说:"这事蹊跷,画龙,咱们去桃源乡派出所!"

桃源乡派出所位于一座山下,山上绿草茵茵,桃树遍布,一条小溪流过,两岸垂柳依依,一架水转筒车缓缓地转着,远方,群山含翠,近处,一个集市热闹非凡。集市上只卖桃子,当地特产蟠桃,又正值中秋上市,吸引了各地的水果商贩云集于此。

特案组开车穿过集市,来到桃源乡派出所。

然而,令人奇怪的是,大门紧闭,派出所里竟然没有一名民警。

特案组在集市上转悠了一圈,打算先吃点东西,然后去山上的案发现场看看。刑侦案卷上记录的案发现场在桃源乡桃花村前路边的果园里,第一杀人现场在桃花源风景区的一个亭子里。一行人来到山下,山下有个木头搭建的简陋饭馆,一个系着围裙的老汉正在厅堂里刷盘子,锅里的卤煮咕嘟咕嘟炖得正香,一个伙计正在磨菜刀,他的头上扎着绷带,似乎刚受过伤,特案组四人进去,找了张桌子坐下。

包斩问道:"大爷,这里就是桃花源风景区吧?"

老汉回答:"对,这就是狗日的桃花源!"

包斩又问道："大白天的，乡派出所怎么一个民警都没有？"

老汉气哼哼地说："狗日的，都死啦，死绝啦。"

画龙问道："当地是不是发生了一起杀人案？"

老汉警惕地反问道："你们是干啥的？"

包斩答道："我们也是警察……"

老汉听到"警察"二字，怒不可遏，猛地将手里的盘子摔在地上，指着门口说道："走走走，滚出去，小店关门了，打烊了，我就是把肉喂给狗吃，也不卖给你们公安。"

听到"滚"字，画龙的心里升起一股怒火，特案组侦办前几个案件时，何等风光荣耀，而现在，他们先是在县公安局受到冷遇，又在乡派出所吃了个闭门羹，此时又被这饭馆老板羞辱，画龙站起来，正想发作，突然拥进来一群凶神恶煞般的人，进门就一阵打砸，他们掀翻卤煮大锅，炉灶里的火立刻引燃了窗帘。饭馆里那个磨刀的伙计吓坏了，怔怔地看着他们，那些人冲上去，对着店伙计拳打脚踢，很快，店伙计头上缠着的绷带又被鲜血浸红了。

包斩和画龙没搞清怎么回事，木头搭建的小饭馆已经烧了起来，饭馆里一片混乱，两人赶紧推着梁教授，拉上苏眉，跑到了门外的安全地带。

那老汉脖子上青筋毕露，扯着喉咙破口大骂，几个人七手八脚将他和店伙计抬了出去。

木头搭建的小饭馆火势熊熊，一些村民和路人想要救火，只见一个大腹便便的中年人叉腰厉声喝道："我是吴乡长，谁敢去救火，就捉去乡政府关十五天，泼一瓢水罚款三百！"

老汉的身子猛地一挺，声嘶力竭地骂道："吴乡长，你烧了我的房子，我和你拼啦，我要杀了你。"

吴乡长冷笑着说："屁啊，违章建筑，让你早点搬，不听，敬酒不吃吃罚酒，给我关起来。"

人皮草人

小饭馆火焰冲天，很快就烧成了残垣断壁，焦黑的废砖瓦，显得墙上的白色"拆"字更加醒目。老汉怒骂的声音越来越远，渐渐地变成了哭声，终于听不到了。山下的路边，一块石头上刻着草书的《桃花源记》："晋太元中，武陵人捕鱼为业。缘溪行，忘路之远近。忽逢桃花林……"

这种暴力拆迁方式使苏眉受到了一点惊吓，她还是第一次见到这种野蛮行径，画龙叹口气，也想明白了饭馆老板为何那么痛恨警察。特案组四人也顾不上吃饭，开车前往山上的桃花源风景区，虽然路上风景秀丽，但实在是没有心情欣赏，一路无话，车在一个小亭子前停下。亭子里坐着一个人，正在看一本棋谱。

亭子上挂着个古色古香的木匾，写着"烂柯亭"，这里应该是案卷中记录的杀人现场，然而，亭柱和地面上没有任何血迹，也没有设立任何警戒标志。这里看上去不像是发生过凶杀案，可是，包斩已经闻到了亭子里弥漫的血腥味。

苏眉推着轮椅上的梁教授走进亭子，在棋盘前停下。

梁教授对亭子里坐着的那个人说："下一局棋，如何？"

那人微微一笑，说："好啊。"

梁教授炮二平五，选择了进攻性的开局。

那人有点紧张，本来想以屏风马防御，结果把马跳到了象的位置，又不好意思地摆正过来。

梁教授视若无睹，用闲聊的语气问道："打听个人，被杀害的旅游局的杨科长，听说过吗？"

那人又下了一步棋，说道："我就是！"

◎第十七章　世外桃源

夕阳西下，暮色苍茫，一阵箫声从远处传来，有着像雾一般散淡的惆怅。亭子附近，一盏莲花形状的灯亮了起来，随即，这山上风景区的灯全部亮

了。整座山星星点点，蔚为壮观。晚风徐徐，空气清新，有很甜的桃子味道。

梁教授说道："你已经死了。"

那人"啊"了一声，显得有些意外。

画龙一直在警惕地看着，如果此人不是杨科长，那又会是谁呢，难道是凶手吗？包斩在亭子里走来走去，观察着什么，很显然这里就是杀人现场，只是经过了刻意的掩饰和伪装，地面和柱子都被清洗了一遍。

梁教授指了指棋盘，又说道："你死了，看不出来吗？"

那人丢下棋子说道："啊，是的，我输了。"

梁教授说："你不是杨科长。"

那人说："你怎么知道的？"

梁教授说："案卷里记录，杨科长是国家一级棋士，怎么会如此不堪一击？"

那人说："没错，我是冒充的，我不是杨科长，我是桃源村小学的秦老师。"

梁教授仔细打量着那人，他四十多岁，戴副眼镜，看上去不像是撒谎。如果想要交谈，坦诚是最有效的办法，梁教授也直接表明了自己的警察身份，并向秦老师介绍了特案组其他三位成员，没想到秦老师丝毫不觉得意外，他说自己早就知道，坐在这里也是一直等待特案组的到来。

苏眉诧异地问："你怎么知道的？"

秦老师拿出手机，给特案组看上面的一条短信："武陵县公安局公告：近日，我县发生特大凶杀案一事，经公安机关证实，纯属虚假，请勿轻信，相关责任人已被处理，如有散布谣言者，严惩不贷。另：2007年9月22日参与桃源村堵路的村民请到公安机关自首，争取宽大处理。值此中秋佳节来临之际，武陵县公安局祝全县人民阖家欢乐，万事如意！"

人皮草人

很显然，这条短信是当地公安局群发的，该县的每一个居民都收到过。

梁教授冷笑一声："欲盖弥彰，此地无银三百两。"

包斩问道："桃源村堵路是咋回事？"

秦老师看了一眼月亮，叹口气说道："此事说来话长，先到我家吧，今天是中秋节呢。"

秦老师就住在桃源村小学里，几个人一起开车过去，山路崎岖不平，路两边的桃林上空是一个金黄色的月亮，此地的桃树很矮，只有一人多高，沉甸甸的大桃子压弯树枝，触手可及。

烂柯亭距离桃源村小学很近，一会儿就到了。大家下车，看到一个破破烂烂的校园，围墙坍塌了几处，教室的门还打着补丁，窗户是用报纸糊上的，那上面能够看到几年前的新闻。院中间有一株百岁高龄的桃树，枝丫交错，粗壮而高大，上面的两根绳子吊着一截铁轨，敲击时能起到上课铃的作用，树上结着硕大的蟠桃，蟠桃学名水蜜桃，有"仙桃"之称。

秦老师将几张课桌搬到树下，在那中秋的月光里，他摆上了丰盛的晚餐，桌上酒肉俱全，各色水果，花样繁多。梁教授本来想付钱给秦老师，但是看他言谈举止不是凡俗之辈，只好放弃了这个想法，免得唐突。

秦老师举起酒杯说："你们是客人，今天是中秋，先干了这杯酒吧。"

梁教授和画龙一饮而尽，苏眉不会喝酒，包斩不知为何对秦老师一直怀着戒备之心，所以也自称不会喝酒，推让过去。

秦老师又端起酒杯，他念了一首诗：

> 月下临风一刀斩，云意沉沉红花畔。
> 烂柯亭前醉赊酒，腰束贼头上梁山！

梁教授问："这诗是你写的？"

秦老师点点头。

墙角下的一只蟋蟀叫了，随即，桃树下的这只也叫了。

据秦老师介绍，桃源村小学很小，只有两名老师，一名校长，几十名学生，学生都是村里的孩子，除了秦老师之外，还有一个陶老师，两人都是义务教师，没有工资，只有很少的补贴，平时也要种植果园，赖以度日。

我们应该向贫困地区的义务教师致敬，那些默默无名的人为中国的教育作出了巨大贡献。

自从陶渊明写出《桃花源记》之后，千百年来，不少文人墨客都曾考证过这个世外桃源究竟在什么地方，然而始终没有定论。目前全国有三十多个地方在争"桃花源"这个名分，甚至台湾也有桃花源，都是希望为当地经济带来收益。

武陵县是第一个向联合国申报桃花源文化遗产的地区。

当地政府大力发展旅游，斥以巨资打造桃花源风景区，武陵县以"世外桃源"作为当地旅游招牌，吸引游客以及海内外商贾开发投资。整个景区分三期工程建设，打造了数十个景点，例如烂柯亭、秦人洞、豁然台、蟠桃瑶池、桃花山庄、采菊书院、九曲竹廊、五柳湖、迷津渡、钓鱼潭等。

拆迁安置是第一期工程的重点，桃源村即在拆迁重建范围。政府许诺了优厚条件，按照"以房易房"的原则，为村民在城里补偿安置，还为村民缴纳养老保险以及租房补贴，然而，当地村民不愿意搬走，没有一个人在合同上签名，甚至就连村长也带头抵制拆迁。

当地民风彪悍，曾经有个小偷进村偷牛被人打死，哥哥去领尸体，又被村民打死。

政府第一次强制拆迁时被村民拿着锄头赶跑了，还堵上了路，打伤拆迁人员数名。警方抓走了村长，村民开始聚集在县委大院前抗议，但被公安驱散。

苏眉拿起个大桃子，一边吃一边说："为什么拒绝呢，城市里的条件不是更好吗？"

秦老师不屑地说："你以为人人都想去你们城里呢？"

人皮草人

秦老师开始像给小学生上课那样讲解起《桃花源记》，"嬴氏乱天纪，贤者避其世"，桃花源几乎寄托了中国人所有的梦想，没有战争，男耕女织，无都市之喧嚣，无尘世之烦扰。为什么《桃花源记》那么有名，因为这片世外桃源是中国人心中理想的世界。

村民们种桃为生，虽不富裕，但生活幸福。

生活在城市里的人们，时时刻刻感受着忧虑和不安。那些冷漠的钢筋水泥居民楼里，人们住了几年也不知道左邻右舍是什么人。隔壁打出人命，邻居依然房门紧闭，无人过问。

桃源村的村民即使搬进城里，也是一群住在城市里的农民。

他们靠山吃饭，靠水生存，搬到城市也就失去了生活保障，在这个大学生都很难找到工作的时代，小贩上街摆摊还会被城管掀翻摊子，那些村民们在城里如何适应，怎样生活？

梁教授看了看周围说："这里确实是一个隐居的好地方，春天的时候应该很美，对吧？"

秦老师没有立刻回答，而是闭上了眼睛，过了一会，说道："何止春天，一年四季，说出来你都不信，我闭上眼睛，就能看到山路边的菊花，池塘边的竹子，还有漫山遍野的桃花。"

苏眉说："我相信。"

包斩说道："那人皮稻草人，放在桃园里，我猜，不是为了吓鸟，而是为了吓人。"

画龙问道："究竟是谁杀害的杨科长呢？"

秦老师变得面有惧色，点了点头，他讲起一件事。

在人皮草人案发的前一天，香港开发商在桃源乡吴乡长、旅游局杨科长、拆迁办主任的陪同下，考察了桃源村的旅游发展前景，他们一致认为，打造桃花源风景线是一件功在当代，利在千秋的大事，能造福几代人，还能使当地经济迅速发展。

县电视台的记者跟踪报道，摄像机对着几个大腹便便的官员，身后还有一些给他们打伞的人，他们叉着腰，意气风发，指点江山。

有个画面没有出现在晚间的新闻中，记者当时采访了一位在路边熬制松香的群众，那人戴着帽子和口罩，穿一身绿军装，摄像机对着他，而他却看着吴乡长、杨科长以及拆迁办主任，记者问他对当地发展旅游怎么看，他笑呵呵地用一种轻描淡写的语气说了一句话——

谁要是拆我的房子，我就把他的皮剥了！

梁教授问："这件事，你是怎么知道的？"

秦老师不好意思地说："我就在现场，当时，我站在吴乡长背后，给他打伞。"

包斩问道："这个熬制松香的人是谁？"

秦老师摇摇头说："他戴着口罩和帽子，我也不认识，听口音不像是当地村民。"

包斩又问道："案发当晚，你在哪里？"

秦老师拿出一张站台票还有医院的收费单据，他解释说："这个小学很快就要被拆了，陶老师是外地的，当天，他去市里的火车站送陶老师回家，回到县里已是晚上十点，他又去了医院待了一整夜，因为第一次强制拆迁时，校长也被打伤了。"

画龙说："谁让你冒充的杨科长呢？"

秦老师说："公安局。"

武陵县发生特大凶杀案后，一时间人心惶惶，公安局隐瞒消息，群发短信，安抚恐慌的民众。然而乡派出所已经将案情汇报给最高公安部门，当地政府担心上级的介入会影响拆迁进程，所以开会讨论，决定将案情隐瞒到底，让特案组离开。

很多地方，发生重大伤亡事件时，当地政府所做的第一件事就是隐

人皮草人

瞒真相。

特案组来到武陵县之前，他们已经伪造好了材料，声称这是一起恶作剧。特案组离开公安局大楼后，当地交警也在秘密跟踪，看到特案组的车开向桃源乡的时候，他们开始慌了神，紧急商议后，有人提议让秦老师冒充杨科长，因为秦老师和杨科长年龄差不多，长得也很像，当地政府甚至还做通了杨科长家人的工作，以及让乡派出所回避，整个骗局可谓是煞费苦心。

梁教授说："冒充得不是很成功，会不会对你有什么不利？"

秦老师说："明天，这个小学就被拆了，村子也不复存在了，我自己，又有什么关系呢！"

秦老师告诉特案组，第一次强制拆迁失败之后，当地政府联合公安局、城管、保安大队和建筑公司将在明天再次对桃源村强制拆迁，这一次规模非常大，不拆掉桃源村，誓不罢休。

特案组四人都预感到明天肯定会发生大事情，当晚，他们住在了桃源村小学里。

夜里，秦老师一个人在空荡荡的校园里吹了一会笛子，听上去很伤感。然后，秦老师从自己的宿舍里拿起两个枕头，给睡在车里的苏眉和梁教授送去，画龙和包斩睡在教室的课桌上，两个人也睡不着，看着黑板上的一行字发呆，那上面写着：

最好的建筑应该是学校！

画龙给包斩讲起他以前的故事，画龙说以前有过两个搭档，有一次，他们三个人被困在一个荒岛上，那岛上没有树，也没有草，光秃秃的，什么都没有。画龙问包斩："你知道我们怎么逃走的吗？"

包斩想了想说："不知道。"

画龙说："你肯定想不到的，我们用海龟做船。"

包斩问："这个办法是谁想到的？"

画龙说："一个退役多年的特种兵，还有一个在派出所长大的警察……"

包斩问："他们现在在哪里？"

画龙不再说话了，他想起了很多往事，过了一会儿，迷迷糊糊地睡着了，他喝了不少酒，头有点疼。在梦里，画龙看到有三个人驾驶着海龟制作的船在大海上随波逐流，一只金色的飞鱼跃起，又落在水中，消失不见了。

拂晓时分，天还没有亮，外面依然是漆黑一片，公鸡打鸣的声音把画龙吵醒，他走到小学的院子里，睡眼惺忪，迷迷糊糊看到那株桃树上吊着一个人，他揉揉眼睛，吓了一跳。走到近处，画龙禁不住目瞪口呆，不寒而栗，无论如何不敢相信眼前的一幕。

树上吊着的那个人竟然是包斩！

◎第十八章 树上之尸

画龙也不知道包斩死了没有，他急忙上前抱住包斩向上托起，同时大声呼救，苏眉和梁教授闻声赶来，将包斩解救下来。

包斩的脸已呈青紫色，但胸部尚有心跳，苏眉顾不上多想，俯下身为包斩做人工呼吸，然后双手在包斩腹部按了几下，包斩咳嗽了两下，幽幽地醒了过来。

画龙急切地问道："兄弟，谁干的，谁把你吊上去的，啊，小包兄弟？"

包斩挣扎着想站起来，但全身没有力气，他躺在地上喘着气说："我自己。"

天还没亮的时候，包斩就醒了，他走到院里，想要上厕所。厕所就是房子和院墙形成的一个夹角，露天的那种，厕所门前的一个稻草垛引起了包斩的怀疑。昨天，他从烂柯亭到桃源村小学的路上就一直在观察，路两边全是矮树和草地，没有发现可以将人吊起来的地方，距离烂柯亭很近的桃源村小

人皮草人

学里有一株高大的桃树，并且还有稻草，包斩怀疑这里就是凶手剥皮制作稻草人的地方。

他站在院里的桃树下，抬头看着那截当钟用的铁轨，他发现吊着铁轨的绳子是崭新的，而铁轨锈迹斑斑，这说明绳子是新换上去的。包斩将铁轨拿下，绳套舒展成一个圆形，他点点头，心想，这里应该吊过一个人。

包斩趴在地上，像狗一样嗅着地面，尽管地面已经做了清理，但依然可以闻到血腥味，他更加坚定了心里的猜测。

桃源村小学很有可能就是剥皮现场，也是制作人皮稻草人的地方！

包斩搬来一只凳子，站上去，将头伸进绳套，模拟那个吊着的死人，这样可以分析出凶手的身高，没想到那是一条三条腿的凳子，凳子突然歪倒在地，包斩悬空吊在了绳子上，只觉得眼前一黑，越挣扎越无力，想喊也喊不出，渐渐地意识模糊起来。幸好画龙发现得及时，如果再晚一分钟，包斩就没命了。

画龙扶着包斩站起来，周围雾气弥漫，天色已亮。

桃源村小学门口出现一个拿着斧子的人，走得近了，发现正是秦老师，他的手里还拎着个袋子，袋里装着一个圆形的东西。

画龙警惕地看着他手里的斧子，说道："秦老师，你？"

秦老师把袋子放在地上，画龙有点担心袋子里会不会装着一个人头，秦老师却从里面拿出一个金灿灿挂着白霜的南瓜，还带着绿油油的叶子，他说："你们起这么早，我去做饭。"

包斩看着秦老师的背影说道："不是他，凶手的身高应该在一米八〇以上。"

秦老师煮了一锅南瓜稀饭，还放了蜂蜜，苏眉和梁教授胃口不错，一连吃了两碗，这种新鲜的乡野食物在城市里是吃不到的。

秦老师感慨地说："二十年了，我在这里二十年了，这是最后一顿饭了。"

梁教授说："你这么热情招待，我们会尽力阻止拆迁。"

桃源村位于山洼处，进村的路旁栽种着高粱和玉米，五棵高大的柳树守护着村子。田地旁边，野生的黄菊花怒放，村子四面环山，一道瀑布从山脊上流淌进一个湖，湖中的荷花已谢，小船泊在岸边，岸上的农舍井然有序，鸡鸭成群。

拆迁队来了，杀气腾腾，浩浩荡荡。

桃源乡吴乡长走在最前面，他把上衣掀起，一边走一边用手拍着肥肚皮。他旁边是拆迁办主任、公安局宣传干事、身后跟着数十名身穿制服的人，这些人由城管、联防、保安等组成，鱼龙混杂，穿着各式各样的制服。他们的手里拿着盾牌和警棍，有的人还拿着灭火器，这是要防止村民自焚阻拦拆迁。在队伍的最后，三辆推土机和两辆挖掘机以及一辆救护车慢慢跟随。看来，当地政府为这次拆迁制订了周密的计划，不达目的，不会罢休。

特案组四人和秦老师在小学围墙的一个豁口处静静地看着。

拆迁队一路平安无事，预想中的械斗事件并没有发生，这让拆迁队感到很意外。

吴乡长、拆迁办主任、宣传干事停下脚步，警惕地看着村子，村里竟然连一个人影都没有，村民们不知道都跑哪儿去了。

吴乡长嘀咕一句："这帮刁民，倒是挺识相的，要是敢阻拦，有句成语怎么说的来着？"

宣传干事说："螳臂当车，以卵击石？"

吴乡长哈哈大笑说："对对，螳臂当车。"

拆迁办主任递上两根香烟，三个人点着，吴乡长大手一挥说道："挖掘机过来，拆。"

挖掘机开了过来，打算先拆除村口的第一间房子，房子旁边有一株柳树，浓雾渐渐散尽，挖掘机的铲头高高举起，然而，却停了下来，大家分明看到柳树的枝叶间吊着一个人。

人皮草人

阳光穿透迷雾，雾气渐渐消散，这是一个阳光明媚的清晨。

数十名拆迁人员一起抬头看着，终于看清楚了，树上倒吊着一具血肉模糊的无头尸体，脚腕上系着绳子，上身被剥了皮，在空中轻轻地荡来荡去……

这惨不忍睹的一幕，使得人群像炸了锅似的，有人扭头就想跑，但是被吴乡长厉声叫回。

吴乡长假装镇定，拆迁办主任心惊胆战，宣传干事讯问道："要不要报案？"

吴乡长说："先别管这个，拆，速战速决，拆完再说。"

这时，村里的祠堂中走出来一群老人和孩子，拆迁队伍停下了。

特案组四人一直躲在桃源村小学的围墙处偷看，画龙很疑惑："村民中为什么没有青壮年，只靠这些老弱病残能阻挡得了来势汹汹的拆迁队吗？"

梁教授说："不要低估村民的智慧。"

包斩说："拆迁的人有备而来，村民聚集在祠堂里也肯定想好了对策。"

那些老人和孩子，走到村口，这黑压压的一群人突然跪下了！

他们选择用这种最古老最质朴的方式来护卫自己的家园！

现场无声无息，没有一个人说话，只有风徐徐吹过。

一个白发苍苍衣着朴素的老太婆跪在最前面，她颤巍巍伸出手，掌心有几枚军功章，她用一种因年老而显得异常平静的语气说："我的大哥、二哥，还有我的丈夫，都死在抗日战争中，这里有一个烈士的家，我都八十多岁了，我跪下求你们了，不要拆我的家，你们要拆，先从我身上轧过去吧。"

老太婆身后的村民开始磕头，整个拆迁队伍都默默地看着，一个挖掘机司机和一个推土机司机窃窃私语："我有点拉肚子，你呢？"

另一个司机轻声回答："我也是。"

说完，这两个心地善良的小伙子悄悄地开了小差。

吴乡长破口大骂："你这老不死的破烂货，弄这些假玩意糊弄人，给我拖到一边去。"

画龙："怎么办，小包，有办法吗？怎么阻止他们？"
包斩："虽然我不知道有什么办法，但是我已经在想了。"
画龙："我负责揍前面那二十个，后面那六个留给你，怎么样？"
包斩："他们可能会把我打得很惨，不过，我不怕他们。"

吴乡长挥着手势，示意大家上前，但是身后的人都没有动，宣传干事和拆迁办主任也在犹豫，吴乡长挽起袖子，恶狠狠地打掉老太婆手心里的军功章，蛮横地拽着老太婆的头发就往路边拖……村民们哭天抢地，依旧磕头不止。

画龙再也按捺不住心中的怒火，他看看周围，墙角放着根扁担，他摸起扁担就从围墙豁口处跳了出去，包斩也摸起一把铁锹，两人一前一后冲进人群。

画龙将扁担舞得虎虎生风，武警教官，名不虚传，他把枪法棍法结合起来，扁担的两端还有两个铁钩子，使得画龙的进攻更加强大，只一会就打倒了数人，包斩跟在后面用铁锹猛拍人的脑袋。拆迁队被这两人打得措手不及，一些人纷纷反击，画龙和包斩背靠背站在一起。

一个城管骂骂咧咧地冲上来，画龙一脚侧踹，角度极为刁钻古怪，速度却快如闪电，力量更是让人震惊，那人身体横着飞了出去。

一个保安举着盾牌，跃跃欲试，画龙又是一脚侧击，那人踉踉跄跄退后几步，画龙拖着扁担，抢步上前，将扁担在空中划了一个半圆，重重地砸在那人的盾牌上，砰的一声，钢化盾牌碎裂，那名保安倒在了地上。

吴乡长指着画龙和包斩破口大骂，画龙扔掉扁担，赤手空拳，以极快的速度向他跑了过来，一路上拳打脚踢，无人能挡，很快就到了吴乡长面前，吴

人皮草人

乡长依然气焰嚣张，骂道："你他妈是干吗的……"

画龙飞起左脚踢中吴乡长裆部，吴乡长痛得弯下腰，画龙使出泰拳中的翻天膝，右膝正中吴乡长的面门，紧接着一记重勾拳，将吴乡长打得仰面倒下，他的两颗门牙也被打飞了。这三连招几乎是一瞬间完成，众人都看得眼花缭乱，一些人想围攻上来，然而又停住了。

画龙掏出了枪，枪口对着吴乡长的脑袋。

躺在地上的吴乡长脸色煞白，他双手作揖连连求饶。

画龙冷笑了一声，扣动了扳机，砰砰砰，一连开了数枪，枪声震耳欲聋，地上尘土四溅，这几枪都打在吴乡长脑袋周围的地上，弹着点形成一个圆圈的形状。

吴乡长吓得像筛糠似的浑身哆嗦，却不敢乱动，他的裤子湿了，一股恶臭弥漫开来。

画龙："小包，过来看一下，是什么东西这么臭。"

包斩走过来说："呃，乡长吓得屙到裤子里了，真恶心。"

画龙举起枪，众人都往后退，宣传干事却跑了过来，一边跑还一边喊："出事了出大事了！"

刚才群殴的时候，宣传干事接到了公安局长的电话，桃花源风景区的开发商被人杀害，做成了人皮草人，这一次——人皮稻草人放置在了县委门前，有几百位群众目睹了这恐怖的一幕。县委县政府感到极为震惊，他们要求公安局向特案组请求协助，侦破此案。

苏眉推着梁教授，听宣传干事说完后，梁教授说："想要特案组协助，必须答应一件事。"

宣传干事说："什么？"

梁教授说："停止拆迁，因为这里就是犯罪现场！"

宣传干事说："你们能保证破案吗？"

梁教授说："事实上，现在，凶手就在这附近，此刻正看着我们。"

宣传干事心头一凛，四下看了看，紧张地说道："在哪儿？"

梁教授说："凶手可能是一个人，也可能是两个人，还有可能是一群人！"

◎第十九章　桃之夭夭

几乎每个城市都发生过碎尸分尸之类的恐怖案件，只是不为人所知罢了。历史上有名的人皮案件当属法国伯爵夫人制作的人皮日记，她用来记录对丈夫的思念；还有西班牙杀手格雷诺耶杀害多名少女，以女性皮肤的绝妙体香制造香水。

特案组办公地点设置在桃源村小学。

县委和公安局的领导亲自前往桃源村小学，他们向特案组表示歉意，坦诚工作方面存在着不足，以及思想保守等错误。特案组建议释放因上访而被拘捕的村民，缓和一下干群关系，这样才有利于工作。当地政府接受了建议，并从公安局抽调精兵强将，全力协助特案组侦破此案。

梁教授立即做了分工，由苏眉带领法医对死者进行尸检，包斩与技术人员对案发现场进行勘察，画龙去县电视台调取案发前天的拍摄画面，各方消息汇总之后，特案组在桃源村小学做了案情发布会。

苏眉将照片投影在教室墙壁上，她坐在后面，摇着一架旧观片机的曲柄把手，一张张地播放缩微胶卷。

墙壁上闪过一张张恐怖的画面，梁教授喊停，他指着人皮草人的图像说道："这是战争中常见的恐吓手法。"

宣传干事问道："常见，剥皮是正常的？"

梁教授说："当然，现在已经不能将这个剥皮者称呼为凶手或者罪犯了，这对他来说是一场战争！"

宣传干事说："哦，他很可能当过兵。"

梁教授将咽喉处致命伤口的图像放大，他解释道："形成这种伤口的凶

人皮草人

器，初步判断为一把军用匕首，凶器具有军用匕首的所有特点，一刀割断气管，下手凶狠，剥皮时冷静从容，从死者的后脖颈处下刀，顺脊背往下到尾椎割一道缝，然后像蝴蝶展翅一样往两侧剥开皮肤，最后装上稻草。该犯心理素质令人吃惊，他很可能经历过战争！"

包斩将现场勘察的结果作了汇报，两名死者，杨科长和开发商为同一人所杀害，开发商死在桃花山庄的豪华套房，那里也是剥皮和制作人皮稻草人的现场，房间里留下一具无头尸体，上身被剥皮。因为山庄刚刚落成，没有监控，安全措施也不够，窗户甚至没有安装护栏，现场获得的线索不多，房间里散落着一些青花瓷碎片，这个开发商有着收集古董的爱好，不过，瓷器碎片上没有发现案犯的指纹，案犯有可能戴着手套……

梁教授补充说："还有一种可能，案犯逼着开发商摔碎自己心爱的古董，然后将其杀害。"

包斩继续说："根据乡派出所的勘察，杨科长被害时，曾与案犯下过棋，现场照片显示，案犯的棋艺并不精通，毫无章法，但是他赢了杨科长。这说明，案犯想在精神上打击和摧残死者。"

梁教授说："让死者体会一下失去心爱东西的痛苦，这也是案犯的痛苦。"

包斩说："是的，案犯将杨科长在烂柯亭杀害，然后拖到桃源村小学，吊在树上，剥皮后制作成人皮草人，放在路边的桃园里，这样做的目的是吓阻拆迁人员，案犯应该和桃源村的拆迁有关。"

宣传干事问道："后来，杨科长的尸体怎么会吊到村口的树上？"

梁教授说："这个问题，估计很快就能知道。"

画龙陪同梁教授去村里走访调查，受到了村民的热情招待，村民们杀鸡煮酒，争相邀请，在他们眼中，阻止拆迁的画龙如同英雄一样。梁教授不由自主地想起《桃花源记》中的那个武陵人，偶入桃源，村民们也是这般热情，"各复延至其家，皆出酒食"。

走访中，村民们对于村口树上的尸体一无所知，他们声称没有看到可疑人物进出村子。

那个白发老太婆，抗日烈士的家属，在村里德高望重。她将一个猪头用松香煺毛，放进锅里用文火炖上，然后拿出存放了二十年之久的普洱茶砖，招待画龙和梁教授二人。普洱茶被誉为"可以喝的古董"，具有巨大的收藏价值和增值空间，存放了五十年的普洱茶饼，身价甚至贵过一辆本田轿车。

老太婆絮絮叨叨地说，那个香港开发商，出高价要买她的茶，她不卖，本来是要留着孙子娶媳妇的时候用，现在家里来了贵客，要拿出来好好招待。

画龙喝不出什么味道，梁教授品尝了一口茶，茶香浓郁，沁人心脾。

梁教授对于松香的熬制过程比较感兴趣，不停地讯问，老太婆说松香是护林员送给她的，护林员常常来村里兜售中草药和野味。

梁教授问道："护林员的个子是不是很高，外地人？"

老太婆答道："是的，高高壮壮的，当过兵，消防兵，他爱喝酒，喝醉了还骂人。"

回去之后，梁教授调看了案发前一天电视台拍摄的画面，画面上那个熬制松香的人，戴着帽子和口罩，他对着摄像机说"谁要是拆我的房子，我就把他的皮剥了"。苏眉去县武装部调取了当地护林员的退伍和转业证件资料，又经过林业局领导的辨认，最终确认摄像机画面上那个戴着口罩和帽子的人就是当地的护林员。

此人有重大作案嫌疑，也符合特案组对罪犯的描述。

护林员是山林的守护神，工作主要是防火防盗，例行巡山，还担任着一些测量工作，很多护林员都耐不住山上的寂寞和孤独，林业局每过几年就会掉换护林员，最新换上的是一个退伍的消防兵。

虽然天色已晚，但案情重大，事不宜迟。画龙和林业局的向导带领一队

人皮草人

官兵上山搜捕护林员，山林中有很多护林员的作业点，护林员平时就在这里生活。桃源村小学后面不远的山坡上，就有一个石头和黄泥砌成的老房子作业点。很快，警方就包围了房子，从窗棂中可以看到墙旮旯堆着土豆，窗台上摆着油罐，没有电，一盏油灯亮着，旁边还有个空酒瓶，护林员正躺在土炕上呼呼大睡。

画龙踹门而入，拘捕护林员的时候，这个睡眼惺忪的大汉看到面前的警察，破口大骂："就是老子干的，老子等你们很久了，你们这帮畜生。"

这句话使得在场的公安干警精神振奋，护林员不打自招，看来警方抓对人了。然而审讯结果却令人失望，护林员对于自己把尸体吊到村口树上的事情供认不讳，但声称自己没有杀人，不过，他毫不掩饰自己想要杀人的想法，还对杀人者表达敬意。

用他的话来说："做成稻草人，有创意，老子要是知道谁干的，就请他喝酒。"

特案组和县公安局先后审讯了两次，护林员的口供前后一致，看上去不像撒谎。

根据护林员的说法，他对自己的工作非常厌恶，三天打鱼，两天晒网，他在县城的亲戚家住了几天，早晨回到山上的作业点，进门发现地上放着一具无头尸体，他从衣服上认出这是旅游局的杨科长，出于一种泄愤的心理，他用绳子拽着尸体，趁着早晨的浓雾未散，他把尸体吊在了桃源村村口的柳树上，然后回到作业点，喝酒睡觉。

梁教授问道："为什么你会对电视台记者说，谁要拆你的房子，你就剥了谁的皮。"

画龙也问道："是啊，你一个外地人，拆迁和你无关，你为什么这么仇视？"

护林员的一只手铐在桌腿上，他用另一只手拍着胸膛说："我看不惯，打抱不平。"

护林员反问画龙："要是有人拆你家的房子，你不同意，他们非要拆，

你怎么办？"

　　画龙无言以对，审讯结束后，已是晚上8点，乡长让秦老师买来很多酒菜，招待特案组和公安干警，乡长厚着脸皮劝画龙喝酒，秦老师也在一边作陪。然而，大家都郁郁寡欢，案情本来柳暗花明，但又陷入了僵局。

　　包斩一直在怀疑秦老师，但是杨科长被害的当晚，秦老师在市火车站；开发商被害的那天，秦老师和特案组在桃源村小学。两起命案，秦老师都有不在案发现场的证据。包斩只好将秦老师排除在嫌疑人之外，可是，心里总觉得哪里不对劲，但又毫无头绪。

　　包斩向画龙要了一根香烟，走到院子里，一边抽烟一边思索。

　　皓月当空，桂花飘香，一阵箫声从远处幽幽地传来，苏眉推着轮椅上的梁教授也来到院子里。

　　包斩听着箫声，突然说道："这曲子怎么这么耳熟？"

　　苏眉说："吹的是《梁祝》。"

　　梁教授点点头说："没错，昨天夜里，秦老师也吹过这首曲子，听上去很伤感。"

　　三个人用眼神商量了一下，苏眉去车里拿出两个枕头——昨晚，梁教授和苏眉睡在车里，秦老师从自己房间拿了两个枕头给他们。苏眉想以还枕头为借口，到秦老师宿舍里悄悄检查一下。

　　秦老师的房门没有锁，那是一扇打着补丁的木门，风吹雨淋很多年了。

　　苏眉打开灯，静静地环顾着房间，过了一会，她的鼻子一酸，泪水涌了出来。

◎第二十章　死生契阔

　　房间里的两张单人床合并在一起，床前放着两双拖鞋，柜上放着两个茶缸，茶缸里是两个牙刷，靠墙有两张同样破的书桌，两把椅子，墙角的铁丝上挂着两条毛巾，旁边有两个柜子……所有的东西都成双成对，所有的东西都是一样的，一样的陈旧，一样的破烂。

　　墙壁上挂着两个人当兵时的黑白照片，已经泛黄，一个是秦老师，另一个是陶老师。

　　出于女性的直觉，一种对爱情的敏感，苏眉意识到有两个男人在这破房子里住了二十年。

　　梁教授："陶老师在哪里，他没有走，是不是？"
　　包斩："你没有杀人，你也不要包庇他。"
　　画龙："告诉我们吧，现在不是审讯，只是和你谈谈。"
　　苏眉："你们是……同性恋吗？"

　　秦老师低着头，沉默也是一种回答。
　　他忍住百感交集的泪水，闭上眼睛，仿佛又回到了以前的日子。
　　他看到一个小村子，村口的柳树下有几个孩子敲着铁桶，孩子问他：秦天哥，你去哪里？
　　秦老师的名字叫做秦天，他的胸前戴着大红花，答道：当兵，保家卫国。

　　那一年，他十八岁，参军入伍，正逢"对越自卫反击战"，他从陆军部队改编进空降兵师。1984年至1989年的两山轮战期间，秦天经历大小战役百余

次，目睹无数战友将热血洒在了前线土地上。那片土地，如今想必开满了野花，慈悲的地母永远拥抱着自己的儿女。

1986年，他在暴雨中吃包子。

1987年，他在大风中啃馒头。

1988年，一个人将仅剩的包子和馒头留给了他。

每个空降兵都听说过一句话：伞兵生来就是被包围的！

他很想跳到一大片油菜花地里，然而，第一次空降到敌军阵地上的时候，冬夜已经来临，他在二千米的高空，北风一刀一刀地吹，敌军阵地铁丝网的刺冒着寒光，一切尖而向上的东西都在迎接着他。

那时，一群麻雀在他的脚下飞过！

"对越自卫反击战"中空军很少参战，只在战争后期为摸索军事经验进行过为数不多的几次空降兵实战。秦天是第一次进行夜间跳伞，临时混编的伞兵们穿过黑暗往下跳时会互相叫喊，他听到了一个名字：陶元亮。等到跳伞的指示灯亮起，他纵身一跃，呼啸着往黑暗中跳下，也许是一种天意，他和那个叫做陶元亮的伞兵缠绕在了一起。

两伞相插缠绕，是跳伞中很危险的空中特情，如果不及时采取措施，后果将不堪设想。

陶元亮打着手势大喊："你插在我伞中，你先飞，别管我。"

秦天拉开飞伞手柄，主伞瞬间脱离，然后用力拉开胸前的备用伞。

此时，高度已不足五百米，秦天很担心陶元亮能否安全着陆，幸运的是陶元亮也在千钧一发之际飞掉主伞，打开了备份伞。

然而一落地，他们两个人就被敌方包围了。当时的任务是破坏敌方交通枢纽和通信设施，所以只配备了轻武器，秦天负伤，他们被敌军追进了一个村庄的废墟，在一个汽油桶里躲避了三天。

人皮草人

秦天和陶元亮知道战争的残酷性，如果被敌方活捉，会被做成稻草人安插在边境线上。

吃完仅有的食物，夸张地说，两个人只能靠自己头发里长出来的蘑菇生存下去。

那生死与共的三天里，因为汽油桶里空间狭小，两个人不得不以互相拥抱的姿势度过。

冥冥之中早已注定了一场禁忌之爱。

我们无法得知那三天里，他们两个人想过什么，说过什么，如果不算是亵渎爱情的话，应该说，他们爱上了对方，甚至自己都不知晓。

三天后，陶元亮冒着生命危险，穿越火线，将因负伤和饥饿而奄奄一息的秦天背回了己方医院。

三年后，两个人已经退伍，秦天回到家乡当了一名义务教师，陶元亮开了一家摩托车维修店，他们天各一方，写了很多很多的信。

两个男人之间，打开一扇门，到底需要多少年？

在那些信中，有过什么含蓄委婉的表达，有过什么惊心动魄的内容？

一只手握住另一只手，需要穿透多少乌云，需要多么大的勇气？

他乡有人吹箫，他乡菊花泛黄。

两个人都没有结婚，有一天，学生们突然发现秦老师无缘无故地披麻戴孝，没有人知道原因——陶元亮的父母出车祸去世了。过了几天，学生们多了一个老师：陶老师。

两个男人住进了这个有些破碎的房间，修补裂缝和窟窿，从此，就是二十年的时光。

秦老师和陶老师一起种桃子，一起除草，一起吃饭，一起在山间漫步，两个人从青年到中年，就这么一路走过，这个山村有多么美丽呢？

这是桃花盛开的山村。

这是细雨纷飞的山村。

这是菊花怒放的山村。

十宗罪

这是漫天飞雪的山村。

这是他们的世外桃源。仿佛一夜之间，春风擦亮了满山的翠绿，两个人守着内心的宁静，他们的幸福如荒野的萤火虫聚集微弱的光芒，风雨飘摇，无人知晓。黄色的花遍地摇曳，紫色的花漫山遍野，红色的花随着山冈连绵起伏，流水一样的人生，静静看花开花落。

春天，桃花纷纷，岸边的小船上也堆着花瓣，他们载着一船花瓣，在湖水的中央钓鱼。

夏天，湖水是一块颜色绿得令人安静的美玉，睡莲在湖面上行走，百步莲花，步步生香。

秋天，野鸽子从菊花上空飞过，贴着蓝天，飞向彩云，他们一起去山下的集市贩卖桃子。

冬天，他们和学生们一起堆雪人，一起牵着狗去山上的白桦林里捕捉野兔。

多少年过去了，桃花年年盛开，拆迁逼迫他们在忍和残忍之间作出一个选择。没有悲伤，没有风，野花在安静的草丛中沉默。越战老兵比村民们更有抗争精神，陶老师无法容忍有人毁灭他们的家园。软弱的秦老师想到了自杀，他甚至准备了最后的晚餐，他的建议是：吃完后，一起上吊。

陶老师选择了铤而走险的方式，两个人平生第一次争吵，最终，秦老师妥协。陶老师制订了杀人计划，他伪装成回家的假象，还想好了用笛子和箫声互通消息，当过兵的人都知道如何用简单的方式传递安全或危险的信息。

秦老师说："我会天天吹笛子给你听，如果有一天没吹，那就是我被抓了，不过，我什么都不会说。"

陶老师说："我要先杀了那个杨科长。"

秦老师说："为什么先杀他？"

陶老师说："谁叫他和你长得那么像。"

秦老师说："然后呢？"

人皮草人

陶老师说："再杀掉开发商，吴乡长……直到他们停手为止。"

杨科长痴迷象棋，烂柯亭即是按照他的想法建造的。那天晚上，他和开发商、吴乡长等人在桃花山庄喝完酒，一个人走到不远处的烂柯亭里研究残局，有个人走过来要和他下棋，他认出此人是陶老师。

他并不想下，但是陶老师亮出了刀子，他想跑，但他知道陶老师是一个越战退伍军人。

杨科长硬着头皮走了一步，他以为陶老师也是一个酷爱下棋的人，使用逼迫的方式切磋棋艺，怎么也不会想到，陶老师只用三步就将死了他，只用一刀就杀死了他。

人皮草人并没有阻止拆迁进程，所以陶老师又杀害了开发商。他带着一个包从窗口进入开发商的房间，声称自己带来一个出土的盘子，开发商有着收集文物的嗜好，对于鬼鬼祟祟贩卖文物的人也见过很多，所以不以为奇。

打开之后，包里面放着稻草，稻草里只有一把刀。

陶老师一手捂着开发商的嘴，一只手将锋利的刀刃放在他的脖子上，逼迫开发商打开保险箱，开发商以为是遇到了抢劫，没想到陶老师又逼迫他摔碎了自己价值连城的文物。

陶老师处理尸体的方式并不高明，他将开发商的尸体留在房间，将杨科长的尸体放进护林员的小屋。护林员把尸体吊在村口的树上，纯粹是一种偶然的泄愤之举。如果非要找出一个原因，那就是护林员和陶老师以及村民有着一个共同点——对于暴力拆迁，有着同样的恨。

秦老师被拘捕，在他的房间里发现了刀鞘，经过技术勘验，与杀死被害人的凶器相吻合。警方也通过市火车站的监控录像证实秦老师撒谎，那天他没有送陶老师去车站，他是一个人去的车站，只是为了伪造陶老师回家以及自己不在案发现场的假象。画龙给他戴上手铐之后，拍了拍他的肩膀，这也许是出于对一个越战老兵的敬意。

秦老师用沉默对抗审讯，他咬掉了自己的一截舌头，没有回答任何问题。

武陵县警方开展布控、堵截工作，防止犯罪嫌疑人陶老师外逃。以桃源村小学为中心，展开搜捕行动，然而周围连绵起伏的群山就是陶老师的藏匿处，想要追踪抓捕一个越战退伍兵，谈何容易。两天过去了，警方没有发现陶老师的踪迹。

第三天，一个人走进了桃源乡派出所。

一个民警问他有什么事。

那个人回答："自首！"

这个案子最终以凶犯自首而结束，陶老师一个人承担了所有的罪过，他声称秦老师并不知情，而秦老师因为自始至终不发一言，警方也无法定罪，只好将其释放。第二天，特案组离开了武陵县，在去省城机场的路上，宣传干事打电话说了两件事：

一、秦老师自杀了，吊死在桃源村小学的那株桃树上，他留下遗言，希望和陶老师葬在一起。

二、桃源村的青壮年村民用几天的时间砍倒了周围山上所有的桃树，桃花源风景区的开发进度因为没有了桃树而被迫中断。

梁教授："好一个世外桃源！"

画龙："我怎么觉得，陶老师的名字很耳熟。"

包斩："陶元亮。"

苏眉："陶渊明，字元亮，号五柳先生……"

没有桃树的桃花源是一种多么大的讽刺，空荡荡的山上，只剩下小学里的一株桃树，村民们只留下这么一株桃树，到底有什么含义，是让它看着人世间的疾苦吗，是让它默默地感受农民世世代代的苦难吗？

还是为了让一对飞倦了的蝴蝶歇息在春天盛开的花瓣上？

变态色魔

当你凝视深渊时，深渊也在凝视着你。

——尼采

他跪在那里，屁股向天，一动不动，保持这个姿势已经十分钟了。

玫瑰插入"后庭"，在暧昧的黑暗之中散发芬芳。

这个花瓶有着体温，有着思想，但是不能说话，不能动，一说话，那五千元钱就等于打了水漂。请记住，五千元，不是她给他的，而是他给她的。

他扮演的是一个花瓶！

◎第二十一章　女强奸犯

黄浦江在这个繁华的都市中流过，灯红酒绿，霓虹闪烁，欲

123

望都市中每天都上演着各种各样的悲剧。

2007年10月28日，一名裸体女子死在街头，当时是午夜时分，一个流浪汉看女子貌美如花，心生歹意，欲将其尸体拖至窄巷强奸，但被几位打麻将的好心市民驱散。浦原市公安局刑警支队值班民警接到报案后赶赴现场，他们感到意外的是——死者为浦原市公安局的一名女警，正是他们的同事。

同一天夜里，黄浦江游轮上的几位乘客发现水中有人游泳，十月下旬的天气已经很冷了，有人游泳是很奇怪的事情，靠近之后，在游轮探灯的照射下，大家发现竟然是一位长发女子，长长的秀发漂在身后的水面上，看上去非常优美，如同一条美人鱼，然而令人感到奇怪的是，妙龄女子双目紧闭，手脚也没有露出水面。大家感到很古怪，那女子竟顺着水流慢慢漂向船边，离得近了竟然发现那是一具女尸。经过公安机关初步调查，这名女性的身份是浦原市公安局办证中心的女警。

一连两名女警被害，案情震惊了警界！

特案组接到浦原市公安局刑警支队的协助请求，迅速赶往当地，在刑警支队的接待室里，死者家属正放声大哭，领导极力安慰，闹了很久，才将其送走。

刑警支队队长向特案组报告称，两名死者，都是今年刚分配到局里的，横尸街头的那位女警叫黎宛婷，被抛尸在水里的叫做孙岂若，都是年轻时尚的女性，在公安局担任文职工作，负责办理身份证挂失、户口变迁等工作。她们是同学，在同一所警校毕业，平时也住在一起，在雅园小区合租了一套三室一厅的房子。尸检结果显示，两名女警是被人掐死，臀部青紫，有着被殴打过的痕迹。两名死者，一个被扔在街头，一个被扔进江中，都赤裸着身体。

苏眉说："难道，这又是一起同性恋案件？"

梁教授说："肯定没这么简单。"

刑警队长说："给你们看看这个，当时捆绑在岂若的脚上。"

变态色魔

刑警队长拿出一个透明的证物袋，里面放着一条皮质内裤，将袋子翻转过来，赫然发现那内裤上还带有一个仿真的乳胶阳具，皮质内裤的侧边有个长方形的电池槽。包斩拿到手里，画龙和苏眉很担心他会用鼻子去闻，幸好包斩只是看了一下，他有些腼腆地说："我还是第一次见到这种东西。"

这是目前唯一的证物，梁教授要刑警队长详细介绍一下。

刑警队长说道："茎长17cm，外径最粗4.2cm；内径长度11.5cm，这是一种男女两用的情趣用品，茎底为一外阴造形，内部是胶质空腔，适合性功能障碍者，顶端内置一个振动跳蛋，与电源相连，振动频率可调，可长期反复使用。产地南方，在市内的很多成人用品店铺还有网上都可以买到。这么一款情趣用品，适用于男性自慰，女性自慰，女同性恋者，还有性功能障碍男性……"

梁教授点点头："看来当地警方做了大量的调查，工作认真细致。"

刑警队长说："我们最初认定是一起强奸杀人案件，但是她们两人体内没有发现精液等性侵犯迹象，还有……法医鉴定岂若是处女，处女膜完好无损。"

梁教授说："目前，定性为强奸杀人是正确方向，只是我们不知道是谁强奸了谁。"

苏眉说："梁叔，难道，你的意思是——女人强奸男人？"

梁教授说："不排除这种可能，童话里的白雪公主和大灰狼，知道吗？"

苏眉说："呃，这个比喻好邪恶。"

梁教授笑着说："大灰狼没有强奸白雪公主，大灰狼要求白雪公主强奸他！"

根据目前仅有的线索，当地警方无法确认第一凶杀现场，死者的身份背景和人际关系的排查中也没有找到可疑之处，10月26日星期五，两名女警下班，星期天午夜发现尸体。

周末休息的两天究竟发生了什么呢，警方排查了两名死者周末两天的电话记录，电话不多，其中，刑警队长给黎宛婷发过一条短信，约她出来喝咖

啡，局里的同事都知道两人关系有点暧昧，黎宛婷回短信说自己没空，她对刑警队长的态度一直冷冰冰的。

刑警队长向特案组主动交代了这件事，他承认自己对黎宛婷很有好感，但只是同事关系。

特案组没有到来之前，浦江警方对两名死者的住处进行了勘察。黎宛婷和孙岂若在雅园小区合租了一套房子，地处黄浦江边，房子位于五楼，对面就是房东的家。根据房东介绍，星期五晚上两个人曾经发生过争吵，还听到了什么东西摔碎的声音。警方在房间客厅的地板上发现了摔碎的润肤露瓶子，孙岂若房间里的电脑桌有移动过的痕迹，黎宛婷房间的沙发上有几条颜色不同的丝袜，衣柜的门打开着，里面除了衣服之外，还有很多丝袜。

刑警队长向特案组出示了勘察照片，照片上可以看到两位女警的住所窗明几净，时尚典雅，一些可爱的饰品显示出女孩子的生活情趣。

梁教授拿起一张照片，问道："有没有丢失什么财物？"

刑警队长说："目前还没发现入室盗窃的迹象。"

苏眉看着照片说："这些丝袜很高档，不是劣质的便宜货。"

包斩说道："我们应该再去她们的住处看一下。"

梁教授点点头说："不能只想着丢失了什么，更重要的是看看现场多了什么东西。"

刑警队长开车和特案组一起前往雅园小区，小区并不是很高档，属于经济适用房，不过，物业管理很规范，车辆需刷卡进入小区，没有门卡的必须登记，晚上也有保安巡逻。

两位女警住处的防盗门上贴着警戒封条，刑警队长用钥匙打开门，大家进入房间，木地板上还有警方取证时留下的痕迹。包斩突然问道："钥匙哪来的？"

刑警队长解释说："房东提供的，对门就是房东的家。"

变态色魔

房间里看不出有什么异样，刑警队长告诉特案组，已经做过鲁米诺荧光检验，但是，屋子里没有发现血迹。

鲁米诺又名发光氨。刑侦学中的鲁米诺反应，简单点讲就是在凶案现场只要有血液溅出或沾到任何物体上，不管事后经过何种方式的清除，哪怕是过了很长的一段时间，只要把鲁米诺试剂喷洒上去，在暗环境下观察，原先沾有血迹的地方就会有因发生荧光反应而呈蓝紫色。

梁教授说："两名死者是被掐死的，自然不会有血迹。有没有检验过她们的指甲？"

刑警队长说："法医的鉴定结果，我看了好几遍呢，没有找到什么线索。"

梁教授说："受害人被掐死时一般会剧烈挣扎，抓挠凶犯，指甲中就会存有凶犯的皮屑组织。指甲中没有发现什么，说明凶犯很可能将她们的双手反绑住了……"

刑警队长说，昨天，浦江警方在初步取证中没有发现有价值的线索，他们忙了整整一天，间里的两台电脑已经被警方运回刑警队，放在沙发上的丝袜也在局里做技术检验，通过后期细致入微的工作应该能够发现破案线索。

包斩戴上手套，仔细地检查房间里每一个角落，包括天花板以及马桶水槽等容易忽略的地方。他蹲在马桶前面，小心翼翼地从马桶内壁捏起一根卷曲的毛发，放进证物袋，然后把棉棒浸入马桶中的水，也放进证物袋里。

韩国军浦连环杀人案中，凶手的认定源于垃圾桶里的一粒苹果核。

东京多起入室枪击案中，从现场的一只死蚊子里提取到血液，从而确定了凶犯的身份。

警方在调查取证中，只有细致入微的工作，才能发现蛛丝马迹的线索，从而为案件破获找到突破点。

黎宛婷房间里的电脑桌曾经被搬动过。包斩用放大镜仔细地观察着电脑桌的后面，没有找到什么疑点，然而，桌子上的半杯水引起了包斩的注意，他呆呆地看着，过了一会，他大声喊道："都过来，快点。"

大家走过来，看不出这半杯水有什么异常。

画龙问："小包，怎么了？"

包斩说："这个杯子应该是空的。"

苏眉说："你的意思是……太可怕了。"

梁教授说："有人，也可能是凶手，昨天夜里，来过这房间！"

刑警队长想了一会，拍拍脑门，拿出警方昨天在房间里拍下的照片，照片显示电脑桌上放着一个空的杯子，而现在多了半杯水，这说明警方勘察结束后，有人悄悄来过这个房间，还倒了半杯水。在很多案子中，凶手常常会回到案发现场，重温记忆，来满足变态的内心。

◎第二十二章　喝尿的人

房间没有破门而入的痕迹，阳台和窗户都安装了护栏，此人应是用钥匙开门进入的房间。

特案组四人一起盯着刑警队长，队长的目光有些躲闪，眼神中闪过一丝惊慌。

画龙说道："咱们是怎么进来的呢，谁拿着钥匙？"

刑警队长说："我……我没有来过。"

包斩说："只需做一个小实验就能证明你的清白，希望你配合一下。"

包斩从工具箱里拿出一个便携式指纹扫描仪。警方在勘察现场时，大多采用粉末和喷雾两种指纹提取技术，在指纹上撒铝粉和二氧化钛粉末那样的细粉，用小刷子刷，电视上常常能看到这种情景；像砖头岩石等粗糙表面，就得使用化学喷雾提取指纹，喷雾中一般含有五氟化碘或四氧化钌。

变态色魔

指纹扫描技术是近年来的科技成果，隐蔽战线的特工和中央警卫都有微型扫描仪，他们和陌生人握手时即可提取到对方的指纹，只需几分钟就能连接到终端数据库，从而判断对方的身份。

包斩先提取了杯子上的指纹，然后和刑警队长的指纹进行比对，整个过程都被苏眉拍照记录，刑警队长很镇定，对比结果显示杯子上的指纹不属于刑警队长，是另外一个人。

包斩说了声抱歉，刑警队长表示理解。包斩又拿出一个棉棒，采集了杯子里的水样。

梁教授说："房东，可能还有多余的钥匙。"

特案组和刑警队长敲开了对面房东家的门。

门开了，房东是一个看上去很猥琐的老男人，秃顶，五十岁左右，谈话时，他的眼睛老是悄悄瞟着漂亮的苏眉。房东自称老婆已经去世，还有个十四岁的儿子上学未归。刑警队长开门见山，问他还有没有多余的钥匙，房东说还有一把，两位女警搬进来之前，房子还租给了一帮做传销的人，后来被当地派出所和工商局取缔，当时多配了几把钥匙。

房东抱怨说："那些人的房租还欠我一个月的呢，政府，能不能帮我要房租啊？"

梁教授问道："昨天夜里，你有没有去过对面的房间？"

房东瞪着眼睛说："我怎么能干那事呢？"

包斩问道："那事，指的是什么事？"

房东从电视机下面的抽屉里拿出一把钥匙递给刑警队长，他嘀咕了一句，我什么都没干过，和我无关。

包斩紧接着问道："你没干过什么啊？"

房东生气了，他提高嗓门说道："我是坏人吗，你们审问我啊，谁不知道对门的两个女孩被杀了，还光着屁股，楼下的保安都知道，你们竟然怀疑我啊，我都五十一岁了，她们的房租也没付清呢，还有水电和物业管理费，你们

得给我，我倒霉了我。"

这时房东的儿子放学回来了，一个脸色苍白的男孩，穿着校服，无精打采的样子。

梁教授指了指刑警队长，对房东说：想要房租还不简单，这位也算是警局领导，你明天去一趟市公安局，他会给你房租的，不过，我们需要采集下你的指纹，需要你配合下。

房东一口答应，包斩拿出指纹扫描仪采集了房东的指纹，梁教授咳嗽了一下，用眼角余光看了看房东的儿子，包斩会意，又上前采集了房东儿子的指纹。这个脸色苍白的初中男孩一言不发，不是很情愿的样子。

特案组回到两名女警的房间，立即进行指纹对比，结果大失所望，杯子上的指纹，既不是房东的，也不属于房东的儿子。

这个结果让大家都感到很迷惑，还能有谁用钥匙进出这个房间呢？

特案组打算去小区的监控室看看。小区的楼层为六层，没有电梯，画龙背着梁教授，包斩搬着轮椅，一行人从楼上下来。小区里的几个大妈看到他们，压低声音议论着什么，包斩和刑警队长都穿着警服，几个大妈鼓起勇气走过来，她们反映了一个情况：

这楼里有鬼！

案发之后，小区里的居民就知道了此事，两名女警被杀，很快就传得沸沸扬扬，在传播的过程中，街头巷尾的人们加入自己的想象和猜测，最终以讹传讹，形成了这么一种说法：她们是被鬼掐死的！

小区大妈们信誓旦旦地说，这楼里不干净，半夜常常有人哭，楼道里安装的是声控灯，每到夜里一两点钟，从五楼到一楼，灯会依次亮起，然后，从一楼到五楼，灯又挨个亮起，如此重复好几遍，然而，奇怪的是，没有人上楼或者下楼。

监控室的保安也证实了这件诡异的事情，他调出录像，因为摄像头对这栋楼是远景监控，再加上夜里一两点钟，光线很暗，录像画面看不到出入口的情景，只能看到楼道里的灯依次亮起，熄灭，再次亮起，熄灭……楼道里的窗

户很矮，若是有人上下楼，从监控中肯定能够看到，然而，没有人影走过。

刑警队长写下市局值班室的电话，告诉保安，如果再有这种奇怪的事情发生，就拨打这个号码，二十四小时都有民警值班。

特案组和刑警队长回到浦原市公安局，局长一脸的沉重，会议室内还聚集了很多干警，气氛很严肃。局长说，小孙的奶奶听到噩耗，心脏病发去世了，这女孩是农村的，父母和奶奶含辛茹苦把她养大，却被害了……

浦江局长的眼睛红了，其他干警都站了起来，每人递交了一份手写的材料，上面写的是自己在周末两天的活动，以及对孙岂若和黎宛婷两位同事的印象。

梁教授明白，这些干警们是希望先从自己身上查起，同时表示一种想要尽快破案的决心。

浦江局长表示，所有干警，包括局长在内，都听从特案组指挥，一切案子都为此案让路，一定要尽快抓住凶手，告慰亡者的在天之灵。

梁教授看着大家说道："孙岂若和黎宛婷，不仅是你们的同事，也是我们特案组的同事，天下的警察本是一家。"

接下来，梁教授做了详细分工：

一、重点排查能够进入两名女警房间的人，什么电脑维修工，送外卖的，送煤气的，列出详细名单，由刑警队长负责。两名女警住处空着的那个房间，以及储藏室也要做地毯式搜索，走访楼上楼下的住户。

二、画龙带领一队警察，去发现尸体的江边仔细勘察，尤其是水下，派潜水员下水检查。

三、苏眉负责检验两名女警的电脑，看看有什么可疑之处，把聊天记录和上网浏览记录打印出来。

四、包斩和技术人员对于"内裤"、"水杯"、"丝袜"、"毛发"等物证进行再次检验，提取DNA。

浦江局长问道："需要我做什么吗？"

梁教授说："你让交警找找那个流浪汉，他是第一目击者，或许能提供什么线索。还有，让你们局里的预审专家，对那几个打麻将的市民，重新讯问一下，笔录做得详细一些。"

大家各负其责，纷纷行动起来，很快，各种线索和消息源源不断地汇总到了一起。

包斩拿着化验结果向梁教授汇报，结果显示在丝袜上提取到了润肤露和精液，然后包斩说了一件匪夷所思的事情：桌上杯子里装的不是水。

梁教授问道："那是什么？"

包斩回答："尿。"

经过化验，杯子里的液体和马桶里提取的液体是相同的。这是让人难以理解的事情，如果凶手在夜里又回到那房间，为什么会将马桶里的水装到杯子里？

刑警队长提交了一份名单，列出了案发前三个月以内所有去过两名女警住处的人员，上面有：马桶疏理工，邮递员，装修工人，送外卖的小工，宽带维修人员……这一次，刑警队长没有忘记把自己的名字也写到名单里。

苏眉查看了两名女警的信用卡消费记录以及银行账户信息，没有发现异常，只是觉得，这两名女警的存款和工资无法挂钩，她们花钱虽不是大手大脚，但是频频购物消费，超出了薪水承受范围。电脑中的浏览记录和聊天记录看不出有什么可疑的地方，在一个隐藏的文件夹中，苏眉找到了两名女警的很多照片，有大头贴，旅游时的照片，毕业合影，看上去很亲密，还有一组艺术照：孙岂若穿着旗袍抚琴，古装美人形象，黎宛婷穿着拖地长裙，打扮成贵妇形象；后面是几张尺度暴露的照片，穿着各种各样的丝袜，大秀美腿，还有穿着警服拿着枪的造型，以及手持鞭子和警棍、手铐的冷若冰霜形象。

这一组艺术照，脸上和警号上都打着薄码。

变态色魔

梁教授对照片中的鞭子很感兴趣，那是一把皮质散鞭，鞭子不长，像马尾巴。他要求法医鉴定两名死者臀部的青紫伤痕是否为鞭打所致，同时要求苏眉继续搜寻电脑中隐藏的信息。

很快，照片上的鞭子被找到了，画龙带领一队潜水员在抛尸的水域里找到了孙岂若的包，包里有鞭子、手铐、狗项圈，还有几块石头，没有发现手机和钱包。

大家一直忙到夜里，梁教授召开案情发布会，死者孙岂若脚上捆绑着一条皮质阳具内裤，包里面放着石头，凶犯很可能是想将死者脚上系上石块，沉尸江底，但因为游轮靠近，凶犯惊慌，胡乱地将尸体和包抛进水中。凶犯很可能有车，或其他运输工具，黎宛婷被弃厂街头，说明凶手的犯罪心理素质并不高，来不及精心准备，惊慌失措一心只想扔掉尸体。

大家讨论分析了抛尸的顺序以及路线，会议结束时已是午夜十二点多了，值班民警突然闯进会议室，说："雅园小区的保安打电话声称，那栋楼里又闹鬼了，两名女警所在的那个单元，一楼至五楼的灯依次亮起，但是看不到有人上楼。"

电话没挂，保安是用自己的手机打的，三个保安壮着胆子打算去楼道里查看，梁教授在电话中要求他们镇定，不要挂掉电话，同时让刑警队长和画龙立即驱车前往雅园小区。

所有人都很安静，侧耳倾听，电话里传来几个保安小声的议论和上楼的声音。

楼道里的窗户开着，三个保安只觉得阴风阵阵，其中一个保安对着手机说："我害怕。"梁教授在电话中说："警方很快就到，不用害怕。"保安没有上楼，他们选择在二楼的拐角等着，一个个紧张兮兮的，抬头看着楼梯。五楼的灯亮了，保安隐隐约约听到上面传来脚步声，过了一会，四楼的灯也亮了，五楼的灯熄灭，脚步声越来越清晰，然而越清晰越令人毛骨悚然，这分明不是人的脚步声，应该是什么东西摩擦着地面，并且动作很迟缓

而发出的声音。

那声音下到三楼的时候，保安所在二楼的灯熄灭了。

他们待在黑暗中，瑟瑟发抖，既不敢咳嗽也不敢跺脚弄亮声控灯，只是万分紧张地看着楼梯，终于，他们睁大了眼睛，一个什么东西缓缓地爬过楼梯拐角……

值班室的警察看不到现场情况，只听到电话中传来保安毛骨悚然的惊叫："啊……鬼啊。"

◎第二十三章　丝袜恋足

一个披头散发的女人从楼梯上爬下来，她的下身不能动，双手套着拖鞋在地上爬着，这个女人的头发已经板结，耷拉在地上，浑身上下散发出一种难闻的气味。

女人抬起头，肮脏的头发缝隙间露出一张黑糊糊的脸，她用嘶哑的声音问道："几点啦？"

声控灯随着保安的惊叫亮了起来……

画龙和刑警队长赶到现场之后，弄清楚了这个女人的身份——房东的老婆！

房东的老婆下身瘫痪很多年了，所以房东很少对外人提起，甚至告诉别人老婆去世了，在加上他平时吝啬小气，性格古怪，邻居也很少去他家，所以小区里的人大都不知道他还有个老婆。这个女人患有间歇性精神病，一天到晚地躺在床上，也许是出于对苦闷生活的发泄，她有时在半夜时分会爬出家门，在楼道里反反复复上上下下地爬，然而这个可怜的女人始终没有勇气爬出楼道，楼道外面的世界对她来说是恐惧还是充满着吸引力？

变态色魔

画龙和刑警队长对房东家进行了搜查，房东老婆单独住在一个空荡荡的房间，没有床，地上铺着一张凉席，凉席上放着脏脏的难以辨别颜色的被子。画龙在房东儿子的枕头下面找到了几条丝袜，随后，画龙和刑警队长将房东和儿子带回警局，并让保安看着房东老婆。在保安室里，那女人渴了，在楼道里爬上爬下自然会累，她没有向保安要水喝，而是拿起一个杯子去马桶里喝水。由此可见，她平时是怎样喝水的，丈夫和儿子又是怎样对她的。

事后，经过警方勘察，两名女警房中杯子上的指纹正是房东老婆的，马桶里的毛发也是房东老婆的头发，这个患有精神病的女人很可能是拿错了钥匙，误入两名女警的房间，总之她的种种怪异行为超出了常人的判断，使警方感到惊骇的是房东和儿子的态度。

在审讯中，房东毫不掩饰地说："我没有杀人，我只想杀一个女人，那就是我老婆，这么多年，拖垮了这个家，苦啊，她为什么就不早点死呢？"

房东的儿子，这个脸色苍白的十四岁少年，面对审讯一言不发，只有苏眉在场的时候，他才会说话，警方看出了这点，梁教授故意安排苏眉单独和他谈话。

审讯室是一个独立封闭的空间，安装有单向透视镜子，在外面可以看到审讯室里的情况。特案组三位成员以及浦江警方都在审讯室外看着，苏眉穿着一身白领时尚职业西装，黑色高跟鞋，黑色丝袜，房东儿子穿着校服，坐在桌子对面的审讯椅上，他低着头，时不时地用眼角余光看一下苏眉修长的双腿，随即把目光移开。

苏眉："现在就我们两个人，可以和你聊会吗？"
房东儿子点点头。
苏眉："你不用担心你妈妈，小区大妈们会照顾她的。"
房东儿子："她不是我妈妈，我妈妈不是这个样子的。"
苏眉："哦，你妈妈是什么样子呢？"
房东儿子的脸红了："像你这样的。"
苏眉："你喜欢对门的两个姐姐，是吗？"

房东儿子支支吾吾地说："她们不是姐姐。"

苏眉："那是什么？"

房东儿子："她们也是我妈妈。"

苏眉开始冒汗，继续问道："你偷偷去过她们房间，是吗？"

房东儿子点点头。

苏眉将证物袋里的几双丝袜放在桌上，说道："你喜欢丝袜是吗？"

房东儿子歪着头，看了一眼苏眉脚上的丝袜，他抽动了几下鼻子说："喜欢。"

苏眉："你枕头下面的丝袜是怎么来的？"

房东儿子："我拿的。"

苏眉："这种行为是不对的，你还做了什么，告诉我好吗？"

房东儿子支支吾吾地说："我……"

苏眉："看得出，你也喜欢我呢，你要乖一点。"

房东儿子欲言又止，抬头看了看苏眉，又低下头，扭扭捏捏地说："我把丝袜含在嘴巴里睡觉。"

苏眉又开始冒汗，这个回答让她感到意外，还有呢？

房东儿子斜着眼睛看着苏眉脚上的丝袜，苏眉跷着脚，姿势优雅，房东儿子开始呼吸急促起来，眼神迷离，这个脸色苍白的少年夹紧双腿，然后，浑身一哆嗦，眉头紧皱，裤子上湿了一片。

画龙在审讯室外骂了一句小流氓，他想冲进审讯室，但是被包斩拦住。

苏眉感到很尴尬，只好无视面前这个少年的异常反应，继续问询，审讯结束后，警方得知了一个消息。星期五晚上，这个十四岁少年趁两名女警不在家，就用钥匙打开门，他在房间里用手套着丝袜自慰，还涂抹了润肤露，后来两名女警突然回来，他躲藏在柜子里，听到两名女警开始争吵，争吵的过程中打碎了润肤露瓶子，等到两名女警睡着之后，躲藏在柜子里的少年悄悄地溜了出去，他把自慰过的丝袜扔在沙发上，离开时还不忘再偷几双丝袜，然后回家睡觉。

苏眉极力要求房东儿子回忆争吵内容，房东儿子当时很害怕，只记得

变态色魔

几句——

> 黎宛婷："这个客人很重要，给的钱是别人的两倍。"
> 孙岂若："我不想做这行了。"
> 黎宛婷："那怎么行，都预约好了明天调教，我的U盘哪儿去了？"
> 孙岂若："我退出这个圈子。"
> ……

特案组和浦江警方分析认为，两名女警的房间不是凶杀现场，根据小区监控和保安提供的信息，两名女警星期六晚上7点30分离开小区，再也没有回来。房东和房东儿子杀人的可能性不大，可以排除嫌疑，警方很快将两人释放，刑警队长遵守承诺，为两名女警结算了房租，并且叮嘱房东回去后对老婆好点，还要保证警方传唤时随叫随到。

会议室内，大家重新讨论分析了案情，一致认为寻找凶杀现场应该可以作为此案突破点。

梁教授找了十张纸，写了十个问题，他告诉大家，只需要回答出这十个问题，即可侦破此案，找出真凶。

一、两名女警工资以外的收入是怎么来的？谁给她们的？

二、电脑桌为什么会移动？是想寻找还是毁掉某种东西？吵架中提到的U盘又在哪里？

三、那一组SM写真照片是谁拍的，女警为何对拍照的人如此信任？

四、SM照片中的枪是真枪还是假枪，如果是真枪，那么是谁的？文职女警不可能配枪。

五、岂若脚上捆绑的内裤，江中打捞出的鞭子、手铐、项圈是从哪里买到的，店铺？网上购买？

六、SM调教场所应该在哪里？宾馆酒店还是她们另有一间调教室？

七、SM中S为施虐方，M为受虐方，两名女警是S，还是M？

八、岂若是处女，黎宛婷没有受到性侵犯迹象，她们是否性侵犯了别人？

九、星期六晚上离开，星期天午夜发现尸体，这段期间吃过什么东西？在哪吃的？

十、她们提到的那个"重要客人"是谁？她们和客人是通过什么方式联系？

电脑中那一组SM照片已经被打印出来，其他证物也拍了照，画龙看了一眼照片中的枪说道：

92式9毫米手枪，真枪。会议室内其他一些老刑警也看了一下，都认为这是真枪，不会看错。

刑警队长站起来，犹豫了一下，说道："我来回答其中的一个问题，枪是我的，我违反了纪律。"

据刑警队长介绍，他对黎宛婷一直有好感，两人也发生过关系，但是他有老婆和孩子，婚外恋这种事情并不光彩，所以他一直隐瞒此事。那把枪是他借给黎宛婷拍照用的，其中穿警服的几张照片也是他帮忙拍下的，他只是觉得两个女孩出于好玩，并不知道黎宛婷和孙岂若拍这种照片干什么用。

刑警队长声称，周末两天，他和局长在外出差，星期一早晨才回到局里。

局长点头证实了刑警队长的说法，局长说："周末两天，他们确实在邻市出差开会。"

梁教授重新做出分工，画龙和刑警队长负责调取市内各大宾馆的监控录像，查看两名女警是否出入；包斩和法医对两名死者胃内的食物重新化验，根据鉴定结果排查餐馆、酒店等场所；苏眉和女警调查市内哪些成人用品店铺可以买到此案中出现的SM工具。

梁教授要求大家都穿便装，带上两名女警的照片。

一天过去了，毫无所获，浦江警方投入了大量警力，进行拉网式摸排，大家都忙得焦头烂额，但始终没有找到有价值的线索。案情进展陷入僵局，为

了提高效率，苏眉和浦江女警组成一个工作组，分头排查市内的成人用品商店，因为局里的车不够用，所以她们就打出租车按照工商部门提供的注册信息一一排查。

第二天傍晚，苏眉一个人去火车站附近的一家成人用品店铺排查，老板是一个长着络腮胡子的中年男人，正落下卷帘门准备打烊。

苏眉走上前，拿出两名女警的照片，问他是否见过这两人。

络腮胡子摇摇头说："没有。"

苏眉又拿出几张照片，问他店里是否出售照片上这种皮质阳具内裤以及鞭子和项圈。

络腮胡子反问道："你要买吗？"

苏眉说："在哪里，我先看看。"

络腮胡子说："在仓库，你买不买，你要买我就给你看。"

苏眉说："我买。"

络腮胡子让苏眉跟他去拿，当时是晚上8点左右，街上行人不少，苏眉也没什么警惕性，他们走到街对面，进入一个肉联厂大院，院里还有孩子在玩，络腮胡子用钥匙打开仓库的门，苏眉跟着走了进去。

随即，门关上了……

◎第二十四章　囚禁调教

那是一个废弃的冷库。

门扇内用高压灌注机注聚氨酯，具有可靠的保温和隔热性能，门到位时，会自然下落并压紧门框及地坪。门的四周均有密封条，冷库的隔音效果非常好，关上门后，听不到外面的一丝吵杂，这是一个安静而封闭的世界。

络腮胡子开灯，拿出一根鞭子、一个项圈、一条皮质内裤，和照片上

的一样。

苏眉冷冷地说："开门。"

络腮胡子一拍额头，喊了一声："坏了，钥匙忘在门外了。"

这种冷库的门，如果没有钥匙，无法从里面打开。常常有误锁进冷库之内被冻死的事件发生。某地八名女工被误锁进冷库，被人发现的时候，八个小姐妹抱成一团，已经结成一个大冰球！

苏眉临危不乱，冷静地拿出手机，然而糟糕的是，这个废弃冷库做的仓库没有手机信号。她打量了一下四周，靠墙放着一些纸箱子，墙壁上却没有窗户。这下她开始慌了，面前的猥琐男人开始摆弄手里的SM工具，絮絮叨叨地讲解怎么使用。

苏眉上前抓住他的领子，从身上搜查钥匙。

络腮胡子笑嘻嘻躲闪着说，别闹别闹，好痒。

苏眉找到一串钥匙，然而上面没有一把钥匙能够打开冷库门锁，看来钥匙被他藏了起来。

络腮胡子说："一共二百元。"

苏眉杏眼圆睁，不怒自威，指着门说："打开，我是警察，你想想有什么后果。"

络腮胡子点头哈腰，语气卑微地说道："我可以不要您的钱！"

苏眉叉腰说道："浑蛋，你到底想干什么？"

络腮胡子与苏眉冷冷的眼神相碰，他打了个哆嗦，双膝一软，跪了下来，恭恭敬敬地叩了几个头，然后匍匐在苏眉脚下，抬着脸，用一种激动的含含糊糊的声音说道："女王陛下，求求您惩罚我吧。"

苏眉后退一步，怒火中烧，啪啪两记耳光甩过去，揪住他的头发，厉声喝问："钥匙在哪儿？"络腮胡子反倒兴奋起来，情不自禁地扭了几下屁股，苏眉心里一阵恶心，飞起一脚，踹中他的肩膀，猥琐男人倒在地上，苏眉抬起

变态色魔

脚，高跟鞋踩住他的脸问道："钥匙藏哪了？"

络腮胡子用一种谦卑颤抖的声音说道："踩我吧，践踏我吧，高贵的女王陛下。"

苏眉从他的声音判断出钥匙应该藏在他的嘴里，严厉地说道："张开嘴巴。"

络腮胡子脖子一梗，做了一个吞咽的动作，钥匙已经被他吞了下去，他张开嘴巴，发出啊啊的声音，说道："求女王赏赐口水。"

苏眉狠狠地踢了他几脚，骂道："你真恶心，真下贱。"

络腮胡子一边扭动身体一边说："谢谢女王的辱骂。"

苏眉压抑住怒火，在仓库里四处查看哪里可以出去。然而，这是一个封闭的空间，根本无处可逃。墙边的纸箱子里是各种各样的成人用品，五花八门，什么都有，甚至还有一把贵妇椅，苏眉打开旁边的纸箱，里面露出头发，苏眉吓了一跳，凝神细看，箱里是一个充气娃娃，看来这个成人用品店出售的商品种类繁多，非常齐全。

苏眉累了，把贵妇椅搬出来，她高坐椅子上，冷冰冰地看着面前这个男人的一举一动。

络腮胡子竟然自己戴上了项圈，嘴巴里叼着鞭子，手肘紧贴地面，爬到苏眉脚下，他的屁股翘得很高，还不停地扭动，像极了一只哈巴狗儿。

苏眉还穿着那身时尚白领制服，黑色丝袜，黑色高跟鞋，她跷着一只脚，姿势优雅而高贵，俨然一个冷若冰霜的女皇。那男人把鞭子放在苏眉脚下，想用鼻尖碰一下苏眉的鞋子，终究又不敢。

苏眉说："是不是我让你做什么，你都会做？"

络腮胡子："是的，女王陛下，奴绝对服从您的命令。"

苏眉说："把钥匙吐出来。"

络腮胡子磕头之后，开始把手指抠进嘴巴，发出干呕的声音，然而，却始终呕吐不出。苏眉让他停下，问他怎么能够出去。络腮胡子回答，明天早晨，店员会进来拿货，那时就可以离开仓库了。络腮胡子扭捏着说，还有一个办法。

他把裤子褪到膝盖，脸很红，略带羞涩，没好意思抬头，紧张地说："奴可以拉出来，求女王给奴灌肠。"

苏眉又羞又恼，挥手欲打，看到面前的丑态，便将头扭向一边，皱眉说道："真够下贱的。"

那男人跪在地上，开始鞭打自己，只一会儿，就把自己抽得伤痕累累，在抽打的过程中还发出不知道是疼痛还是舒服的呻吟声，一边呻吟一边含糊不清地说着认错的话。

苏眉冷冰冰的，无视他的举动，过了一会，忍不住问道："钥匙，能拉出来吗？"

络腮胡子说："能，不过……要用这个。"

络腮胡子爬过去，把皮质阳具内裤叼了过来，放在地上，他看着苏眉，忐忑不安，万分紧张，突然捂住脸颤抖着说道："求求女王陛下强奸奴吧。"

络腮胡子不停地磕头，苦苦哀求。

苏眉也知道，先将他的括约肌扩松，他也许会很顺利地排出钥匙，但是自己如何能做这种恶心的事情，她满心焦急，只盼着特案组能尽快来救她出去，和这个猥琐变态的成人用品店老板待在一起，精神简直就要崩溃。

那男人叼了一根绳子过来，情绪非常激动，他用舌头舔着地上的苏眉的鞋印……

不知道过了多久，特案组使用冲击电钻和撞门锤打开了门，画龙带领一队警员冲了进来，仓库的地上躺着一个下身赤裸的男人，被捆绑得像粽子似的，周围散落着一些SM工具。苏眉像小猫一样缩在椅子里，泪眼汪汪，她的手心里紧紧地攥着什么东西。

警方将成人用品店老板收押，梁教授和包斩连夜审讯，据老板交代，常常有一些SM爱好者来买工具，他见过两名女警，当时也是傍晚时分，两名女警来买SM工具，被老板关进仓库，老板表示她们买东西可以不要钱，只求调教他一次，因为仓库门被锁，两门女警被迫答应，调教结束后，老板把门打

变态色魔

开，她们带着工具走了。

第二天，市委市政府的领导主持会议，要求尽快破案，这个案子在社会上造成了恶劣的影响，各种流言飞语小道消息在街头巷尾流传，警察被杀，老百姓如何有安全感，对于社会稳定的破坏性不言而喻。

苏眉没有参加会议，她还没有从惊吓的阴影中走出来，到会的除了特案组其余三位成员之外，还有浦江局长以及刑警队长。

浦江局长和刑警队长表示，案情已有突破，成人用品店老板具有杀人嫌疑，应加强审讯。

梁教授笑着说道："凶手不是成人用品店老板！"

市领导征求梁教授的看法，问道："你的意思是……"

梁教授说："凶手就在这间会议室里！"

刑警队长站起来，气愤地说道："你是怀疑我吗？"

梁教授使了个眼色，画龙会意，站起来，走到队长身边，拍拍他的肩膀，要他别这么激动，队长气呼呼地坐下，画龙也在他身边的位置上坐下来。

梁教授说："没错，凶手就是你，或者说，你是凶手之一。"

两位市领导面面相觑，浦江局长感到很尴尬，会议室里的气氛一下子紧张起来。

刑警队长拍着桌子吼道："污蔑，证据呢？"

梁教授说："你自以为天衣无缝，但是你忽略了两个人。"

刑警队长："谁？"

梁教授说："房东的老婆，这个女人患有间歇性精神病，我给你解释下什么是间歇性精神病，就是说，她清醒的时候和正常人是一样的，犯病的时候，就像一个梦游的人，意识不到自己在做什么。星期天晚上，这个女人又开始梦游啦，她醒来的时候发现自己在一个房间里，就是两名女警住处空余的那个房间，她从门缝中看到一个人在房间里找什么东西，过了一会儿，那人关门

离开。小区里的保安也证实，星期天晚上——也就是你在外地开会还没回来的时候，保安看到两名女警窗口的灯亮了一会……当我把几张照片给房东老婆辨认的时候，她一下就指认出了你。"

刑警队长说："胡说八道，一个精神病说的话，不可能作为证据。"

梁教授说："还有一个人，那个流浪汉，我们也找到了，当时，他看到一辆车上扔下一个裸体女人。注意，他可不是精神病，只是一个被包工头拖欠工资而无家可归的流浪汉，当时他就在你抛尸的地方，一个垃圾桶旁边睡觉，他认出抛弃尸体的是一辆警车，并且还记住了车号……"

刑警队长说："这怎么可能！"

梁教授说："因为那车号太好记了，一个三年级小孩都能记得住，众所周知，领导的车号特征就是——简单又好记。"

刑警队长狡辩道："一派胡言，我和局长在邻市开会，星期一早晨才回来。"

梁教授说："你要找的东西，是什么？"

刑警队长急赤白脸地说："我怎么知道，你别诈我。"

梁教授说："一个U盘，我们已经找到了，就在成人用品店老板的仓库里，下面，谁想看看限制级的DV视频，我想提示大家的是，U盘里有十几部自拍的影片，黎宛婷和孙岂若提到的重要客人……看来，不止一位！"

◎第二十五章　淫态百出

每个人的内心里都有隐秘阴暗的一面。

温文尔雅的教授唐世德强奸幼女，跨国企业总裁陈玉茹兼职小姐，女警苏晶换偶，法医韩鲁恋尸。安静地坐在发廊玻璃门后面的女子知道那些大腹便便的路人在想什么，一家成人用品店老板可以从眼神中分析出女人和男人内心

的渴望。

每一株小草，如同每一颗不快乐的心。

每一个微尘都开一朵秘密的花。

孙岂若穿一双薄底的帆布鞋，静静走在鹅黄色的盲道上，从脚心传来的一阵隐隐的疼痛中，加深了对往日生活以及旧日男友的怀念。

黎宛婷穿着黑色靴子，白色高腰低胸连衣裙，傲慢，不可一世，这是靴子包裹出的风情。她抽了三支烟，想了一个问题：自己什么时候能有一辆车。

两个女孩走在路上，她们都有着真的赤贫和假的优越感。

两个女孩都穿着丝袜，按照客户的要求，她们要穿三天才可以出售。从大学时，她们就在网上卖自己穿过的丝袜，也许，与她们擦肩而过的某个路人就是她们从来没有见过面的顾客。工作以后，她们找到了一条比出售丝袜更赚钱的途径，当然，走上这条路也需要她们穿着丝袜以及高跟鞋或者靴子。

我们在前面说过，每个人的内心都有着隐秘的一面。

刑警队长是一个SM爱好者，最初，他自己对此一无所知，毫无意识。刑警队长常常审讯犯人，出于一种变态的想法，他自己有时也很想尝试下被审讯的滋味。那时，他还不知道内心里有着受虐的倾向，直到有一天，在一次扫黄打非专项行动中，他们带走了一对正在进行SM调教的男女，他开始正式地了解这个神秘的世界。

审讯成了讯问，那对男女皆是双方自愿，没有金钱交易，法律自然无法干涉。女的身份是一位大学教授，男的是一个IT企业老板，两人都是有着体面职业的人。

她是他的女王。

刑警队长出于好奇，询问了很多问题，戴着眼镜的大学女教授只回答了两句话：

男人也需要宠爱，男人也是宠物。

男人靠征服世界来征服女人，女人靠征服男人来征服世界。

刑警队长在网上获得了更多的SM知识，他对黎宛婷说："你不知道，做女王多挣钱，比咱们俩上班的工资都多，并且这个市场非常大，有很多爱好者。"

黎宛婷说："这个我听说过，肯定比卖丝袜赚钱。"

队长说："有的女王，一小时收费一千。"

黎宛婷说："都干吗，不是性服务吧。"

队长说："做M的对女王绝对崇拜，能舔到女王的脚就是莫大的幸福，人家都是无性调教。"

黎宛婷说："我也想当女王。"

队长说："那我做你的第一个客人，你也正好先积累下经验。"

黎宛婷说："好啊，那你跪下，舔我的靴子。"

这段话本是开玩笑性质的，没想到队长心旌荡漾，双膝一软，就真的跪下了。黎宛婷拍拍他的脸，称赞道，真乖。在此之前，队长和黎宛婷一直是情人关系，从那次跪下之后，就变为主奴关系，但是在局里一直掩饰着，谁也看不出。因为对金钱的渴望，黎宛婷开始正式成为一名SM女王，收费调教。出于安全的考虑，调教大多选择在邻市的宾馆和酒店，调教对象皆是一些有着高收入高素质的人群。

刑警队长起到中介的作用，因为他工作的优势，能够暗中调查被调教人士的真实身份，所以，黎宛婷调教的时候从没有什么担心。

昨天的情人，今天的主人，队长看到黎宛婷调教别人，心生醋意。他很难过，很伤心，这种伤心是我们无法理解的。黎宛婷为了安慰他，承诺送他一件礼物，同时也为了赚更多的钱，这个喜欢物质享受的女孩，开始打起孙岂若的主意。双女王调教，收费更高。她们住在一起，黎宛婷也无法隐瞒自己兼职做SM女王的事情，早晚都会被孙岂若知道，于是，黎宛婷索性告诉了孙岂若。

孙岂若："你是说，拿鞭子抽他们，他们还给钱？"

变态色魔

黎宛婷："是啊，抽得越狠，他们越喜欢。"

孙岂若："黎姐，我不敢。"

黎宛婷："安全得很，有人暗中保护我们。"

孙岂若："不会是你那队长情人吧？"

黎宛婷："到时候，你就知道了。"

黎宛婷把孙岂若拉下了水，收费对半平分。孙岂若本是那种性格柔顺的女孩，禁不住黎宛婷威逼利诱，只好答应试试，孙岂若第一次调教的时候，也是在邻市的一个酒店，她进门，看到身穿女王装，手拿皮鞭，戴着羽毛面具，严厉冷酷的黎宛婷，旁边跪着一个身穿胶衣戴着头罩的男人，"后庭"中还插着一枝鲜艳欲滴的玫瑰。

孙岂若并不知道那个男人就是队长，胶衣和头罩将他的全身包裹住了。

队长从声音中可以听出是同事孙岂若，他非常兴奋，他明白这是黎宛婷送他的礼物。

黎宛婷现场教授如何调教，孙岂若很快就学会了，但是她对于这种方式感到心惊胆战，很不舒服，尤其是黎宛婷取下那人的头罩时，孙岂若看到刚刚鞭打过牵着在房间里爬过的男人竟然是队长，这使她惊讶得目瞪口呆，不知所措。

黎宛婷用摄像机将整个过程都拍了下来，放在U盘里。要挟孙岂若不许退出，还能以此作为勒索队长的证据，这个很有心计的女人有着强烈的控制欲。此后，每次调教都会录制下来，将视频保存在U盘。

队长注册了两个QQ号码，起名为"移花宫主"和"邀月宫主"，建立了收奴的博客和QQ群，还给黎宛婷和孙岂若拍了很多写真照片，他为她们联系客户，确定收费价格以及调教时间和地点，从此，财源滚滚而来。移花宫主和邀月宫主在SM圈中大名鼎鼎，甚至还有海外的客户慕名而来。当然，队长的辛苦换来的是两位女王免费的调教，这个男人彻底地沦为奴隶，有时，他自己

宗罪

都无法从游戏的角色中清醒过来，他深深地迷恋着心中的女王。

有一次，聚餐喝酒的时候，除了他们三个人，还有局长，对话如下：

黎宛婷："局长大人，能不能帮我们解决房子问题，我们住的那房子里闹鬼。"

孙岂若："真的闹鬼，半夜的时候，楼道里有声音，空着的那间房子也好像有什么动静。"

局长："小黎啊，还有小孙，局里的房子都是集资兴建，你们刚工作不久……"

队长："哪有什么鬼，你们两个小女孩胆小的原因吧。"

黎宛婷："说谁是小女孩呢，哼。"

队长："是是，你们都是女强人。"

孙岂若："我昨天晚上还听到楼道里有人哭，有时还会发现房间里的东西移动了位置。"

喝完酒之后，局长和刑警队长开车送两个女孩回家，顺便看看闹鬼是怎么回事。

局长偶然发现了两个女孩兼职SM女王的事情。那天喝完酒，黎宛婷的包忘在了吃饭的地方，孙岂若的手机也在包里，刑警队长开车载着她们去拿。这段期间，局长在两名女警的房间里等候，他闲着无聊，打开电脑，当时，电脑上插着个U盘，里面有很多电影，他就打开了第一个……虽然从事警察这么多年，从一个片警爬到局长这个位置，什么样的大风大浪都见过，但是视频中的内容让他惊心动魄，尤其是最后黎宛婷摘掉那人头罩露出队长的脸时，他感觉有一种陨石撞击地球般的震撼和意外。

局长把U盘藏在兜里，刑警队长和两名女孩回来后，他极力压制住内心的震撼，装作若无其事的样子，然后和刑警队长一起开车离开。他把U盘里的内

第五卷

变态色魔

容作了备份，我们无法得知他观看了多少遍，在观看的过程中，又有过怎样惊心动魄的心理历程，几天以后，局长把刑警队长单独叫到了办公室，然后，打开了视频画面。

刑警队长一言不发，脸色变成了松花蛋的颜色。

过了很久，局长说了一句话："年轻人玩的游戏，我也想试试嘛，你看着安排吧。"

刑警队长冷汗淋漓，说："是……"

局长让刑警队长悄悄地把U盘还回去，并且要求，自己也要尝试一下里面的那种角色，不过不可以露脸，他让刑警队长安排一下。

星期五傍晚，队长请两名女孩在一家餐厅吃饭，告诉她们有个重要客人预约调教。

队长："这个客人很重要。"

黎宛婷："有多重要？"

队长："调教一次，他给五千元。"

黎宛婷："哦，还不错，他喜欢什么项目？"

刑警队长："这个人吧，就一个要求，不想露脸，不想说话，总之是个重要人物。"

黎宛婷："大学教授，演员，还是什么大官？什么样的狗东西我没见过，切。"

刑警队长掏出一沓钱："你要答应他的要求，这五千就归你们了。"

孙岂若："我不想做这个了，我有点害怕，上次那个客人竟然是咱们市里的领导……"

黎宛婷笑着接过钱："你安排酒店吧，让他穿着胶衣戴好头罩，先在房间里当花瓶，老娘进入房间就要看到这个花瓶，知道吗，还有你，也得跪在门边伺候着。调教结束后，老娘走人，才不要看见他的狗脸呢。"

刑警队长："是，求您不要虐得太狠。"

黎宛婷："还有什么要求吗，我们可以购进一些工具。"

刑警队长："客人要求你们穿着上班时的制服，还有……"

黎宛婷嫣然一笑，指了指自己的鞋子。

队长："别别，这里是餐厅，现在不行，您的原则不是跪下为奴起身为友吗？"

黎宛婷冷冰冰地看着他，啪啪两记耳光甩过去，打得队长的脸火辣辣的。

队长喊了一声女王，跪了下去。

队长建议吃完饭再去喝咖啡，喝咖啡一个暗号，就是调教他的意思，两个女孩不想玩，他就找了个机会把U盘悄悄地放回黎宛婷的钱包里。

第二天，星期六，他又给黎宛婷发了一条短信，约她出来喝咖啡，黎宛婷回短信说没空，拒绝了他。他就用另一个手机拨打黎宛婷的另一部电话，这两部手机是他们专门用来谈SM事宜的。队长在电话里苦苦哀求，黎宛婷骂了一句："几天不抽你你就难受是吧，我的U盘你见了吗？"

队长在电话里说："你找找啊，也许在电脑桌后面，柜子里，要不就是包里，反正我没拿。"

两名女警去买SM工具，被成人用品店老板关进仓库，老板要求调教他一次，她们买的工具可以不收费。调教结束后，虽然说不要钱，但是黎宛婷拿出钱包，看也没看掏出二百元给了老板，那二百元是对折放在钱包里的，U盘正好夹在里面。在此之前，刑警队长将U盘悄悄放回钱包，所以黎宛婷也不知道。

黎宛婷说："你是做生意的，不要再用这种卑鄙手段，这是对女王的侮辱。"

老板唯唯诺诺，磕头谢恩，等到两位女王走后，他发现了钞票中的U盘，随手扔在了仓库墙角。后来，苏眉捡到U盘，她也被老板关进仓库，在讯问过程中得知两名女警来过，掉落了这个U盘。

变态色魔

特案组其实早就对刑警队长产生了怀疑。苏眉在调查黎宛婷的信用卡消费记录时发现，黎宛婷买过一台笔记本电脑，还买过两部手机，然而没有发现笔记本电脑和这两部手机，刑警队长也从来没提到过，按照他的说法"没有发现财物丢失"。特案组私下分析认为，刑警队长应该是知情者，特案组也是从那时开始怀疑刑警队长，但缺乏证据，所以没有挑明。随着案情进展，调查枪支的时候，刑警队长才被迫说出婚外恋实情，并声称案发时和局长在外出差，梁教授让画龙和刑警队长一起查看市内酒店的监控录像，也是放的一个烟幕弹，没有让刑警队长回避此案，只是不想打草惊蛇，因为事关局长，非同小可，只能谨慎操作。

梁教授悄悄地联系了白景玉，白景玉动用国家机器以及隐蔽战线的帮助，调查浦江局长和刑警队长周末两天的行踪。从邻市一家酒店的监控录像中看到了浦江局长和刑警队长入住的画面，星期天上午，还看到了黎宛婷和孙岂若进入该酒店的画面，星期天午夜，局长和刑警队长每人带着一个大的拉杆箱离开酒店……到了这里就可以锁定犯罪嫌疑人：局长和队长！

后来，在对刑警队长的审讯过程中得知，他们四人在酒店房间有过这样一段对话：

黎宛婷："哎哟喂，我没看错吧，岂若，这个人竟然局长大人。"
局长："……"
十分钟之后。
黎宛婷："局长，我想要一部车，一套房子，岂若，你想要什么呢，和局长说吧。"
孙岂若："我，我想辞职，离开。"
局长："……"
黎宛婷："你们俩以后就是我们的专属奴隶了，要对主人忠心哦。"
队长："嗯。"
黎宛婷："什么时候买车子，我看上了一辆红色宝马，说话啊，否则就

把你们的丑态公布出去，想想吧，一旦公布，你们的政治生命呀，前途呀，全完蛋了。"

局长和队长一言不发，脸色铁青。

黎宛婷拍了拍手中的DV摄像机，说："我的靴子脏了，怎么办呀？"

局长和队长坐着，无动于衷，黎宛婷要孙岂若拿着摄像机，她哼哼两声，走过来就打，轮流抽两人耳光，一边抽一边骂道："两个畜生，刚才舔得不是挺开心的吗？现在摘下面罩就变成人了，是吧，记住了，你们是本姑娘的奴隶，这辈子别想翻身，反正有把柄落在我手里。"

局长站起来把黎宛婷按倒在地，拧着胳膊戴上了手铐，孙岂若扔下摄像机，吓得想跑，开门的时候，刑警队长已向她扑了过去……

那种SM专用的手铐是皮质护腕形状的，所以局长和队长在掐死两名女警的过程中，她们的手腕上没有留下挣扎时的痕迹。

对于抛尸，他们选择了很随意的方式，因为他们知道，两名女警已经死了，无论怎么处理尸体，警方都会展开调查。他们从游戏角色中清醒过来，订立攻守同盟，销毁一切和他们有关的东西。他们成了一条线上的蚂蚱，以前，共事多年，一起破获了很多案子，现在，他们也成了罪犯，两个人的内心里对于即将到来的暴风雨有着隐隐的不安和期待。

这对他们来说，也是一种刺激，尽管无可奈何。

罪案史上有过很多警察犯罪的案件，这类案件往往具有高智商和反侦查的特征，使得案件扑朔迷离，有些犯罪动机非常难以理解，例如加拿大的一个警察故意杀人，然后自己再去破案；还有美国著名的警探夫妻杀手，丈夫用狙击枪射击路人，妻子担任救死扶伤的角色。

特案组回到总部之后，当地警方又调查出局长涉及贪污，牵扯出一系列涉案人物。

苏眉："他们贪污的目的是什么？"

第五卷

变态色魔

画龙："还不就是为了吃喝玩乐！吃喝嫖赌抽，寻求刺激。"

包斩："一种丑态，对某些人来说，最大的爱好就是贪污。"

梁教授："局长和队长，只是比那些上班斗地主下棋炒股的公务员玩得更刺激更前卫一些！"

精神病院

我现在不存在，我过去存在。

——福克纳

我想把真相告诉大家，尽管无人相信。这个世界只是一本书，我们扮演着各种角色，谁也无法改变自己的命运。冥冥之中，已经注定结局，正如每一个人都会死亡，无法更改。

◎第二十六章　双重人格

特案组办公室里，梁教授和包斩正在下棋，苏眉和画龙坐在在电脑前吵着什么。

梁教授："小眉，怎么了？"

苏眉："画龙非要我把他家丫头的照片放到这个网站上。"

精神病院

梁教授："你就给他放上嘛，放张照片多简单。"

苏眉："梁叔，你不知道。"

包斩也回过头来问道："什么网站？"

苏眉："Google！"

除了画龙，所有人都哈哈大笑起来，白景玉拿着一份刑侦案卷走进来。

画龙："老大，又有什么案子了，这次是去哪儿？"

白景玉："地狱，毫不夸张地说。"

苏眉："什么地方，这么恐怖？"

白景玉："那个地方，胖子进去，会变成瘦子，瘦子进去，会变成胖子。不管是胖子还是瘦子，在那里都会变得像僵尸一样，面无表情，动作迟缓。"

梁教授："我知道是什么地方了，精神病院。"

白景玉："是的，我以前去精神病院视察过一次，里面关着很多犯重罪的疯子，那次，我遭到了袭击。"

苏眉："啊，怎么袭击的？"

白景玉似乎不太想说这事，想了想，苦笑着说："他们用粪便。"

2007年12月29日，安山市精神病院发生一起特大凶杀案，院长和院长夫人被杀，凶杀现场在医院的停尸房，现场惨不忍睹，血流成河，房间墙壁上按着很多血手印，还有很多血脚印。当地警方初步勘察，手印为院长夫人的，脚印为院长的。停尸房看守人还活着，但是舌头被割掉，扔在水池里，手筋和脚筋被挑断，凶手还打开了他的颅骨，切除了小脑。

三个人被绑在担架做成的手术台上，呈"Y"字形状，三人都经过全身麻醉。

院长和院长夫人已经死亡，凶手将其分尸肢解。

看守人虽然还活着，但已是植物人状态，生命垂危，随时都可能死掉。

特案组看着这些血腥的照片，照片上，三个人的眼球暴突，眼皮都被割掉了。

画龙指着照片问道：为什么要这样做？

梁教授说：凶手，要他们互相看着对方……

案情重大，当地警方与卫生部门、民政部门联合申请特案组协助，省厅高度重视，刑侦局重案处严处长陪同特案组一起前往，他们在第一时间赶到安山市精神病院。警方将整个医院团团包围，他们初步认定，凶手的身份是精神病院里的医生或者病人。

医院大楼年代久远，还是20世纪30年代建造的，其前身是战争时期的军官疗养院，门廊上还能看到弹坑。进入一道铁栅门，门内两排青砖瓦房，分别是传达室、候诊室和探望室，门前的花圃里栽种着鸡冠花。再进入一道铁门，眼前豁然开朗，一个大院，空无一人，大楼非常破旧，墙上布满了爬墙虎，叶子已经掉光，很多干枯的筋脉缠绕包裹着整座大楼，看上去显得非常诡异和恐怖。

特案组四人和省厅严处长走进大楼，在医院的会议室内，副院长介绍说，这家精神病院集强制收治、普通治疗、精神鉴定、禁毒、性病治疗于一身，共有八十三名医生和医护人员，二百一十位病人。自从发生这起凶案之后，很多医生都准备辞职，副院长没有批准，因为凶手可能就隐藏在其中。还有，医生辞职了，医院里的病人也就无人监管，这些病人有很多都是危害社会触犯刑律的重症精神病人。

梁教授做了具体分工，严处长带领当地警方进一步尸检，技术科对案发现场做细致的痕迹鉴定，画龙和苏眉负责讯问医院里的工作人员，尤其是要问清楚案发当晚每个人的具体行踪，副院长和专家对停尸房看守人进行紧急抢救，他是唯一一个见过凶手的幸存者。

医院里的八十三名工作人员分几批接受了讯问，很多人都不配合，苏眉将纸笔发下去，要他们详细写下案发当晚自己在做什么，有没有发现什么可疑

之处。相当一部分人认为是副院长或者自己的领导干的，另有一部分人乱写一通，还有个护士在纸上画了个圆圈，没有写下任何文字。

苏眉问那护士："什么意思，你怎么有胡子？"

那护士说："我要辞职。"说完后，她瞪了一眼苏眉，转身就走，出门的时候，她一拳头砸在桌上，力量巨大，桌上所有的东西都被震到了空中。

因为工作需要，精神病院里的护士需要像男人一样强壮，个个都是虎背熊腰，身强力壮。

梁教授和包斩在护士长的陪同下，参观了精神病院。医院的结构和监狱没什么不同，到处都是铁栅门，重症患者被隔离，无法自由出入，除了自愿治疗的少数患者能够出院，非自愿性住院的患者很少能治愈回归社会。

二楼是监护人或亲属送来的精神病患者，三楼是民政部门收治的流浪精神病患者，四楼是强制收治触犯刑律的精神病犯人。

在二楼接待室内，梁教授讯问了几名自愿治疗的精神病人，这些人可以进行户外活动，在阅览室读书看报，凶手也可能是其中的一位精神病患者。

第一个进来的是一个戴眼镜的女人，像知识分子，很憔悴也很漂亮。她坦然地说，她就是杀人犯，早就想把院长杀掉了，因为院长强奸过她多次。她绘声绘色地说起院长是怎样强奸她的，讲述的种种细节非常真实，继而话锋一转，向梁教授说道："你也想强奸我，我知道。"

梁教授很尴尬，翻了翻病历，这是一个臆想症患者，她认为所有人都想强奸她。

接着进来的是一个皮肤很白眼圈发黑的胖子，看上去像一只熊猫，他在角落里蹲下，手抖得厉害，脸上的肌肉也一阵阵抽搐。护士长悄悄介绍说，很多患者因为用药的缘故，会眼圈发黑，四肢抖动。

梁教授问："你去过院长办公室吗？"

那胖子开始紧张地说道："去过，院长偷喝我的酒，他那个房间里有一口井，我在井水里面放了一捆啤酒，放在井水里的啤酒比冰镇啤酒好喝，你们

七宗罪

知道吗？"

梁教授又问道："院长被杀，听说了吗？"

胖子说道："他们是三个人，我看得一清二楚，凶手现在就在你们身后站着呢。"

梁教授和包斩忍不住回头去看，身后没有人，只有一面墙。

护士长挥挥手让他下去，包斩看了看病历，这胖子是一个幻视症患者。

胖子离开之后，一个年轻人走进接待室，看上去像个大学生，文质彬彬的，梁教授翻了一下病历，这是一名精神分裂症患者，具有双重人格。两个人格都有着各自的名字和记忆，居住在一个人的体内。如果说身体是一台机器，而这台机器是由两个人控制的。

他微笑着打招呼，在桌前坐下，双手规规矩矩地放在膝盖上，看上去就像是一个正常人。

梁教授："姓名？"

年轻人："刘无心。"

包斩："怎么，你的病历上写的是杜平，杜平又是谁？"

年轻人拍了拍自己的胸口说道："这身体是他的，是杜平的。"

梁教授："一个人分裂出了两个人格，我看你也像是受过教育的人，应该怎么称呼你？"

年轻人："我叫刘无心，住在他的体内……"

包斩："你了解杜平吗？"

年轻人："我们之间没有交流过，他不知道我的存在，不过我能意识到他，他没文化，不爱思考，所以我取而代之，就这么简单。"

包斩："你很聪明，是你的家人把你送到这里来的吗？"

年轻人："我自愿来的，我喜欢这里，喜欢精神病院，在这里可以胡言乱语，疯疯癫癫，大大方方做自己喜欢的事情，我喜欢自由的感觉，讨厌别人的自以为是和压力。在这里一切都是正常的，不管是尿在床上，还是拉在碗里，或者看谁不顺眼就揍谁，光着身子散步也可以，只要喜欢就可以去做。在

这里都是正常的，对医生来说，只有正常——才是不正常的。"

　　梁教授："杜平喜欢这里吗？"

　　年轻人："现在是我，刘无心，现在，他不存在。"

　　梁教授："刘无心，你好，你很爱思考，那我问你，什么是存在？"

　　年轻人："我和你们一样，只存在于特定的时间和空间里，我们从何处而来，为什么会在这里，我们都是从虚无中被创造出来的。比方说，我们存在于一本书中，我们是书里的人物，而看书的人是另一本书里的人物！"

　　梁教授："院长被杀的当天晚上，你在做什么？"

　　年轻人："看书。"

　　包斩："什么书？"

　　年轻人："《时间简史》。"

　　讯问结束，年轻人起身告别，他很有礼貌地和梁教授以及包斩握手，握手的时候，他悄悄地将一个字条递到梁教授手里，等到护士长离开之后，梁教授展开字条，上面写着一句话：

　　你们要小心护士长，她的体内住着一个男人！

　　包斩和梁教授看着护士长的背影，那是一个又高又壮的卷发女人。

　　当天晚上，护士长在接待室收拾出几张床位，特案组四人以及严处长都住在了精神病院，医院门口依然是戒严状态。精神病院门前是一条街，站在接待室的窗前，可以看到门口有很多持枪的警察。从后窗中，能够看到精神病院后面是一片墓地，根据副院长介绍，医院里的那些无家可归的流浪精神病人，大多数无人认领，还有那些因犯罪危害社会强制收留的精神病患者，因其有攻击性，家属不敢接、精神病院也不敢放，他们死后，就埋在那里。

　　半夜时分，画龙和包斩被楼后墓地里的尖叫声吵醒，两人叫醒严处长，三个人拿着手电筒一起去墓地里查看。

　　墓地里阴森森的，荒草很高，不时地传来女人怪笑的声音，三个人绕过

几个坟头，进入坟地的一刻，清晰听到一个女人的哭泣声从坟地深处传来。

画龙掏出枪，包斩拿着手电筒一照，一座坟后站着一个白衣女人。

女人缓缓地转过了头……

◎第二十七章　医院密室

那女人正是护士长，她穿着一身白色护士装，慢慢转过头，大家看到她脸上的皮肤和肌肉已被掀了下来，一块肉耷拉在下巴以下，剥开的整张脸血肉模糊，极其恐怖，手腕上还滴着血，嘴巴里冒着血泡，发出似哭似笑的惨叫声。

这一幕简直令人魂飞魄散，慌乱之中，画龙鸣枪示警，那女人直挺挺地倒在一个墓坑里。副院长以及保安主任闻声赶来，驻守在医院门外的警察也迅速赶来。包斩大声呼喊要保护现场，但是没有人听他的，现场一片嘈杂，大家七手八脚地将护士长抬到医院急救室，这个女人的伤情非常严重，除了脸上的皮肤被剥离之外，舌头也被割掉，手腕上的动脉和静脉也被切开，一小时后，护士长抢救无效，流血过多死掉了。

特案组进行了现场勘察，苏眉拍照，由于现场脚印众多，一时难以辨别凶犯足迹。

梁教授注意到墓地中有车辙痕迹，经医院工作人员辨认，痕迹是担架车留下的。

包斩对于墓坑做了细致的勘察，现场遗留下一把铁锹，一座新坟被挖开，这是很奇怪的事情。墓地位于医院楼后，荒草丛生，非常偏僻，凶手完全能够杀死护士长，将其掩埋进去，但凶手并没有这样做，不知是故意所为还是另有隐情。

严处长连夜召开紧急会议，这个脾气暴躁的老警察，拍着桌子吼

精神病院

道："凶手，竟然在咱们眼皮底下又杀死一个人，手段极其残忍，这是一种挑衅。"

梁教授说："我们都认为，凶手就隐藏在医院里，就在我们身边，希望当地警方深入排查。"

安定警方负责人递交了尸检结果和现场鉴证报告。

院长、院长夫人、停尸房看守人、护士长，四名死者被害之前都被注射过麻醉剂，麻醉剂存放于药房、库房、抢救护理室等地方，这些房间使用的都是老式暗锁，包括手术室、化验室的门，因为年久变形造成门与门框之间的缝隙加大，只需要用一张很薄的硬塑料卡片，例如身份证、工作证等，就可以将门锁拨开，任何人都可以自由进入。

停尸房凶杀现场遗留下大量的作案工具，一共有二十七件之多——胶皮手套、后颅凹撑开器、蛇形自动牵开器、电钻头、电钻头钥匙、头皮夹置放架、弓形手摇钻、颅骨锪孔钻头、鹰嘴咬骨钳、眼皮拉钩、头皮剥离器、骨膜剥离器、骨撬、甲状腺拉钩、神经钩、脑膜镊、爱迪森氏镊、手术刀、手术剪、脑活检抽吸器、脑吸引器、线锯、线锯柄、板锯、刮匙、大纱布、绷带。

作案工具可以分为两大类，开颅手术器械和截肢手术器械。凶杀现场的水龙头被打开，地面上满是血水，凶手戴着手套，现场没有提取到足迹和指纹。

安定警方对院长的社会背景也做了详细调查，初步认为这是一起性质恶劣的报复杀人案件。院长夫人被杀应该是出于偶然，案发当晚，院长夫人开车来接院长一起去喝朋友的喜酒，凶手在院长办公室将夫妇二人先后麻醉迷倒，使用担架车运到停尸房，又将看守人麻醉，然后在停尸房将三人杀害。从尸检结果来看，凶手有意让三名被害人互相看着整个解剖肢解过程。院长办公室和停尸房没有搏斗痕迹，凶手应为熟人，可能是医院里的工作人员，从现场墙壁上血手印和血脚印来看，凶手也具有精神分裂的变态倾向。

梁教授听完安定警方负责人的介绍之后，说道："三种可能，一、凶手是医院里的工作人员；二、凶手是医院里的精神病人；还有一种可能……"

严处长说："医院里的人除了医生就是神经病，还能有什么第三种

可能？"

　　梁教授说："一个患有精神分裂症的医生，也许，此人并不知道自己有精神病。"

　　包斩将墓地现场的勘察情况作了汇报，现场遗留下的铁锹原本放在医院食堂外面，食堂厨师、勤杂工、清洁小工都曾使用过这把铁锹，担架车原先停放在医院一楼走廊拐角处，凶手将值班的护士长在某个僻静处用麻醉剂弄晕，装上担架车，拿起食堂外面的铁锹，来到墓地。凶手先是将护士长的脸皮剥下，然后割腕、割舌，用铁锹挖开了一座坟。也许是因为护士长的麻醉药效过去了，她开始惨叫起来，凶手推着担架车逃跑，放回原处。有一种可能是凶手故意将警方引到墓地里去。挖开的是一座新坟，奇怪的是坟里没有尸体也没发现骨灰盒。

　　梁教授说："墓地中可能有着什么秘密！"

　　包斩说："凶手肯定留下了足迹或鞋印，一个人挖坟，再怎么伪装都会留下脚印。"

　　苏眉出示了现场足迹照片，因为人员破坏了现场，鞋印很多，一时间难以辨别哪一个是凶手的鞋印。

　　梁教授说："刚才去过现场的人员，都做一个足迹鉴定，这样能尽快排查出凶手的鞋印。"

　　严处长说："从现在开始，麻醉剂应由副院长管制，工作人员使用时就去副院长那里领取，还有，现在让医院里所有的值班人员，都来做一个足迹鉴定。"

　　副院长旁边站着的那个长胡子的女护士嘀咕了一句："瞎指挥个球啊。"

　　严处长瞪着眼睛问道："这位男同志，你说什么呢？"

　　长胡子的女护士叉着腰说道："你娘了个逼的，我是女的。"

　　副院长赶紧劝道："小朱护士，不许无礼！"

精神病院

严处长拍着桌子和朱护士吵了起来，这时，医院走廊里传来一阵嘈杂的脚步声，两名护士和一位保安追着一个壮汉闯进了会议室。壮汉上身赤裸，脖子上青筋毕露，气势骇人，他的腹部有一道疤，脸上，胳膊上也是伤痕累累。他对着会议室里的众人大吼了一声"粗啊"，保安在后面将其拦腰抱住，壮汉由愤怒转为暴怒，他甩开保安，一边怪叫着"粗啊"，一边用拳头打墙，每一拳都力大无比，砰砰直响，墙面霎时红了一片。

壮汉转过身，向着离他最近的梁教授走去，画龙站起来想保护梁教授，小朱护士已经冲了上去，她勒住壮汉的脖子，使用蒙古式摔跤中的"大别子"招数，将其摔倒在地，她另一只手迅速拿出一针镇定剂注射进壮汉的胳膊，壮汉瘫软下来，被护士和保安抬走了。

朱护士拍拍手，对严处长说："说你瞎指挥，就是瞎指挥，看见了没，如果先申请再领取麻醉剂，这个房间里起码死了几个人了。"

包斩突然想起小朱护士画在纸上的那个圆圈，他的脑子里有个念头闪了一下，那圆圈并不规则，是由两个月牙形组成的一个圆，图案很怪异，似乎含有什么深意。

副院长示意大家继续开会，刚才是一场虚惊，那位壮汉是一名狂躁症患者。

严处长的表情很尴尬，他咳嗽了一声说道："这里，我的警衔最高，就按我说的办吧。麻醉剂和镇定剂的管制以后再说，现在，把医院里所有的值班人员都叫来，做一个足迹鉴定，去过墓地的人中肯定有一个是凶手。"

副院长说："如果把人都叫来，病人就处在无人监管的状态。"

严处长说："先把病人绑到床上，控制住。"

夜晚值班人员不是很多，足迹鉴定进行得很顺利。首先排除了特案组成员、严处长、副院长、保安主任以及驻守警察的足迹，再排除死者护士长之后，墓地现场的最后一个鞋印就是犯罪嫌疑人留下的。然而，比对结果令人失

望，医院值班人员中没有一个人的鞋印与犯罪嫌疑人的相吻合。

包斩看着照片上的鞋印，那是一双拖鞋留下的痕迹。

这个案子很古怪，凶手先麻醉护士长，割舌割腕剖开脸部，在黑暗的墓地里挖了一个墓坑，整个犯罪实施过程中，凶手竟然穿着一双拖鞋，这说明凶手的心理素质非常好。

副院长介绍说："这种拖鞋是医院里的精神病人穿的。"

苏眉说："现在是冬天，病人还穿凉拖鞋？"

副院长说："总比光脚要好一些吧。"

特案组连夜进行了调查，原先见过的那个臆想症女人和幻视症胖子的拖鞋都没有发现异常，患有人格分裂的刘无心的拖鞋也没发现墓地现场的泥土，这说明三人都没有去过墓地。

天快亮的时候，医院的档案室突然起火，浓烟滚滚，火苗很快蹿向三楼，三楼的精神病人集体骚乱，因为无人看管，他们砸毁了铁栅门，随即四楼的精神病人迫于火势凶猛，有的人跳楼摔死，更多的病人聚集在楼道口，一时间鬼哭狼嚎，一片混乱。

很多精神病人跑到了院里的空地上，他们显得极其兴奋，其中一个病人还冒充交警指挥交通，他的嘴巴发出哨子似的声音。

这场骚乱整整持续了一小时，在消防警和武警的介入下，渐渐平息，火灾也被控制。医护人员给那些闹得最凶的病人注射了镇定剂，画龙和包斩在混乱的人群里寻找梁教授和苏眉，然而两人却不见了。

骚乱发生时，梁教授和苏眉正在讯问刘无心，他们检查了刘无心的拖鞋，没有发现异常。

梁教授："你给了我一张字条，要我小心护士长，护士长却被杀害了，这是巧合吗？"

刘无心："我说的话，你不会相信的。"

梁教授："为什么？"

刘无心："因为我是一个精神病患者，没有人会相信我的话。"

梁教授："你想告诉我什么？"

刘无心："其实，我没有精神病，这家医院里的每一个病人都没有病，医生才有病。"

医院的走廊里突然喧闹起来，有人喊着起火了快跑。梁教授、苏眉、刘无心跑到走廊里，一群精神病人突然拥进来，一个老头高声唱着京戏，他蹦起来，大喊一声，猛地撕开自己的衣服，将身体裸露给苏眉看，苏眉吓得尖叫一声，三个人跑到一楼楼梯拐角的一个杂物间，苏眉拖过来一把椅子把门顶上。过了一会儿，走廊里的人越聚越多，很多病人弄破窗口跳出去，一些病人开始砸门，刚才的那个老年暴露癖患者伸着舌头，狞笑着对苏眉大喊："小妮妮，我要和你睡觉，睡觉，你看看我嘛，看看我的……"

病人们将门砸坏，冲进杂物间，却发现里面没有人。

梁教授、苏眉、刘无心在杂物间里发现了地下室的入口，苏眉掀开盖板，等到刘无心背着梁教授进入地下室后，苏眉将地下室盖板的插销紧紧插上。

地下室里漆黑一片，苏眉拿出手机，发现地下室里没有手机信号，借着手机的荧光，他们看到架子上有一些玻璃瓶子。

苏眉将手机靠近玻璃瓶子，瓶子里赫然出现一张婴儿的脸，其他瓶子里也泡着人体器官。

苏眉吓得手机掉在地上，光线正好对着墙边，可以看到墙边模模糊糊地放着几具木乃伊。

◎第二十八章　地下尸池

苏眉找到开关，打开灯，精神病院的地下室里弥漫着一股福尔马林的味道，墙边两个架子上，琳琅满目，全是人体器官。那些泛黄的肠子、头颅、

手、内脏、眼珠都泡在瓶子里，环顾房间四周，会有一种不寒而栗的感觉。

梁教授检查了一具木乃伊，尸体都经过简单的脱水、脱脂处理，使用防腐剂、塑化剂和绷带包裹成木乃伊形状，这样能起到固定尸体和保存尸体的作用。每一具木乃伊都贴着标签，上面写着地址。

刘无心变得焦躁不安，他看着那些瓶子，自言自语地说："我好像来过这里。"

苏眉和梁教授有些担心，他们和一个精神病人关在地下室里，地下室上面还有一群疯子。

刘无心突然捧起一个瓶子，拔掉瓶塞，瓶子里浸泡着一副生殖器标本，他似乎渴了，举起瓶子，猛然喝掉一大口瓶子里的液体，然后微笑着把瓶子递给苏眉和梁教授，那瓶子里漂浮晃动着一根阳具。

苏眉哇的一下吐了，梁教授也忍住胃里的恶心，两人都惊恐地看着刘无心。

刘无心举着瓶子，微笑着示意他们要不要喝，过了一会，刘无心放下瓶子说道："干活！"

苏眉声音颤抖，问道："干什么活，刘无心，这里还有别的出口吗？"

刘无心说道："刘无心是谁，我叫杜平，你们不想干活吗，想跑？"

刘无心突然凶性大发，向两人步步逼近，地下室空间狭小，一个女人和一个老头如何是他的对手，刘无心上前掐住了梁教授的脖子，愤怒地喊道："起来，干活！"苏眉顾不上多想，抱起架子上的一个瓶子，向刘无心脑袋上用力砸去，瓶子里的福尔马林四溅开来，一副肠子挂在他的脑袋上，他像淋湿的狗一样甩了甩头，甩掉头上的肠子，双手继续用力，试图把梁教授拽起来。苏眉又抱起一个大瓶子，砸在刘无心的头上，瓶子碎裂，一个婴儿标本从他的脑袋上顺着背部慢慢地滑下去。刘无心仰面倒在地上，摔倒的时候，他碰翻了架子，那些瓶子纷纷摔碎，浸泡的人体器官散落一地。

苏眉吓得哭起来，一边哭一边拖着梁教授想要离开地下室，她的脚下一滑，踩到了什么东西，伸手一摸，禁不住花容失色，一副滑腻腻的脾脏正挂在

精神病院

她的手上。

刘无心从地上缓缓地爬起来，嘟囔着说道："干活，我一个人可干不完。"

梁教授说道："好，我们和你一起干活，你教我们吧。"

刘无心走到木架后面，那里竟然还有一道门，苏眉费劲地背起梁教授，跟着刘无心走了进去。进去之后，刘无心开灯，两人目瞪口呆，眼前的景象如同地狱般恐怖。

他们进入的是一个很大的空间，看上去就像是一个游泳馆，池子里灌满了稀释的福尔马林，浸泡着很多尸体，尸体呈粉红色，有的仰面朝天，张着嘴巴；有的沉入水底，只剩下手伸出水面。十几具尸体，姿态各异，散发的气味令人呕吐。

尸池是长方形，根据目测，长度约九米，宽三米，深三米。

尸池边有一些简陋的水泥砌成的解剖台，台上摆放着一些瓶子，里面是未制作完成的标本，水泥解剖台像菜市场的卖肉案子，上面散落着一些血肉模糊的器官，还有一些刀具以及骇人的铁钩子。

苏眉将梁教授放在地上，他们注意到有三道楼梯。

梁教授问道："上面通向哪里？"

刘无心回答："加工厂入口，院长办公室。"

梁教授说："另一道楼梯呢？"

刘无心说："医院食堂，不干活，不给饭吃哪。"

苏眉只感到汗毛直立，这个地下尸体加工厂的其中一个入口竟然在医院食堂。特案组到来后，曾经在食堂吃过肉包子，想到这里，苏眉弯下腰吐了起来。

刘无心拿起一个铁钩子，走到尸池边，用力地翻动着池子里的尸体，白沫泛涌，一具具尸体漂浮上来，又沉了下去，尸臭味和药水味混杂成作呕的气

息，弥漫开来。刘无心用铁钩在池子里钩起一具粉红色的女尸下巴，拉着尸体，从尸池边拖到解剖台下面，他抱起水淋淋的尸体，扛在肩上，然后重重地摔在解剖台上面。

刘无心又走到尸池边，用铁钩指着池子问苏眉："你，要哪一个？"

苏眉连连摆手，不敢说话。

梁教授问道："刘无心，不，杜平，是院长让你这么干的吗？"

刘无心说："是啊，我们三个一组，胖熊，眼镜姐姐，我是小组长。"

梁教授说道："杜平，你还是领导啊，我们也是领导，只是来视察一下。"

刘无心说："骗人，干活吧，我给你挑一个小的。"

刘无心拿起铁钩子，梁教授想要阻止，但是他已经跳进了尸池，游到了尸池中间，一猛子扎进水底，整个人都潜入水中，用手在池底摸索着什么，终于，他摸到了一具滑腻腻的尸体，他拽着尸体头发，推开其他尸体，游到池边，抠住水泥台，抱着尸体爬了上来。

苏眉注意到那尸体体形瘦小，背部千疮百孔，嘴巴里没有牙齿，腹部有一个丑陋无比的洞，暗黄色的福尔马林液体从洞里流出来。

刘无心将尸体放到解剖台子上，他弯下身子，对尸体说道："乌乌，乌乌，想你了。"

梁教授和苏眉对视了一眼，两人已经做好了逃跑的准备，尽快离开这个恐怖的地方。

刘无心抱着尸体痛哭着说："他叫乌乌，给我吃过苹果，我好几年没吃到苹果了。"

苏眉背起梁教授，向楼梯上走去，刘无心歪头一看，拿起铁钩子大叫着追了过来，他的头发湿淋淋的像水草一样黏在脑袋上。苏眉在角落里放下梁教授，两人拿起解剖台上的刀具准备自卫，刘无心面目狰狞，气愤地说道："你们不想吃饭了？"

精神病院

刘无心用力地挥了一下铁钩子，墙上留下一道深深的划痕。这一下只是威胁，下一次很可能就会钩穿梁教授和苏眉的脑袋。

苏眉拿着刀具的手哆嗦起来。

刘无心将两人手中的刀具打落，他用铁钩子钩着梁教授的下巴说："再说最后一遍，干活。"

梁教授突然说："我注意过，即使是那些声称一切都是命中注定的，而且我们无力改变的人，在过马路前都会左右看。"

刘无心诧异地问道："你说什么？"

梁教授说："没有排斥造物主，只不过对他何时从事这工作加上时间限制而已！"

刘无心抬头思考说："这句话，我听过。"

梁教授又说："如果他们再次相会，一个会比另一个更老。"

刘无心听到这句话，原本浑浑僵僵的眼神变得神采奕奕，他说："《时间简史》，这些是《时间简史》中的，我们怎么会在这里？"

梁教授松了一口气，说道："刘无心，你醒过来了，带我们离开这里好吗？"

特案组和严处长对这个地下尸体加工厂感到极度震惊，副院长却觉得他们大惊小怪，在会议室里，他解释说，无名尸体的处理是法律的一个空白区，一般在殡仪馆停放一段时间，当地公安部门会张贴告示寻找家人，逾期无人认领，则会火化或掩埋。精神病院收治的无家可归的流浪精神病人，医院为他们治疗和提供吃住都花了不少钱，他们死后供医学研究也合情合理。副院长介绍说，精神病院财政困难，负担沉重，不得不并展一些其他的业务，如收治自愿入院的精神病人，向其他医院或大学提供解剖品，来养活强制医疗的病人。除了拨款外，精神病院必须自谋生存渠道，艰难处境导致上级主管部门对其采取不支持不反对的政策。

苏眉说："我想起以前看过的一个人体展览，有的尸体从中锯开，有的被分层剥离，都被摆成各种各样离奇的运动姿态，现在我明白，那些商业展览

的尸源是从哪里来的了。"

副院长说："没错，世界上大多数商业人体标本展览的展品无一例外的都是中国人的尸体。"

包斩说道："那些墓地，里面都是空的吧。"

副院长说："是的，做做样子而已，我们也是没办法啊。"

特案组对胖熊、眼镜姐姐重新讯问，两个人说解剖技术是护士长教的，死去的护士长是他们的师傅。

胖熊说："我们都喜欢小朱护士，讨厌护士长。"

眼镜姐姐说："我不想干，可是没办法，他们打我，还不让吃饭，什么都不给吃。"

胖熊说："小朱护士给我们酒喝，那酒里还泡着虎鞭，她从家里偷来的，就放在架子上，每次干活前都喝一口，护士长给我们吃生蛆的包子……"

胖熊和眼镜姐姐提出了一个要求："他们想把护士长拆开放进瓶子里！"

特案组和严处长自从发现医院的地下尸体加工厂之后，就拒绝在医院食堂吃饭了。

早晨的时候，他们在精神病院门前的小吃街上吃早点，这条街，虽然破败肮脏，污水横流，但比起医院食堂里那些可疑的肉包子来说，要卫生干净得多。

包斩偶然抬头，看到路边墙上贴着的一张广告，他想了一会，说道：

"我知道小朱护士画的那个圆是什么意思了，凶手就和那个圆圈有关！"

◎第二十九章 卖肾的人

墙上贴的是一张卖肾的广告，上面留有一个电话。

这面墙触目惊心，买卖枪支是违法的，贩卖毒品也是有罪的，然而，光天化日、众目睽睽之下，墙上不仅贴着卖肾的广告，还有出售枪支弹药、贩卖摇头丸的牛皮癣。

包斩问道："你们觉得，圆，代表什么？"

梁教授："起点，也是终点，0的意思。"

苏眉说："我想起地下尸体加工厂，乌乌腹部的那个洞，想起来就可怕。"

画龙说："那个狂躁症大汉的腹部也有个疤。"

包斩说："小朱护士画的那个圆，由两个月牙形组成，这也许代表着人体内的一个器官。"

严处长："心脏？"

包斩："很有可能是肾脏。"

在小吃摊上，梁教授安排了任务，苏眉带领法医对乌乌进行尸检，确定腹部伤口的原因，画龙对那名狂躁症大汉进行讯问，调查他腹部疤痕的成因。

严处长说："我觉得，应该先把副院长控制起来。"

梁教授说："建议你还是多看看书吧，尤其是刘无心看的那本《时间简史》。"

严处长说："我不看书，我一看书就头疼。"

梁教授说："好吧，我负责看书，找找书中有没有什么笔记。严处长，你调查一下小朱护士的身份背景，虎鞭是奢华之物，她一名小小护士，怎么能买得起？"

包斩说："我呢，负责做什么？"

梁教授说："卖肾！"

包斩负责在外围收集线索，他换上一身民工的衣服，拨打了卖肾广告上的电话。

全国的尿毒症患者有一百三十多万，只有肾器官移植手术或透析治疗才能挽救生命。患者大多选择肾移植，因为透析治疗仅能清除部分毒素，而且，长期费用比器官移植要多。巨大的需求市场催生卖肾"黑市"，并形成了一个由供体、中介、患者等密切参与的利益链条。

在医院附近，在车站附近，在打工聚集的劳务中心，都能看到卖肾的广告。

一小时后，有人开着一辆破旧的面包车来接包斩，那人简单地讯问了一下情况，包斩自称做大蒜生意赔了本，被合伙人追债，走投无路所以才想卖肾。那人见包斩衣着朴素，也不起疑，开车带着他来到一片破旧的居民区，然后七拐八拐进入一个小胡同里的院子。

院里的房子很旧，没窗帘，一群人正在打牌，还有的人在看电视。

从口音上可以判断出这些人来自全国各地，都是等待卖肾的人。他们来到这里有着同样的境遇——家穷，缺钱，他们也有着共同的目的——卖肝或肾，赚钱。

器官中介贩子是一个秃顶的中年人，他让包斩填写一个自愿卖肾的表格，刚才的那位司机拿出一个针管子，说是要抽血化验，合格后还要进行心电图、B超、尿常规、乙肝五项检查，通过后这样才是一个合格的供体。

包斩说："先等等，我先问清楚再说，什么是供体？"

精神病院

器官贩子说："屋里的这些人都是，卖肾的人，都是自愿的。"

包斩说："卖一个，多少钱？"

器官贩子："卖肾三万五，卖肝四万元。"

包斩："你们做中介的，能赚多少？"

器官贩子："不多，你打听这个干啥，卖不卖都是自愿的，不卖就滚。"

包斩问道："卖肾对身体没啥大碍吧？"

器官贩子说："没事的，就和阑尾炎一样，割掉啥事没有。"

屋里一个卖肾的人搭话说道："俺爹已经卖了一个了，人有两个肾，卖一个，没啥事。"

另一个人说："这里可以免费吃住玩，多好，伙食也不错，每天都有肉菜。"

司机说道："我们的生意火暴着呢，今年养了一百九十多个供体了。"

包斩："国家禁止器官交易，这不会是犯罪吧？"

器官贩子："干这行可不是犯罪，病人还都说我是在干善事哩。"

有人接话说道："卖一个肾，还能救一个人，又赚了钱，其实也很高尚。"

包斩说："如果卖一个肾没问题，我也想卖一个，医院那边得要亲属证明，怎么办？"

器官贩子："医院只要钱，给钱就做手术，不会核实身份的。"

司机说："放心吧，我们会做好冒充患者亲属的材料，医院睁一只眼闭一只眼，不管。"

包斩："能不能多给些钱，我缺钱。"

司机："现在啊，价格是有点低，精神病院那边把市场搞乱了，以前，一个肾能卖四万元，精神病院那边卖三万五，咱也只能降价。"

包斩："精神病院还卖肾啊？"

司机："是啊，那个厕血的院长，卖精神病人的肾，听说他被杀了。"

器官贩子："这个可不敢乱说，警察正查这案子呢。"

包斩声称自己是乙肝患者，不符合供体要求，离开的时候，器官中介贩子叮嘱他不要往外说出这个卖肾窝点，司机开车带着包斩七拐八拐回到他们见

面的地方，再次叮嘱他不要乱说，包斩表示自己不会泄露卖肾者居住的地方。

包斩回到精神病院，将自己调查的情况汇报给了梁教授。乌乌的尸检结果已经出来了，他少了百分之六十的肝，那名狂躁症患者少了一个肾脏。

严处长召开会议，他勃然大怒，拍着桌子说道：

"这医院里，卖活人的肾脏，卖死人的尸体，还有没有良知？医生本该是救死扶伤的白衣天使，却见利忘义、见钱眼开，真是禽兽不如。到底是那些病人是疯子，还是医生们是病人？"

尽管副院长声称自己对活体器官买卖毫不知情，但仍被上级主管部门免去了精神病院副院长的职务，接受进一步调查处理。卫生局领导介绍说，下一步会配合公安机关，严厉打击人体器官非法买卖活动。

包斩根据自己暗访的情况作了发言，他说："除了供求关系之外，医院没有对器官移植进行严格审核，只认钱不认人，对于卖肾卖肝的危害性宣传也不够，正是这种流于形式、形同虚设的审查，给从事人体器官买卖者提供了可乘之机，提供了获取暴利的土壤。他们利用大量的虚假材料、伪造证件，介绍供体冒充患者亲属，使买卖的人体器官顺利通过移植手术。全国从事人体器官买卖中介行当的人很多，业务已形成一条龙服务，有的甚至将黑手伸向未成年人，甚至绑架被害者强行割下器官的案件时有发生，医院负有不可推卸的责任！

那些卖肾的人，左边肾上写的是愚昧，右边肾上写的是贫苦。

他们大多是农民，贫苦并不可怕，可怕是他们无力改变贫苦的生活。

苏眉说："院长的财产中有一百多万元来源不明。"

梁教授说："小朱护士的财产是多少？"

苏眉看了一下调查报告说："零元，零收入，她在精神病院上班三年，没有发给她一分钱。"

梁教授说："我个人提议，让小朱护士担任精神病院的领导职务。"

严处长说："现在还不能排除她的嫌疑。"

精神病院

梁教授说："小朱护士没有作案时间，两起案子案发时，她都在照顾病人。"

卫生局领导说："她的资历、学历都不够吧，一个护士怎么能够担任院长？"

梁教授说："调查后才知道，小朱护士是海外留学归来的精神医学博士，家境优越。"

卫生局领导不解地问道："按你这么说，这个小朱护士，家里有钱，还是博士学位，更有海归背景，这样的资历在国内任何一家大医院都足以成为中流砥柱，待遇优厚，她怎么会在我们这破破烂烂的精神病院当一名义工，还当了三年，没有任何收入，每天都和这些脏兮兮的精神病人在一起，她到底图什么呢……她不会也是神经病吧？"

梁教授说："她是一名基督徒！"

这时，精神病院里有一个人开始唱歌，起初，歌声很微弱，像是从很遥远的地方传来，然后，一些人加入了歌唱，声音更加清晰起来，接着，精神病院里更多的人开始合唱。他们唱的是一首基督教歌曲，没有任何配乐，这纯粹的发自心底的天籁之音，会聚在一起，给人一种洗刷心灵净化灵魂的感觉。

没有人说话，大家仔细聆听，歌声越来越响，越来越近，这些精神病人唱的是：

我眼有泪珠，看不清你脸面，好像你话语真实不如前；你使我减少，好叫你更加添，好叫你旨意比前更甘甜。我几乎要求你停止你手，当我觉得我已无力再受；但你是神，你怎可以让步？求你不要让步，等我顺服。

我眼有泪珠，看不清你脸面，好像你话语真实不如前；你使我减少，好叫你更加添，好叫你旨意比前更甘甜。如果你的旨意和你喜乐乃是在乎我负痛苦之轭，就愿我的喜乐乃是在乎顺服你的旨意来受痛苦。

我眼有泪珠，看不清你脸面，好像你话语真实不如前……

◎第三十章　地狱之光

地狱是存在的，黑暗也是存在的！

去过精神病院的人都知道，那种感觉，无法形容，就像是到了另外一个世界。精神病人的眼睛如同深渊，只能看到黑暗。

黑暗中也有光！

小朱护士回国的行李箱中有一本旧书：《亚西西的圣方济各》。

书的扉页上有她用铅笔写下的一句话："我们生活在这世界中，并不是单单只为追求自身的幸福，而应为他人作些贡献。"

这句话其实是德兰修女所说的。

德兰修女，1979年获得诺贝尔和平奖，她创建的仁爱传教女会有四亿多美元的资产，世界上最有钱的公司都乐意无偿捐钱给她，她赢得了全世界人民的爱戴。然而，当她去世时，她全部的个人财产，就是一张耶稣受难像、一双凉鞋和三件旧衣服。她把一切都献给了穷人、病人、孤儿、孤独者、无家可归者和垂死临终者。从十一岁起，直到八十七岁去世。

我们对于小朱护士的海外生活一无所知，只能从她偶然的一次谈话中了解到，她曾经因为贫血而晕倒在美国仁爱传道会总部的教堂外面，倒在异乡街头，醒来的时候，她发现自己身在教堂。

对于从未去过教堂的人，这是一种天意吗？

从此，小朱护士成为了一名虔诚的基督信徒。

德兰修女在全世界一百二十七个国家开设了六百多座仁爱传教分部。

现在，又多了一个分部。

小朱护士回国后谢绝了几家知名医院的邀请，她在精神病院当了一名实

176

精神病院

习护理人员。她放弃了名誉、地位以及优越的生活。没有任何期许，不要求回报，满怀着爱的关心，一切工作都是基于爱。

这种仁慈与博爱，如同皎洁的明月，如同璀璨的星光，用一切美丽的词汇来歌颂一个舍己为人的人，绝不会显得过分。对于小朱护士来说，她所照料的是她的兄弟，她的姐妹，她给他们信仰，在地狱中看到光，他们有着同一个天父。

她很丑，有胡子，膀大腰圆，一点都不像个女人。

她脾气暴躁，尽管时常忍耐，但人心险恶，总是超出她的善良的承受力，所以，她有时会忍不住说脏话，破口大骂，还会打人。

但是，精神病院里的每一个病人知道，她有翅膀，她是一个天使。

小朱护士曾经也想过放弃，有一次，在精神病院的院子里，她坐在三块砖头上，靠着墙边的攀缘植物，从叶子的缝隙中，她仰望着星空，泪花闪闪，然后闭上眼睛，扣上双手，有人听到了她的祷告，在那些只言片语中可以分析出她的内心中经历过挣扎与犹豫。

上帝啊，我太软弱了，我应该留在这里，还是选择自私地离开。真的要抛弃他们吗？

这里是地狱吗？我看到了太多的悲剧和痛苦，而他们是最需要爱与关怀的人啊。

主，我们的天父，医生的职责是什么，和教士一样吗？

上帝啊，我走过千山万水，传播你的福音，这是一种播撒光辉的人生旅行，还有一种向下的方式吗，一直向下，深入地狱深处，只带着一本《圣经》，向那些将要读到这句话的人传播你的爱，这是我的使命吗？

我所祷告的是奉主耶稣基督的名，阿门！

小朱护士，仰望星空，从天际的深处寻找到答案。那次祷告之后，她托人买了一本德兰修女的传记，从此视为榜样。因为目睹了太多太多愁惨的景

象，更加使得她竭尽所能，把地狱般的精神病院变成天堂。

实习期满之后，她对院长说："我愿意在这里当一名义务护理人员。"

院长说："义工，没有工资。"

小朱护士说："我不要工资，在这里也不是为了钱。"

院长说："你要当多久？"

小朱护士说："一辈子！"

她打开一扇扇门，走进一颗颗心，在这个世界上，最肮脏的人恰恰是最需要洁净的，被抛弃的人恰恰是最需要关怀的。

病院里有一个偏执型迫害症精神病人，他总是觉得有人要追杀他，因此，他曾经浪迹天涯，流浪于大江南北。在病院里，他用体毛编织绳子，随时都想逃跑，他的绳子是由头发、阴毛、腋毛和胡子编织而成。自从小朱护士来了之后，他就停止了这种手工艺的爱好，小朱护士对他说的第一句话是："不要害怕，我会保护你，这绳子，你编了多久？"

病人回答："九年。"

小朱护士深深地叹了口气，九年！

在此之前，从来没有一个人保护过他，从小到大，人们对他说过的最多的话是"滚"、"神经病"、"离我远点"、"揍你"。

小朱护士用最浅显的话来传播福音，有一次，停电的时候，大家围绕着烛光，窗外有雪花静静地飘，她告诉每一个病人，这里不是精神病院，这里是耶稣基督的房子，也就是说自己的家，大家是兄弟姐妹，应该互相照顾。在那个下雪的夜里，她教给他们唱基督教歌曲，她告诉他们，今天是一个节日。

一个病人问："什么节日？"

小朱护士回答："圣诞节！"

圣诞节那天，小朱护士给了乌乌两个苹果，并且教导这个患有失忆症的

精神病院

少年——人与人应该彼此相爱，因为人人都是兄弟姐妹，世间万物只有一个造物主。

乌乌说："我不记得我的父亲叫什么了。"

小朱护士："上帝，我们的天父。"

乌乌说："这个名字倒是很好记。"

小朱护士："你有两个苹果，应该拿出一个苹果送给你喜欢的人，我喜欢你，才送你苹果。"

乌乌说："如果我不给别人，你会打我吗？"

小朱护士："不会的，你喊我外号的时候才会修理你。"

乌乌笑嘻嘻地说："大腚帮子。"

小朱护士勃然大怒，骂了一句小王八蛋，狠狠地给了他一巴掌。

乌乌说："我要记下来。"

乌乌拿出一个日记本，在上面写道：今天，小朱阿姨给了我两个苹果，还有一巴掌，我要把苹果送给刘无心，不知道他什么时候在。小朱阿姨屁股大，外号大腚帮子。

小朱护士："为什么要送给刘无心？"

乌乌说："他教给我这个办法，要我把重要的事情记下来，这样就不会忘了。"

小朱护士做一个挥手欲打的姿势，说："你这小兔崽子为什么老是说我外号，还写在日记里？"

乌乌的话让人感动，他说："我怕，把你忘了……"

乌乌的日记很短，往往是一句话，记载了他在精神病院里的生活，最后一页写着：

今天，刘无心说，院长是坏人，护士长也是坏人。院长给我体检了，还说明天要带我去另一家大医院体检，然后，我就可以出院了。我想不起我妈妈的样子，我觉得，应该和小朱阿姨长得比较像……

十
宗
罪

乌乌少了百分之六十的肝脏，他死于失血性休克，这个可怜的孩子到死都不知道，他的爸爸妈妈将他扔进精神病院之后，就再也不要他了，监护人放弃了监护责任，这也是院长敢于出售活人器官的原因之一。

院长的死源于他不相信精神病人之间也有感情。

乌乌有三个最好的朋友：胖熊，眼镜姐姐，刘无心。

刘无心和杜平共用一具躯体，这个聪明的人格意识到贪婪的院长迟早会对其他人下手，他在《时间简史》这本书的封面上写下一句话：杜平，提醒你一下，院长要割掉你的肾，还有胖熊和眼镜姐姐，希望你能看到这句话。

在那句话下面，杜平回复道：你是谁，我们应该怎么办？

刘无心回答：以眼还眼，以牙还牙，以手还手，以脚还脚。

特案组后来通过笔迹鉴定，这几句话是刘无心和杜平的笔迹，人格分裂者虽然共用一个身体，但是主人格和副人格都有着各自的名字和记忆，甚至笔迹也各不相同。

圣诞节过后的第四天，也就是乌乌死的当天晚上，院长要求护士长尽快处理，护士长让杜平、胖熊、眼镜姐姐在地下尸体加工厂处理掉乌乌的尸体。三个精神病人的心情很沉重，很难过，同时出于对自己的担心以及对院长的仇恨，他们偷了麻醉剂和一套开颅手术器械以及截肢工具。

停尸房里，被全身麻醉的院长、院长夫人以及停尸房看守，呈"Y"字形躺在三辆担架车上。院长夫人被杀属于偶然因素，因为当时她正好和院长在一起。停尸房看守是被故意杀害，这个看守平时有两个爱好：

一、喝酒。

二、喝酒之后殴打精神病人。

担架车上的三人开始无意识地求饶，全身麻醉不等于昏迷，迷迷糊糊中

精神病院

依然能够说话。

杜平对院长说："你想变成植物吗，胡萝卜，还是切开的泡着的大蒜？"

胖熊对院长夫人说："我要把你的脸掀开看看。"

眼镜姐姐说："你们，逼着我们干活，现在，我们要开始干活了。"

一个熟练的屠宰场工人分割一头猪只需要十分钟，这三名屠夫的解剖技术得益于护士长平时的严厉教导和督促。他们互相比赛，用了不到十分钟，就完成了整个过程。在墙上留下血脚印和血手印，只是出于精神病人的恶作剧。

护士长死在医院墓地是因为三人在凶杀过程中，杜平突然转换成了刘无心的人格，地下尸体加工厂为第一凶杀现场，当时护士长的舌头已被割掉，脸皮剥下，手腕的动脉被切开，刘无心阻止了胖熊和眼镜姐姐正在进行的解剖，他知道护士长活不长了，所以将其扔到墓地。

这个聪明的人格挖开一座空坟是为了给特案组留下线索。

他在脚上套了两个塑料袋，他有着在雨天散步的习惯，每次在泥泞的院子里散步之前，他都将脚伸进塑料袋里，系在脚腕上，这也是特案组没有在他的拖鞋上找到墓地泥土的原因。

小朱护士最初并不知道三人是凶手，所以她画了一个圆给特案组以提示，希望结束精神病院里惨无人道的违法行为。案情深入之后，小朱护士对杜平、胖熊、眼镜姐姐开始起疑，三人没有隐瞒她，而是将实情告诉了小朱护士。

小朱护士并没有包庇三人，她为他们做了三件事。

小朱护士让他们忏悔，卸下灵魂的罪孽。

小朱护士为他们做最后的祷告。

小朱护士和他们一起唱歌，然后她胸戴十字架，带着三人进入会议室投案自首。

杜平、胖熊、眼镜姐姐三人如实供述出自己的犯罪过程，虽然审讯笔录中夹杂着精神病人特有的思维混乱以及逻辑不清，但这个案子到此基本上尘埃落定。

特案组很想和刘无心谈谈，然而，这个人格自从带着梁教授和苏眉离开地下尸体加工厂之后，再也没有出现。

事后，警方始终没有查明病院里的那场大火是何人所致，很多病人的档案付之一炬，还有一些艺术品。小朱护士已经成为小朱院长，她感到很惋惜。精神病院里也有着艺术家，天才有时也被视为精神病人。除了前面提到的那个用体毛编织绳子的手工艺人之外，这里还有画家、作家、诗人、魔术大师，以及行为艺术家。

2000年，一个人打着四把伞，这四把伞都是破的，只有骨架，没有伞布，就这样，他走在风雪之中，在精神病院的院子里漫步。

2001年，有个精神病人在易拉罐上制作了清明上河图的微型浮雕。

2002年，有人用钉子在墙上刻下一句话：在上面消失的必将在下面重逢。

梁教授看着这面墙沉思良久，他觉得很像是刘无心的笔迹，然而，2002年，杜平还没有被关进这家精神病院。梁教授感到很奇怪，因为病人档案已经丢失，所以他讯问了病院传达室的那个驼背老头。

梁教授："我想问一下，你们这里有没有一个叫刘无心的精神病人？"

驼背老头："杜平就是刘无心嘛，他有俩名。"

梁教授："我指的是另一个刘无心，2002年的时候，是不是还有个叫这名字的人。"

驼背老头："刘无心，我想想啊，有，我对这个人还真有印象。"

梁教授："他是做什么的？"

驼背老头："据说是个作家，他在精神病院住了近十年，现在，出院也快有十年了吧。"

骷髅之花

他人即地狱。

——萨特

2008年3月20日，春分时节，大泽县四个公安单位门前地上都出现了一些白骨，大泽县刑警大队、交警队、巡警支队、防爆队的门前各有一组用白骨拼成的数字。

每一组人骨拼成的数字前面都放着一个骷髅头。

因为前些日连降暴雨，电业局在当晚检修电网，县城区停电，所以四家公安单位门前的电子眼都失去了作用，地上白骨不知是何人所为，更不知是人骨还是动物骨骼。

县市级的法医联合成立鉴定小组，经过骨粉沉淀检验，骨骼组织形态检测，鉴定小组一致认为——地上的白骨均为人骨，颅骨也是人的颅骨！

地上白骨由多人骨骼混合在一起，其中有男有女，有老人也有儿童，死亡时间各不相同。

一个刑侦专家分析认为，这四组数字可能是一个坐标。刑警大队长对白骨拼成的四组数字进行了研究，经过各种组合以及人骨拼图的方位分析，坐标指向该县的看守所！

2008年3月24日，大泽县看守所所长失踪，次日凌晨，人们在看守所附近的一片竹林里发现了所长的尸体，尸体双手反铐，嘴巴被堵，屁股坐在一根竹笋上面，尸体已经被雨后春笋顶到了半空中，有几十人目睹了这一恐怖的情景。

◎第三十一章　穿尸之竹

白景玉："出个测试题考考你们特案组。"

画龙："考试，有啥奖励没？"

白景玉："答上来，我请客吃饭，答不上来，你们请我吃饭。"

苏眉说："好。"

白景玉："看守所所长有个儿子，十岁，有一次，小家伙跑进看守所，对所长说道'快回家吧，你爸爸和我爸爸打起来啦'，谁能说出这是怎么回事？"

苏眉："孩子的爸爸和爷爷打架？爷爷在家里，爸爸在看守所，怎么又会在家里打起来？"

画龙："我猜，小孩有两个爸爸，看守所所长是后爹。"

梁教授："这个问题让我的徒弟小包来回答吧。"

包斩想了一会，说道："看守所所长是个女的！"

大泽县看守所所长名叫彭彩虹，案发前患有妇科炎症，因病情羞于启齿，所以她谎称感冒请假几天，在家休息。23日，连日阴雨，地表多处沉陷，看守所围墙倒塌，彭所长带病参与围墙修建工程，此后失踪，家人以为她在看守所，看守所同事以为她在家休息，直到25日早晨，几个挖竹笋的小

骷髅之花

学生发现了她的尸体。死者裤子被脱下，下身赤裸，竹笋从阴部贯穿进腹腔，雨后春笋生长速度奇快，尸体被顶到了半空中，惨不忍睹，对一个女性来说，这种死法极其残忍。

白景玉说："大泽县刑警大队牛队长勘察现场认为，凶手把死者反铐，嘴巴里塞上一团草，扛在肩上，将死者下阴对准竹笋的尖，重重抛下，导致受害人死亡。"

梁教授说："一种就地取材的作案方式，杀人手段惨无人道，凶手心理素质极强。"

包斩说："凶手和死者应该相识，知道死者患有妇科炎症，以这种方式来羞辱她。"

画龙说："什么妇科病这么严重，还要请假。"

白景玉说："病历上写的是阴道炎，灼热瘙痒，有腥臭味。"

梁教授看着案卷说："这一组人骨拼成的数字很诡异，判断出是坐标并不难，难的是数字并没有先后顺序，当地警方是怎么分辨出经纬度坐标系数值，这报告是谁写的？"

白景玉说："牛队长，他通过骷髅面向的方位，以及对比笛卡儿坐标、平面坐标加上地图比例尺测绘，认定该坐标指向看守所。"

苏眉说："大泽县牛队长，这个名字很熟悉呢，我想起来了，他差点成为咱们特案组成员！"

苏眉打开电脑，大家饶有兴趣地凑过来，电脑中的履历显示，牛队长叫牛宝山，一级警司，三十二次获市级以上表彰，荣获三等功以上荣誉五次，从警二十年，屡破奇案，其中不乏有轰动全国世界闻名的大案要案，战功赫赫，非同小可。梁教授挑选特案组成员时，苏眉曾经整理出各省优秀警察的资料，牛队长的名字排在第一位。

白景玉说："这个牛队长有点牛脾气，我倒是见过一次。"

特案组赶到大泽县之后，开始真正领教到牛队长的牛脾气。当时，牛队

长正在和县公安局长吵架，特案组四人很尴尬地站在旁边看着，两人吵得面红耳赤，不可开交。牛队长认为，他们无须向特案组请求协助，局长应该立即撤销申请，局长感到很没面子，大吼着说，我是局长，你是局长啊?

牛队长指着局长说："少拿官帽子压我，你县公安局长是正科级，我一级警司也是正科级。"

局长说："好好，我不和你争这个，人家特案组大老远的都来了，咱们好好商量。"

牛队长说："那我不管，我不和特案组合作，这是我的案子，我不需要任何人帮助。"

局长说："你知道你为啥升不了官吗，你看你这狗熊脾气，谁的面子都不给，是吧。"

场面很尴尬，梁教授咳了一声，欲言又止。牛队长将特案组四人当成空气，根本就无视他们的存在。县公安局长一脸赔笑，向特案组表示歉意。牛队长抱着胳膊，看着窗外说道：

"特案组，多了不起啊，肢体雪人案中，甚至还不如一个在校的小女生，几个废物。"

画龙也是火暴脾气，对此羞辱怎能忍受，禁不住怒火中烧，冲上去就要和牛队长理论，包斩将其拦住，画龙面红脖子粗，说道："哎，你这人怎么说话呢? 说谁是废物呢?"

县公安局长也上前好言相劝，他并不想得罪特案组，心里还希望特案组能协助侦破此案。因为此案案情重大，社会影响极其恶劣，如果不能破案，公安局长的仕途肯定也受影响。多年的组织工作和丰富经验发挥了作用，县公安局长急中生智，充分调动了特案组和牛队长的积极性。局长提议，牛队长成立重案组，和特案组分开侦破，两个组展开竞争一决高下。

牛队长说："竞争，没意思，咱们不如打赌。"

画龙说："怎么个赌法?"

牛队长说："我成立重案组，如果重案组先抓到凶手，就算重案组赢了。"

骷髅之花

梁教授说："要是特案组先侦破此案，抓获凶手，就算特案组赢了？"

画龙说："赢了又怎样，输了又怎么样？"

牛队长说："如果我先抓到凶手，你们就输了，你们特案组四人在县公安局门口，跪下向我磕三个头，喊三声老师，要是你们特案组赢了，我也跪下磕头喊老师，爽快点，敢不敢赌？"

县公安局长气呼呼地说："住口，身为警察，怎能把破案当成儿戏，太胡闹了。"

画龙说："看你牛的吧，真是大言不惭。"

苏眉也气愤地叉着腰说："磕头，你休想，我们不会和你打赌的。"

画龙冲动地说："梁叔，和他赌，我就不信，这家伙真是狂妄，我要看他磕头的丢人样子。"

梁教授说："我腿有疾患，并且已过花甲之年，不如将磕头改为鞠躬，如何？"

牛队长和梁教授击掌为誓，双方立下赌约，分组进行侦破，资源共享，最先抓获凶手的一组为赢家，输了的一方要在公安局门口向对方鞠躬喊三声老师。消息传开以后，该县所有警员群情激奋，都等着看这场好戏，甚至有的警员之间也私下里下注打赌，民警们对特案组和重案组的支持率，基本持平。

双方赌约在身，立即展开刑侦工作。

牛队长是个工作狂人，马不停蹄，一天之内走访群众三十多人。特案组不敢疏忽，力求将工作做得细致认真。双方办案风格各不相同，牛队长大刀阔斧，问询时连笔录都不做，特案组办案特点是深入调查，力图从细微处捕捉蛛丝马迹。

第一天工作结束，牛队长对看守所彭所长的社会背景进行了摸排，彭所长交往甚广，上至市委要员，下到出狱罪犯，朋友众多，关系复杂。清点个人财产时发现，彭所长有收受贿赂之嫌，她的生活作风也口碑不佳，有人举报声称彭所长与看守所在押人士有桃色传闻。

特案组对放置在公安单位门前的人骨进行了调查，这些人骨来自周边县

市的地下人骨工艺品市场，多由盗墓贼和文物贩子出售，包斩在县火葬场讯问得知，有的不法商贩甚至从火葬场收购人骨，大多销往地下文物市场。苏眉去了一趟电业局，停电当晚，电业局在县电视台发出了通告，县城居民都知道当晚停电的事，看来想要找到放置白骨的神秘人不太容易。

第二天，特案组和重案组都进驻看守所。

看守所在县城西郊，紧邻国道，旁边有一个大型犬类养殖场，还有一个苗圃基地。

养殖场负责人是一个台湾商人，专门养殖贩卖藏獒，当地人送他一个外号：狼青。

苗圃基地也是一个孤儿院，一个姓罗的老太太义务收养了六十五个孤儿，罗老太在当地德高望重，门前设立功德箱，几十年来，过往行人捐款捐物，除了接受捐款之外，罗老太主要是种植贩卖花卉苗木，作为孤儿院的经济来源。

看守所设所长一人，副所长二人，根据工作需要，配备看守、男女管教、医务、财会、炊事等工作人员若干人。大泽县正开展春季严打活动，看守所内人满为患，多名武警战士荷枪实弹，命案发生后，看守所进入一级戒备状态。

特案组和重案组在副所长陪同下参观了看守所，正值放风时间，看守所民警和在押人员的气氛非常融洽，几个少年犯人在玩躲猫猫，有的管教在给犯人喝开水，还放上了自己的茶叶，还有一名管教民警在给犯人理发。

苏眉说："看守所里的生活还不错啊。"

画龙说："看守所里就三件事，吃饭、睡觉、坐板。"

苏眉问道："什么是坐板？"

副所长说："我们这里没有发生过体罚关押人员的事，坐板就是让他们坐在板子上背监规。"

梁教授说："我需要近期释放的关押人士的名单。"

包斩说："彭所长被害，有可能是监押人员出狱后打击报复，目前还不能排除这种可能。"

牛队长嗤之以鼻："调查这个是死胡同，你们特案组慢慢查吧，我再去

案发现场看看。"

看守所附近有一片竹林，幽深僻静，罕有人迹。彭彩虹所长在这片竹林里遇害，发现尸体的是孤儿院的几个小孩子，上学前去竹林里挖竹笋，偶然发现了被竹子刺穿顶到空中的尸体。

牛队长率领重案组成员在这片竹林里有了新的发现，他们看到了一根怪异的竹笋。

竹笋根部周围地面有放射性裂缝，土隆起一个包，牛队长用铁锹挖去周围土层，赫然出现一个骷髅头，竹笋从骷髅的口部伸出，向上生长。

如果不是发现得及时，用不了几天，这根顶着骷髅头的竹笋就会破土而出！

◎第三十二章　狗叼人头

很显然，这片竹林里埋有尸体，竹根从尸骨中穿过，长成竹笋后将头骨顶出了地面。

头骨上泥迹斑斑，色泽暗淡，仅从外观上就能判断出在土里埋了很多年。

牛队长很兴奋，当即进行勘察、取样工作，他一边干活一边说，除重案组外，无关人员请离开现场。特案组在旁围观，也觉得无趣，牛队长并不让他们插手自己的工作，四个人气呼呼地离开。画龙骂骂咧咧地说："操，这叫什么事啊，咱们竟然成了多余的人。"

副所长提供了一份名单，上面是近一个月内看守所释放的拘留犯资料。看守所关押的罪犯或嫌疑人入所后都会拍摄半身免冠一寸照片，照片连同底片归入档案。根据资料和照片，特案组展开了摸排工作，重点排查帅气俊朗的年轻人。

特案组分析认为，彭彩虹所长生活作风不检点，多有桃色传闻，有可能是被出狱人士报复杀害。名单中有两人嫌疑最大，一个叫艾芒，另一个外号贺蛋。两人都住在县城西关，距离县城西郊的看守所不远。艾芒平时爱练健美，肌肉发达，长相英俊，曾获得市健美先生称号，因涉嫌袭警被治安拘留十五天。贺蛋是县城里的一个小混混，长得眉清目秀，很像明星林志颖，因寻衅滋事进了看守所，本应关押半月，却提前三天释放。社会上多有传言，说这两个人曾与彭所长有染，贺蛋还认了彭所长为干娘。

一个巡警开车带着画龙和包斩找到了艾芒的家，艾芒的爸爸声称艾芒这两天去了省城的一家健身房，去做教练，女朋友也在找他，两人以前关系挺好，但现在正闹分手。

画龙和包斩只好暂时放弃艾芒，去调查贺蛋。巡警说贺蛋是县城里有名的小混混，常自称黑道人士，最近县里严打，贺蛋肯定不敢回家，巡警带着画龙和包斩在溜冰场、歌厅和网吧找了一圈，最后在一家台球室里找到了贺蛋。

贺蛋正和几个小痞子打台球，看到几个人向他走过来，意识到情况不妙，他扔下球杆，撒腿就跑，其他小痞子也一窝蜂似的跑了出去。

贺蛋跑得很快，画龙追过一条街，将他拽着头发按在地上，戴上手铐，押回台球室。

走到台球室门口，画龙把贺蛋推上警车。这时，一辆车向画龙疾驶而来，画龙来不及躲闪，他加速跑了几步，踩住车头，一个漂亮的侧空翻，车正好从他身体下方驶过，然后稳稳地落在地上。

车里出来一些人，都拿着砍刀和球棒，还有刚才在台球室打球的小痞子也在后面跑了过来。一群人气势汹汹，要求把贺蛋放了，画龙掏出枪，让他们退后，那帮人却无动于衷，围着警车不让离开。画龙说："好吧，看来要给你们点颜色看看。"

画龙将枪递给包斩，巡警很紧张，正在车里紧急呼救。

骷髅之花

画龙垫步腾空一记侧踹，踢飞一个小痞子，捡起地上的钢管，然后，侧身一棒，打掉对方手中的一把砍刀，紧接着踩住那人的脚，膝击小腹，那人痛得闷哼一声，弯下腰来，画龙顺势将其甩出去，那人一头撞倒另一个痞子。

这几招手法迅速，眼花缭乱，几乎是一眨眼的工夫，三个小混混倒在地上。

画龙扔掉钢管说："滚，按照黑道上的规矩，我已经手下留情了，要不你们非死即残。"

这群痞子眼神中露出畏缩退让的意思，包斩拉响警笛，一群人惊慌起来，鸟兽散去。

画龙、包斩、巡警带着贺蛋正欲离开，一个老大爷气喘吁吁跑过来报警称，刚才街上出现了一只狼狗，还叼着个人头，两个联防队员带领群众把狗堵在了一个死胡同里。画龙认为这和他们无关，包斩却想去看看，巡警也很好奇，于是大家开车前往。

胡同里挤满了人，很多群众都是从街上一路跟随而来，最前面的几个人拿着竹竿、砖块、铁衣架等武器，还有个汉子拿着渔网。县城里的群众围追堵截，将狗堵在了胡同尽头。外围的群众议论纷纷，说狗叼着一颗血淋淋的人头。包斩挤到前面，看到角落里有一只受惊的狼狗，狗嘴里叼的并不是血淋淋的人头，而是一个人的头骨。

联防队员和大胆的群众步步逼近，有人用石头砸，那狗放下嘴里的头骨，龇牙咧嘴，发出威胁的声音，众人纷纷退后，继而又上前，准备将狗乱棒打死，那狗却猛地蹿上墙头跑了。

包斩将头骨带回公安局，鉴定结果显示该头骨为出土头骨，死亡时间不低于五十年。应在某处埋着，被狗用爪子扒了出来。头骨上的土样分析检验竟然和看守所附近竹林里的土质一样，这说明该头骨很可能就埋在竹林里。

梁教授和苏眉对贺蛋进行了审问。

梁教授："抓你的时候，你跑什么啊？"

贺蛋："抓我，我还不跑啊？"

梁教授："我们只是想问你一些事情，问完了，要是没你的事，就放你回去。"

贺蛋："我什么都不知道，问也白问。"

梁教授："你有个干娘，对不对，看守所彭所长，被人杀了，我想，你也听说了。"

贺蛋："我不知道，没听说。"

梁教授告诉贺蛋，此案重大，如果想洗刷嫌疑，就要好好配合警方，否则，自己不能排除杀人嫌疑，警方肯定会深入调查。梁教授将利害关系讲了之后，贺蛋意识到自己以往犯的都是打架斗殴之类的小案子，如今和杀人扯到一起，自己处境不妙。他向警方坦诚了自己的一些劣迹，对于彭所长和他的关系也如实交代，按照他的说法，彭所长是个又骚又浪的老娘们，认她做干娘，只是想提前几天离开看守所。

贺蛋曾因寻衅滋事关进看守所，治安拘留十五天，这期间，彭所长以检查身体为由，在所长办公室里，她多次和这个英俊的年轻人发生性关系，后来提前将其释放。

贺蛋没有作案时间，案发的那两天，他和朋友一起在乡下讨债，这个说法也得到了证实。

此条线索中断了……

有个群众向公安局反映了一条令人震惊的消息，那名群众是一个老猎人，他声称，叼着人头的那条狗，根本就不是狗，而是一只狼！

县城里有一只狼，这事非同小可，县公安局长亲自带人在城区进行大规模搜捕，然而没有找到，很可能已经逃到了乡下。

这条消息也引起了特案组的重视，梁教授认为，如果真的是狼，有可能是从看守所附近的犬类养殖场跑出来的。画龙和包斩在检疫部门和卫生部门的陪同下，对养殖场进行了检查，没有发现任何异常。养殖场主人是一个台湾

骷髅之花

人，外号狼青，五十多岁，戴一副眼镜，看上去文质彬彬，但他胳膊上刺有文身，言谈举止也沾染有黑道江湖气息。

狼青自称嗜狗如命，他如数家珍似的向检查人员介绍了养殖场中狗的种类，除了藏獒之外，养殖场还有牧羊犬、高加索犬、惠比特犬等世界名犬。养殖场的卫生状况良好，检查合格。

画龙和包斩对看守所附近的那个孤儿院也进行了走访。孤儿院就是一个大院子，院中有棵高大的老槐树，上面一个老鸹窝，除了宿舍之外，还有几间塑料大棚，简陋的温室花房里种植着各种花卉苗木。

几十年来，罗老太收养过几百名孤儿，电视台和报纸多有报道。现在孤儿院里有六十五名孤儿，不过年龄大点的孩子都在市里的寄宿学校，只剩下十几个小孩子留在孤儿院。

养殖场和孤儿院都没有获得任何有价值的信息，特案组对此案毫无头绪，不知道下一步应该从何处调查。

牛队长却接连有重大线索发现，他调来了挖掘机，请求武警协助将整片竹林戒严，禁止任何人进入。他亲自操作挖掘机，铲平竹子，在那片竹林里又陆续挖出一些骨骸，有的骨骸甚至就在看守所的围墙附近。

牛队长通宵达旦地鉴定骨骼，检测土样，一连工作了两天两夜。

第三天上午，县公安局长慌里慌张地告诉特案组一条难以置信的消息：牛队长死了！

梁教授感到很惊讶地说道："啊，不会吧，他怎么死的，累死的？"

县公安局长的眼睛红了，他抹把眼泪说："被人杀死的，枪杀，凶手用他的枪把他打死了。"

画龙问道："死在哪里？"

县公安局长说："距离城南码头三公里的河滩上。"

包斩说："奇怪，他一直在工作啊，怎么会跑到河边去？"

县公安局长说："他平时都穿警服，死的时候却穿着一身运动服，戴着帽子和墨镜！"

◎第三十三章 食人狗圈

一个早晨钓鱼的人发现了牛队长的尸体，特案组赶往现场的时候，河边的血迹未干，这说明遇害时间不长。特案组立即勘察现场，包斩发现了一些可疑的运动鞋鞋印，这些鞋印号码一样，纹路一样，经过比对，其中一些是牛队长的鞋印，另外是凶手留下的鞋印，奇怪的是凶手和牛队长穿的是同样的鞋。

牛队长是一枪毙命，后脑壳被打出了一个洞。

画龙穿上潜水服，没能在河底找到弹头和弹壳，警方初步判断凶手只开了一枪，如果是这样的话，凶手的枪法应该很准，或者是近距离开枪。

牛队长死时穿了一身崭新的运动服，系知名体育品牌，胸前印有"奇迹健身"字样，梁教授用放大镜仔细检查，在衣服上发现了几根动物毛发，经检验证实为狗毛。

特案组召开案情紧急发布会，因为凶手身份不明，无法排除是否为警方内部人士，所以此会议秘密举行，除了大泽县公安局长外，到会的还有市局的几个专家。

梁教授说："牛队长和凶手应是熟人，至少他们认识。"

包斩说："牛队长脱下警服，换上新衣，还戴着帽子和墨镜，只有一个原因，不想被人认出。他去见凶手的原因，目前还无法查明。"

画龙说："可能是牛队长发现了什么线索，秘密约见某人，被其杀害。"

苏眉说："女性的直觉，我认为，还有一种可能是牛队长想逃跑，逃跑必然要伪装。"

梁教授在案情发布会上部署了工作。牛队长遇害之前，一直在看守所竹林里挖掘尸骸，现在，那片竹林已经成为新的现场，特案组要重新进行勘察。

骷髅之花

牛队长的同事以及竹林周围负责戒严的武警，由大泽县公安局长对他们进行重点摸排讯问。案情保密，特案组的任何工作都不对外界泄露。牛队长足智多谋，是一名经验丰富的老刑警，这么轻松容易地被人杀死，凶手很可能就隐藏在他的身边。

梁教授认为，彭所长和牛队长被害有直接关系，应该并案侦查。

牛队长死时穿着一身运动服，印有"奇迹健身"字样，这使得特案组对那个喜欢健身的艾芒再次产生怀疑。此人有袭警意识，根据看守所档案资料记载，他因健身器材被扣，在派出所内将治安民警打伤，后被警方拘捕，拘捕艾芒的正是刑警大队牛队长。拘留十五天释放之后，艾芒对看守所彭所长以及牛队长怀恨在心，多次扬言要报复，后来离开大泽县去了省城。

牛队长死在码头附近，当天早晨，码头的客船就是驶往省城。

通过电信部门的配合，苏眉对艾芒使用的手机进行了远程定位，艾芒在省城的一家健身房。梁教授让画龙和包斩立即动身，去省城对艾芒进行调查，要核实此人是否有作案时间，以及案发前后的行踪。

梁教授和苏眉带领市局专家重新对看守所竹林进行勘察，竹林已经被挖掘得面目全非，竹子全部被铲除，地面之下十米的土方被挖出，现场共有几十具尸骸，触目惊心。挖掘出的土堆旁边竟然还有一个大筛子。公安局长讯问了和牛队长一起工作的同事，据同事所说，重案组成员对挖掘出的尸骸进行了拼装，牛队长主要负责对土方的检查，那筛子就是用来过滤土方的。土中发现了不少生锈的弹壳和弹头，经过检验，应该是解放之前的子弹。

竹林发掘出的几十具尸骸，其中不少尸骸的颅骨都有中弹产生的窟窿。

梁教授用手抓起一把泥土，点点头说："牛队长到底想找什么呢？"

苏眉纳闷地说："牛队长对解放前的子弹，还有死了几十年的尸骸这么感兴趣？"

梁教授和苏眉走访了附近的村民，几个老年人讲，解放之前，大泽县看守所的前身是国民党的一个监狱，那片竹林里常常会枪毙人犯。梁教授查阅了

县志以及历史资料，因年代久远，所能找到的记载并不多。

苏眉说："几十年前的案子，咱们有侦破的必要吗，估计杀人者现在大多老死了吧，不死也成老头子了，还都跑到了台湾那边，跨海去抓吗？"

梁教授说："台湾……那个狼青不就是台湾人吗？而且，牛队长的衣服上还发现了狗毛。"

画龙和包斩曾经对狼青的养殖场进行过检查，没有发现什么异常情况。为了不打草惊蛇，梁教授和苏眉决定假扮成买狗的顾客，再去养殖场查看一下，出于安全的考虑，又叫上了市局的一个中年侦查员，冒充梁教授的儿子。

三个人去的时候，已是黄昏时分，夕阳西下，晚霞满天。

侦查员敲开了养殖场的大铁门，前些天，养殖场还有很多狗，敲门时能听到震耳欲聋的犬吠声，现在竟然很安静。

狼青将门打开一条缝，讯问来意，他面前有三个人，一个坐轮椅的老头，一位时尚女性，还有一个酷似老板的中年人。中年侦查员告诉狼青，他常年在外做生意，只有老婆和父亲在家里，出于安全原因，想买两只狗看家。

侦查员说："钱呢，不是问题，你这里有好狗吗，要凶一点的。"

狼青笑着说："你们来得正好，我这两天打算回台湾呢，就剩下一只藏獒了，其他的狗都处理卖掉了。"

这个犬类养殖场非常大，占地十亩，建有狗舍数十间，单是养殖区就有种犬区、母犬孕产区、幼犬养育区，都是砖瓦水泥结构，地面为沙质黏土。狗舍的门与室外运动场相连，有的狗舍里还放置着训狗的跑步机。老板狼青住在后面，他的住处旁边还有兽医室，储藏室，以及专门给狗做饭的厨房。为了防止狗跳过围墙，养殖场的围墙建造得非常高，外人也很难窥视其内。

接待室的墙上挂着藏獒摄影照片，柜子里还有藏獒展览会的奖杯，老板狼青津津乐道的是斗狗比赛的获奖经历。他说："我养的狗，打败过高加索犬，斗牛，还有比特，上个月刚赢了美国特种军犬。"

侦查员咂舌道："这么牛啊。"

骷髅之花

狼青不以为然地说道："世界上最厉害的狗在哪里？就在这里。"

梁教授说："那你是狗王喽？"

狼青说："狗王不敢当，我是一名国际职业斗狗玩家。"

狼青从隔壁的办公室拿出一张照片，照片上，一只狗躺在地上，头部已经被咬得血淋淋的，惨不忍睹，狗的主人是个美国人，垂头丧气；另一只狗，正耀武扬威地站在旁边，他的主人正是狼青，照片的背景是一排密密麻麻的围观者。

梁教授接过照片，认出其中一名围观者竟是牛队长，他不动声色地说："我们去看看狗吧！"

走出接待室的时候，梁教授向苏眉使了个眼色，瞟了一眼旁边的办公室，苏眉会意，借口上卫生间，等到狼青、梁教授、侦查员三人进入饲养区，苏眉悄悄地溜进了办公室。

办公室的抽屉打开着，钥匙还挂在上面，苏眉拿起抽屉里的一堆照片逐一翻看，前面是斗狗比赛的照片，血腥而残忍，后面竟然出现了一个流浪女人，衣衫破烂，表情惊恐万状，她站在一个狗圈里，孤单而无助，从背景上可以看出正是狼青的养殖场。

照片是连续拍摄而成，像幻灯片一样在苏眉眼中一张张闪过，最初是一只狼狗追着那流浪女人跑，接下来几张照片，狼狗追上了女人，狗将女人扑倒在地，最后，狼狗开始撕咬，那可怜的女人肚皮破裂，肠子流出，白森森的肋骨在闪光灯下显得极其恐怖，最后几张照片是不同时间拍摄的，可以看到狼狗啃噬断臂，将骨头埋在土中，以及舔着人头的情景……这些照片完整地记录了狼狗吃人的整个过程！

苏眉参加特案组以来，尽管经历过一些恐怖的事情，但这种血淋淋的吃人画面还是把她吓得手足失措。

苏眉慌乱地将照片放回抽屉，一不小心碰倒了桌上的暖水壶，爆炸的声音过后，她的脑子一片空白……她听到外面传来一声枪响，她看到狼青恶狠狠

地跑了进来。

窗外，晚风扬起地上的灰尘，房间里光线有点暗了，狼青举起枪，向苏眉扣动了扳机，砰的一声，苏眉踉跄着倒下，狼青再次开枪，枪里却已经没有了子弹。

那天晚上，侦查员被杀害，狼青将苏眉和梁教授锁进了狗舍，并将一只藏獒拴在了门外，然后他以最快的速度收拾好行李，开着侦查员的车仓皇而逃。

逃窜之前，狼青搜走了梁教授、苏眉、侦查员三人身上的手机和其他物品，梁教授的轮椅也被扔在了狗舍外面。

狗舍是一个封闭的空间，房间没有窗户，狗舍里除了一个碗和一双筷子之外空无一物。

苏眉肩部中弹，已是半昏迷状态，躺在地上一动不动。

梁教授经历了这场变故，努力让自己冷静下来，他撕衣服为苏眉做了简单的止血和包扎。

苏眉用一种断断续续的语气说："梁叔，我会死吗，画龙哥哥和小包会来救我们吗？"

梁教授安慰她说："放心吧，丫头，你要挺住，没事的，我们会从这里逃出去的。"

画龙和包斩在省城调查艾芒，出于保密的原因，梁教授没有告诉警方自己暗访养殖场的行动，所以没有人会来救他们，梁教授只能自救。然而，苏眉中弹，失血过多，生命垂危，他们的时间并不多，如果今天晚上不能从狗舍里逃出去，苏眉肯定会死……

警校侦查学专业考卷上有一道题，这道题就是根据特案组的经历改编而成。

　　如果你被困在一个封闭的狗舍里，狗舍高三米，没有窗户，地面为沙质泥地，墙体结构为砖和水泥，房顶为瓦房，有铁质三脚架支撑，屋顶由芦苇草甸、黄泥、瓦构成。门是实木门，已从外面锁上，门外的把手上还拴着一只饥饿的藏獒，你只有两种工具可以逃生，碗和一双筷子，并且只有十二小时的逃生时间，请具体说出你的逃生步骤！

◎第三十四章　暗室逃生

　　狼青开枪打死侦查员之后，一心只想逃跑，苏眉中弹，梁教授只是一个坐着轮椅的老头，这两个人对狼青构不成任何威胁，所以他节约时间，收拾财物，将苏眉和梁教授关进狗舍后，驾车仓皇逃窜。

　　养殖场地处偏僻，虽然和看守所以及孤儿院相距不远，但大声呼救也肯定无人听到。

　　天渐渐地黑了，狗舍里一片安静，苏眉是昏迷状态，躺在地上一动不动，生命垂危，如果不能尽快将她送到医院，后果不堪设想。

　　梁教授开始仔细打量这间狗舍，这是一间用来给狗接生的房子，地上的碗盛过消毒液，梁教授用筷子敲了敲碗，拴在门外的狗躁动起来，汪汪叫着，乱蹦乱跳。

　　从这间房子里逃出去，只有四种方向：屋顶、墙、门、地下。

　　能使用的工具只有一个碗和一双筷子！

　　梁教授首先排除了挖墙逃生的可能，墙体结构为砖与水泥，只用碗和筷子很难挖出一个洞。一旦将碗打碎，将筷子折断，其他逃生路径也会因为工具的失去而希望破灭。

　　墙下有地基，用碗和筷子从地基之下挖掘出一个通道的可能性很小。

　　现在只剩下两个逃生方向——屋顶和门。

　　屋顶距离地面高约三米，梁教授的轮椅被狼青扔在了门外，他只能用双臂支撑地面，一点点地在房间里移动，这个下肢瘫痪的老人应该怎样上到房顶，即使上到屋顶，又该怎样下来？

　　他首先想到的是脱下衣服，撕成布条做绳子。这样也就多了一种逃生工具。在逃生时，绳子是必不可少的东西！

　　然而，等到绳子做好以后，一个新的问题产生了，怎样把绳子挂到三脚架做的房梁上呢？

　　梁教授看着地上的碗和筷子，心里想着，如果将筷子呈十字形放在碗上，捆扎牢固，可以系在绳子上当倒钩，这样也就可以把绳子挂到房梁上了。

　　但是一个残酷的问题摆在了他的面前：这个白发老人根本就没有力量靠双臂攀缘上去！

　　他拿起筷子仔细研究，筷子是竹质的，看上去很结实。

　　他又想到了一个新的办法：将绳子抛向三脚架的边沿，最靠近屋顶芦苇草甸的位置，然后用筷子在木门上钻木取火，点燃绳子，绳子引燃屋顶的芦苇，火灾发生，有可能会使别人前来相救。但是这样做非常危险，如同自焚，屋顶燃烧起来肯定火势凶猛，浓烟滚滚，房子里的两个人即使没被烤焦也肯定会被浓烟呛死。

　　梁教授开始端详那扇门，门外把手上拴着一只吃过人的狼狗，想要从门里逃出去，必须解决掉狗的问题。如果钻木取火，用绳子将门引燃，能不能把狗烧死呢？

　　门是一道屏障，将人与狗相隔，如果狗没死，门烧没了，那么下场很可能就是被狗吃掉！

　　被火烧死和被狗吃掉，哪一种情况更好呢？

　　梁教授开始焦急起来，他知道，如果不能逃出去，苏眉肯定会死。一个人饿急了连人肉都可以吃下去的。他想起美国发生的一个真实案子，一家人去度假，遇到大雪封山，最后只有父亲活了下来——他吃掉了他的老婆和女儿！

　　梁教授用筷子敲了敲碗，门外饥饿的大狗开始用爪子抓门，发出一阵阵令人恐惧的声音。

骷髅之花

梁教授努力让自己静下心来，他想了三个问题。

一、如果没有狗，应该怎么逃出去？

二、应该怎么杀死狗？

三、是否能够利用狗的力量？

他冥思苦想，很显然，门是最安全的逃生方向，只需要杀死狗，再考虑破门而出的问题。

然而，一个老头杀死一只身强体壮的狼狗，谈何容易，更何况，那狗还隔着一道门。

梁教授突然想到，能不能吸引狗进来呢？

这个想法犹如一道闪电照亮了黑暗，给他指引了方向，经过深思熟虑，梁教授想好了逃生的办法。

他拿出破釜沉舟的勇气将碗摔碎，用碎片把筷子削尖。梁教授简单地测量了一下，在门后的地上画了一个圈，苏眉躺在墙边依旧不醒，梁教授为了逃生也顾不得尴尬了，他在那个圈里拉了一坨屎，然后将绳索绾成一个活结绳套，放在大便周围。

他逃生使用的是四种工具：碗，筷子，大便，绳子。

碗的碎片和削尖的筷子可以作为武器，大便用来吸引狗，如果没有大便的话，就只能割下自己身上的肉作为诱饵了，绳子用来套住狗头，这是将狗杀死的必要步骤。

梁教授不停地敲碗，狗变得狂躁不安，它灵敏的鼻子已经闻到了大便的味道，开始用爪子在门下扒土，门下是沙质泥地。狼青为了避免这个房间进水，曾经垫高了屋厢，所以门的底部距离地基还有一段距离，这段距离足以让一条狗挖洞钻进来。狗不仅有吃屎的天性，还有挖洞的本能。饥饿的狗为了吃到大便拼命地用爪子挖土，终于，它在门下挖了一个通道，将头探了进来，狗链的长度有限，狗始终够不着面前的大便，它努力地将头伸出洞外，却被梁教授用绳索一下勒住了脖子。

狗使劲挣扎，试图从洞里缩回去，梁教授迅速地将绳子拉紧，拴在门内

的把手上。

接下来，梁教授用削尖的筷子和锋利的碎片将狗杀死，整个过程惊心动魄，除了狗的哀嚎声，梁教授也在恶狠狠地自言自语：我年轻的时候，外号叫猎人，这是个文绉绉的词，我更喜欢警局同事称呼我为屠夫……再给你咽喉上来一下……还没死，气管割破了吧……想让我投降，做梦吧……你还敢抓我，我要把你扎成筛子，我要把你的衣服脱下来……去死吧！

终于，梁教授累得筋疲力尽，那狗一动不动，死掉了。他弄掉链子和绳索，把死狗从洞里拖出来，然后，他努力地拽着苏眉从洞里爬到门外，外面，星光璀璨，一弯月牙挂在空中。

那天夜里，孤儿院的罗老太听到门前有人敲门，她起床看到一个满身是血的老人。老人几乎没穿什么衣服，胸部有几道深深的抓痕，他坐在轮椅上，怀里还有个奄奄一息的女人，轮椅本来不大，很难承载两个人，老人应该是一点一点艰难无比地移动到孤儿院门前，他已经累得说不出话来，过了许久，才喘着气费劲地说出两个字："医院……"

罗老太的孤儿院没有电话，她立即叫了几个孩子，大家用一辆人力三轮将两个人送往医院。罗老太并不清楚两人身份，她帮忙办理了住院手续，交押金的时候发生了一点问题——她带的钱不够。

罗老太拿出了一根金条，她对医院收费人员说："先救人要紧吧。"

医院收费人员说："我们只收现金，你这金条一看就是假的，上面还有泥呢。"

罗老太说："我保证，这金条是真的，我是孤儿院的罗老太，这金条是我在大棚里挖到的。"

医院收费人员说："啊，您就是罗奶奶啊，我听说过，您可是个大好人，先住院吧。"

苏眉醒来的时候发现画龙和包斩正坐在旁边，梁教授也躺在旁边的病床

上，窗外阳光明媚。三个人看她醒来了，都冲她一笑，苏眉说道："我怎么在这里……哦，想起来了……说真的，我从来没有像现在这样感到你们三个人是这么重要。"

包斩说："眉姐，你好好养伤吧，案子有我们呢。"

画龙说："艾芒已被我们在省城逮捕，他认为自己被彭所长传染了艾滋病，此人有杀人嫌疑，正在接受审讯。"

梁教授说："牛队长在竹林里找的既不是尸骸，也不是什么破案线索，他找的是金条。那些金条很可能是国民党逃到台湾之前埋在看守所附近的，狼青杀害了牛队长，又用同一把枪杀死了侦查员，小眉这丫头命大啊，被打中肩膀，狼青目前被通缉。"

包斩说："那个罗老太，很奇怪，她的金条是从哪弄来的呢？"

梁教授说："小包，埋在地下的金子会跑，你知道吗？"

画龙说："金子还能长腿？"

梁教授呵呵一笑说："是的，我相信好人有好报，那些金条本来是埋在看守所附近的，五十年后，金子却跑到了罗老太的花圃里，过几天，我们一起去拜访她吧，她会告诉我们真相。"

◎第三十五章　回忆之母

几天后，画龙和包斩买了礼物，开车带上梁教授一起去孤儿院。车行驶到孤儿院门前时却没有停下，画龙告诉梁教授，他们在从省城回到大泽县的时候，发现路边每隔一段距离就有一个牌子，上面写的字很值得一看。

车驶出很远，重新拐弯掉头进入大泽县境内，横幅上写的是"欢迎来到竹器之都大泽县"。向前一直行驶，每隔几百米就有一个铁质横幅，上面写着一些既不是广告也不是标语的文字：

　　过往司机请注意，前方有一个民办孤儿院！——大泽县交警大队宣
　　院长是一个孤寡老人，至今已收养三百五十名个孤儿。——大泽县民政局宣
　　孤儿院中有一百零九位孤儿考上了大学，六名研究生。——大泽县教育局宣
　　如果您想捐款捐物，或购买孤儿院种植的花卉，请在此下车。——大泽
县县委县政府宣

　　梁教授、画龙、包斩三人下车。这是公路边一座毫不起眼的院落，铁门
上方有一道弧形牌子，上书"阳光福利院"，占地面积五亩左右。门前设有一
个铁皮功德箱，旁边挂着铃铛和锤子。几十年来，这个功德箱在雨中被淋刷，
在风中被锈蚀，包括旁边的铃铛和锤子，已经是锈迹斑斑，尽管如此，但依然
在闪闪发光——我们知道，有些光是肉眼看不到的，而是要用心去看。
　　这个世界上比金子更珍贵的东西是什么？
　　这个世界上比金子更闪耀的东西是什么？

　　孤儿院中有一株老槐树，阳光洒满院落，槐树枝繁叶茂，有风吹过，千
古绝唱！

　　罗老太搬出几个小马扎放在树下，她对梁教授三人讲起自己的经历。罗
老太已是风烛残年，她幼年丧母，少年丧父，从未上过学，嫁到大泽县不久，
丈夫在山上采石不幸被炸死，那是1978年，她以捡破烂种田为生，也是从那时
开始，她靠着微薄的收入收养了六名被遗弃的孤儿。从此以后，这个苦命的女
人含辛茹苦又收养孤儿多名，很多孤儿都是在医院附近的垃圾箱里捡到的，报
纸电视台将其感人事迹报道之后，社会纷纷捐款捐物，阳光福利院也是从那时
设立。后来，罗老太先后卖过冰棍，开过豆腐坊，还创建过一个手工作坊式的
手套厂。然而，这个善良的老人并不擅长做生意，随着收养的孤儿越来越多，
她的经济压力也就越来越大，生活过得无比艰难。
　　有一天，一个司机载着位官员来到孤儿院，他用锤子敲响铃铛，却没有
捐助任何财物。

骷髅之花

罗老太对这个恶作剧的司机表示愤怒，她说："走开，我有几百个孩子呢，没空答理你。"

那位官员下车后说道："我不捐款也不捐物，不过，我有一句话，可是价值千金。"

罗老太挥着手说："没空，没空听。"

司机劝道："大妈，就耽误您五分钟时间，这个点子绝对比捐钱捐东西都值。"

那位官员声称罗老太有五亩地，种植农作物的收入很微薄，如果能种植花卉植物出售，又占据公路边的地理优势，过往司机会争相购买，肯定财源滚滚，孤儿院也能摆脱窘境。罗老太觉得有些道理，但她表示自己不擅长做生意，也不知道价格。

官员说："为什么非要标价呢，人的良心自有尺度，您种了花，摆到路边，不必标价，顾客想给您多少钱，你就接多少钱，放心，没有人会少给您的。"

罗老太说："你是谁？"

司机介绍道："这是我们大泽县刚刚上任的新县委书记！"

这个县委书记为罗老太做了两件事。一、他派了几名技术员去培训花卉苗木种植技术，将孤儿院改建为苗木花卉基地；二、他在大泽县公路边立起了一些铁架横幅，还特意要求上面的字不要写得太官方化，要以口语表达。

长途旅行的人如果善于观察，会看到一些不同寻常的东西。例如某县用油漆绿化荒山，某市在公路边建造了很多美观漂亮的墙，这些墙看上去很像别墅的一部分，然后墙的后面是破烂不堪的农村房屋。

有些信息可以让我们长时间思考，直到我们问出为什么。

梁教授对罗老太说："你比我年龄大，我称呼您一声大姐吧，这次来，我们也不是警察身份，就是特地来看望您，有件事想了解下，金条是怎么挖到的？罗大姐，放心，你说的话不会写进任何警方的报告，咱们就是闲

聊几句。"

罗老太说："这事可玄乎了，我在大棚里种花，挖地挖到了一堆金条，还有人骨头。"

梁教授点点头说："罗大姐今年得有七十多了吧，还能记得解放前，这个地方枪毙过人吗？"

罗老太说："我再有三个月就八十岁了，听我家过世的公公说，解放前，那会打仗，造孽哟，可没少死人，国军共军来回打，最后一次，枪毙了很多人，就在屋片竹林里，国军让监狱里的犯人挖了个深坑，后来把那些犯人打死埋了，他们跑，正好遇到共军，打得可真狠哪，一天一夜，国军都死了，也被埋在了那坑里，这里是个千人坑啊！"

特案组回去之后，包斩说："我推理分析认为，他们命令犯人挖坑，埋下搜刮来的金条，然后将犯人枪毙，打算日后寻找，没想到一场遭遇战，被全歼了，知道此地埋下金条的人本就不多，也许只剩下了一个，那人逃到台湾，几十年后，他的儿子，也就是狼青，前来大陆寻宝，故意建造了这家犬类养殖场。"

画龙说："狼青和牛队长应该是好朋友，从照片上就可以看得出他们的关系很亲密。"

三个月后，被警方通缉的狼青在一条偷渡船上被边防民警偶然抓获。很多大案要案的凶犯都是因为偶然的因素而落网，例如抢劫杀人犯魏镇海越狱后，因在过年放鞭炮时胡乱试枪被群众报警，而将其捕获；还有连环杀童案案犯宫润伯，因贪财，竟然让知道他杀人真相并且搂着睡了一夜的男孩回家拿钱，男孩舅舅报案后，警方将其擒获。

大泽县呈送给特案组的三级密级案卷记录了此案的全过程。

彭所长为艾芒所杀。艾芒在看守所关押期间，彭所长对这个英俊帅气肌肉健美的年轻人垂涎三尺，她把他叫到办公室，声称要检查身上是否有违禁物

品，搜身时，她开始百般挑逗，要求媾和。艾芒当场拒绝，彭所长却淫笑着握住了他的下身，威胁着说道："小弟弟，你要是从了阿姨，绝不会亏待你，要是不听话，就说你逃跑越狱，开枪打死你也是白打……小弟弟，听话，乖，阿姨要受不了了啊，快点，把你的火车放进来……"

艾芒被彭所长传染上了性病，从看守所释放之后，他去了县里的一家私人诊所，庸医告诉他，很可能是艾滋病初期感染症状，这使得艾芒提心吊胆又去了省城检查，省城医院告知，潜伏期症状并不明显，需要观察一段时间才能证实是否患上艾滋。在观察期间，对艾滋的恐惧再加上对彭所长的仇恨，艾芒悄悄地把彭所长约到看守所的竹林里，残忍地将其杀害。

在此之前的几天，大泽县四家公安机关单位门前的白骨都是牛队长放置的，白骨组成的神秘数字坐标指向看守所，也是牛队长破译的。

牛队长生性好赌，狼青正好利用了这一点，故意与其结识。狼青多次带牛队长去外地参加斗狗比赛，斗狗也是赌博的一种方式，下注者多为富商大款，赌注金额可高达百万。牛队长最初赢了不少钱，这是因为狼青选择了作弊，他用一只狼来冒充狗，自然无往不胜，即使是其他赌博用的狗，狼青捉来街上的流浪女锻炼狗的攻击性，所以他能做到想赢就赢。

后来，牛队长深陷赌博深渊，狼青故意输掉比赛，又教唆输得倾家荡产的牛队长挪用公款继续参与斗狗赌博。牛队长越陷越深，眼看着挪用公款就要东窗事发，狼青以救命恩人的形象告诉了他一个消息：看守所围墙附近埋有大量金条和金砖。

狼青信誓旦旦地说是自己的父亲告诉他的，消息绝对准确，挖出金条后，两人均分。

牛队长急需巨资填补自己秘密挪用的公款，所以他精心布置了人骨坐标，坐标指向看守所，这样才能使身为刑警的他去看守所实地勘察。看守所附近是警戒区域，一定区域内禁止建造任何建筑，想要进行大规模挖掘，必须需要一个上级能够通过的合理理由。放置人骨坐标之后，彭所长在附近的竹林里被艾芒杀害，这样更使得牛队长有理由假借破案发掘现场。

县公安局长请求特案组协助，牛队长雷霆大怒，特案组很可能会破坏他的秘密行动，知晓他的真正目的，所以他坚决反对，公安局长提出分组破案，正合他的心意，他和特案组打赌一事，他的嗜赌成性也可见一斑。

牛队长在竹林内挖掘了两天两夜，他支开同事，自己捡取金条，然后连夜去了狼青的养殖场，他换上新衣，戴上墨镜和帽子，打算坐船去省城金店将金条兑换成现金。狼青送他去码头，在河边时，狼青说了一句让牛队长感激涕零的话：

"这些金条，并不多，比我想象的要少，都归你了，你换成钱，尽快把挪用的公款悄悄补上，以后再也别赌了。"

牛队长感激地说："我这辈子，就你一个好朋友，好大哥，我回来和你拜把子。"

牛队长虽然是刑侦警察，但是对狼青心怀感激，当成了救命恩人，在毫不提防的情况下，再加上当时天未亮，狼青突然拔出了牛队长别在腰里的枪，迅速上膛打开保险，将其杀害，夺下金条。

此后，狼青尽快处理出售了养殖场的狗，打算逃回台湾，临行的前一天，特案组梁教授、苏眉以及市局侦查员秘密前往养殖场调查。苏眉打碎了办公室暖水壶，狼青意识到这三个人是警察，所以他果断地开枪杀死侦查员，将中弹没死的苏眉和手无缚鸡之力的梁教授锁进了狗舍，然后，惊慌而逃。

特案组请教了一位专家，专家声称地下的金子确实可以移动。

金具有游离性和延伸性，一克金可以拉成长达四千米的金丝，金的密度非常大，虽然只有麻将牌大小的一块金砖，但也非常重。由于金的密度大，于是，埋在地下的金砖就会下沉和移动，半个多世纪以来，金子在地下受化学物理等地质环境和地壳运动等诸多因素的影响，当年埋下的金砖和金条移动了位置，移动到了罗老太的花圃之中。

包斩说："专家说的，我不太懂，我更认为，善有善报。"

梁教授说："有时，很多事情也可以用天意来解释。"

狼青落网的几天后，罗老太听到孤儿院门外一片嘈杂，一些人纷纷敲门。

骷髅之花

　　这个佝偻着身躯的老人去将门打开，她穿过院子，她的白发在风中颤抖，她的衣着是那样的简朴，她向前走着，就像是给我们开门的母亲！

　　我们的回忆之母！

　　门外的这群人都是她的儿子，从全国各地赶来为她庆祝她自己已经遗忘了的八十岁寿辰。

　　老人开门后笑了，从这如沐春风的笑容上，我们有理由相信，她能够活到一百岁！

尸骨奇谈

我相信你的爱，让这句话做我的最后的话。

——泰戈尔

一个十六岁的花季少女，她穿着红裙子，走在悠长寂寥的小巷，蔷薇花开，傍晚的雨丝轻柔细密，她满腹愁怨，心有千千结，她掐下一朵蔷薇，转过街角，消失了……

不知道过了多久，女孩发现自己处在一个铁柜子里，这使她惊恐万分，不明白为什么会在这里，只是依稀记得自己走过街角，有一只手捂住了她的嘴巴和鼻子，后来她就昏迷过去了。

女孩想喊，发现嘴巴里塞着一团毛巾。

女孩挣扎，发现自己的手被铁丝反绑住了，双脚也被捆上了。

女孩先是闻到一股动物散发的腥臭味，铁柜子的盖板打开了，紧接着，很多老鼠被倾倒进柜子里，女孩吓得呜呜直叫，浑身哆嗦，老鼠越来越多，密密麻麻的老鼠包围了她的身体，只剩

下脑袋露在外面。

绝望无助的女孩每一次挣扎，都会引发身体周围老鼠的喧闹，鼠群就像浪花一样翻滚。

铁柜子的盖板落下了，接着传来了上锁的声音。

一个人坐在铁柜子前面，用一种深情的语气说道：

我会用整个晚上凝视你的照片，隔着镜框亲吻你，如果不把你的照片装进玻璃镜框的话，我的吻会将你的身影弄湿，会弄湿你的红裙子。我想你，一直在爱你，我跨越城市，走遍千山万水，只是为了找到你，只要靠近你，我就心跳不止，我只能用恐惧占领你，找到你，我唯一要做的事情就是——杀死你！

◎第三十六章　红裙女孩

白景玉："小眉，你的伤势怎么样了？"

苏眉："已经好了，以后不穿吊带露肩的裙子就是了。"

白景玉："身为警察，应注意仪表，对了，特案组这次要去的是一个江南水乡，乌洋镇。小眉，在那镇上，记住了，你不要穿红色的裙子。"

梁教授："乌洋镇发生了什么大案子？"

包斩说："红裙子怎么了？"

白景玉："一个月内，镇上三名女孩失踪，都穿着红裙子。"

画龙看着案卷说道："我操，最后一起失踪案的报案者竟然是……"

白景玉："没错，说起来有点难以置信，报案的不是人，是一只大老鼠。"

这个江南水乡小镇盛产丝绸，平时寂静安详，垂柳依依，每一条青石小巷里都有一个穿旗袍打着油纸伞的女子，路边的房屋建筑无不透着古典气息。小镇生活非常悠闲，没有车辆，连自行车都很罕见，当地居民以船代步。

十宗罪

乌洋镇镇长在治安站向特案组介绍了案发经过，2008年7月16日上午，几个治安联防队员在茶馆听戏，唱戏的女子穿着红色古装长裙，唱腔清纯柔美，委婉动听，富有浓郁的江南水乡风情。台上的那女子唱着唱着却突然停下了，惊恐地看着门口，几个联防队员扭头去看，一只老鼠竟然大摇大摆地走进茶馆。

这是一只很大的老鼠，腹大如壶，拖着长尾巴，体形是普通老鼠的两倍以上。

令人感到怪异的是——这只大老鼠竟然是红色的，身上还湿漉漉的，就像是刚从油漆桶里钻出来。

一名胆大的联防队员拿起草帽，悄悄走近，大老鼠似乎吃得太多了，肚子圆滚滚的，无力逃跑，被联防队员用草帽捉住，大家围过来看，一个经验丰富的联防队员指着老鼠说：

这是血啊，老鼠身上全是血！

联防队员在茶馆门外的河边找到了一条面目全非的红裙子，用竹竿将滴着血水的裙子挑起来，可以看到上面烂了几个洞，还有很多被啃噬过的痕迹。联防队员沿着河道展开搜寻，河道中有一些捕鱼的网，在那渔网上，又发现了两条红裙子。

三条裙子，都有血迹，两条红裙子款式一样。

镇长和治安站经过调查，确认镇上有三名女孩失踪，失踪时都穿着红裙子。

苏眉："有没有做血迹鉴定，老鼠身上的血和红裙子上的血型一致吗？"

包斩："老鼠腹内吃的是什么东西，解剖结果呢？"

镇长说："送到市里鉴定去了，这里是个小镇，没有法医，坐船最快也要明天出来结果。"

梁教授说："这个案子，有可能是大老鼠吃掉了小女孩，说说那三名失踪女孩的事情吧。"

尸骨奇谈

镇长告诉特案组，7月1日，一个名叫浣玉的女孩，傍晚8点左右从镇上的一家十字绣店离开，此后，再也没有人看见过她。7月15日，两个学画的女生离开画廊，一个叫莫菲，另一个叫赵纤纤，也是晚上8点左右，离开之后，神秘失踪。16日上午，联防队员发现了身上沾满血迹的大老鼠，还有河里打捞出的裙子。三名女孩失踪，活不见人，死不见尸，根据走访调查发现了一个共同点：三名女孩都穿着红裙子！

包斩看了看乌洋镇的地图说道："三名女孩都是在同一条街上失踪！"

梁教授说："月底，估计还会有穿红裙子的女孩失踪遇害。"

镇长说："你怎么知道的？"

梁教授说："浣玉在1号失踪，莫菲和赵纤纤在15号失踪，间隔时间半个月，失踪时都是傍晚8点，凶手有一定的规律，很可能会再过十五天，也就是月底，再次对红裙子女孩作案！"

镇上警力不足，只有一个治安站站长，几名片警，还有一些联防队员，梁教授把他们召集到一起，做出了具体的工作分工。

苏眉和镇长负责走访失踪女孩的家属，重点排查可疑人物，尤其是失踪前几天是否有异常情况。

包斩和治安站站长对十字绣店以及画廊画室重新进行摸排，三名女孩失踪的那条街道，对周围的河道和小巷要绘制出详细具体的分布图。

画龙和联防队员负责抓老鼠，仔细查找茶馆附近的垃圾箱和下水道等死角，看看还有没有沾血的大老鼠。

镇长说："这些工作我们已经做过一遍了，没有发现可供破案的线索。"

梁教授说："那就再做一遍，直到发现破案线索。"

苏眉和镇长重新对浣玉的父母进行了讯问。浣玉只有十六岁，上初一，父母离婚后随妈妈改嫁到乌洋镇，后爸对她很不好，常常打骂，同学和邻

居对她的评价是一个内向、敏感、自卑的小女孩。生日那天，妈妈送她一条红裙子，她很高兴，但是后爸因此和妈妈吵架，浣玉伤心地跑出了家。因为生活拮据，她也帮妈妈做刺绣，生日那天晚上，她哭着将刺绣送到街上的店里，就此失踪。

苏眉和镇长又去了莫菲家，莫菲的妈妈是一个知识女性，谈吐不凡，只是因女儿失踪显得格外焦急，一直在哭，镇长此前来过一次，问不出个所以然，只掌握了一些最基本的信息。莫菲从小就多才多艺，琴棋书画无所不通，妈妈教子有方，暑假时期送她去镇上的画室学习绘画，周末却没有回家。联防队员发现河里的血裙子之后，经过画室学生辨认，正是莫菲失踪时所穿的裙子。治安站长也让莫菲的妈妈进行了辨认，妈妈仔细查看了这件裙子，然后就晕了过去……

苏眉故意支开镇长，对莫菲的妈妈问道："有一些隐私性的问题，希望你能配合一下。"

莫菲的妈妈擦着眼泪，点点头。

苏眉说："你的女儿，莫菲，有没有男朋友，她还是处女吗？"

莫菲的妈妈想了一会，说道："我家菲儿很优秀，有不少男同学喜欢她，不过，她才十七岁，我家教很严，反对早恋，我爱人又在外地做生意，就我们母女俩在一起。"

苏眉说："那你好好想想，有没有发现什么异常情况？"

莫菲的妈妈说道："我想起一件事！"

案发之前的一个夜里，莫菲房间里的空调一直开着，妈妈担心着凉，就起床去女儿房间想把空调关上。妈妈听到女儿房间里竟然传来小声说话的声音，侧耳倾听了一会，以为女儿是在说梦话，她敲门而入，女儿并没有睡着，猛地坐了起来，因妈妈的突然闯入而吓得脸色煞白。妈妈问女儿是不是又做噩梦了。女儿不回答，只是吓得浑身发抖，或许因为某种恐惧不敢说话。房间里的窗户打开着，妈妈开始疑心起来，女儿把手指放在嘴唇上，做了个嘘的手

势。妈妈感到很诧异，女儿放在嘴唇上的手指移开了，指向被窝，她坐在床上，下身还盖着被子，被窝鼓鼓囊囊的，里面不知道是什么东西。

莫菲的妈妈想上前掀开被窝，被窝里突然蹦出一个人，将被子蒙在莫菲妈妈的头上，跳窗而逃。乌洋镇的窗口大多临水，只听扑通一声，那人掉进水里，游走了。

莫菲吓得哇哇直哭，抱住了妈妈。

莫菲告诉妈妈，她睡熟的时候，迷迷糊糊觉得窗子打开了，她翻了个身，继续睡，房间里空调开着，她有开空调盖被子睡觉的习惯。莫菲隐隐约约觉得被窝里多了一个人，那人侧躺在她的旁边，莫菲睁开眼，正好看到一双眼睛正看着她，黑暗中也看不到那人的脸。莫菲想要喊，那人捂住了她的嘴巴，将一把尖利的螺丝刀顶住了她的内裤上——阴户的位置。莫菲的妈妈进来的时候，女儿假装镇定，那一刻，被窝里正藏有一个歹徒。

这件事过去很长时间后，母子俩都惊魂未定，她们以为进了贼，因为没有丢失财物，所以也没报案，妈妈在第二天就找人给窗口安装了护栏，还砍掉了房子墙边的一棵树。

特案组对莫菲妈妈提供的这个线索进行了分析，他们认为这是一起入室盗窃或临时起意的入室强奸未遂案件，应该和三名女孩失踪案件无关，歹徒拿着一把螺丝刀，其目的应是盗窃，而不是行凶。

包斩对画室培训班进行了详细的调查，画室是一个小有名气的画家开办，那画家留着长发，很有艺术气质。据这个长发画家所讲，暑假培训班刚办了一个星期，学员来自附近的几个城市，赵纤纤的父母常年生活在国外，所以她只身一人来到这个小镇报名学习画画，她和莫菲关系挺好，两个女孩都穿着一样的衣服。失踪当天，两个女孩也穿着同样的红裙子。

画龙和联防队员没有抓到大老鼠，不过，他们在发现血裙子的河道中打捞出一个坛子。

坛口包裹着几层塑料袋，用铁丝牢牢扎住，坛子沉甸甸的，不知道里面装了什么。

一名联防队员说："这种坛子是装酒的，里面可能是酒。"

另一名联防队员说："我姥姥也用这种坛子腌过鸭蛋，里面不会有鸭蛋吧？"

坛子密封得很好，特案组将其打开之后，每个人都感到非常震惊，难以置信。联防队员很好奇，私下里向画龙打听里面装的什么东西。画龙说："兄弟，不是酒，也不是咸鸭蛋。"

联防队员："那到底是什么？"

画龙："坛子里装着一个人！"

联防队员："怎么可能，坛子口那么小，别说是一个人，人头都塞不进去啊。"

画龙："打开坛子，确实看见了一颗人头，至于人头怎么塞进去的，我们特案组也在研究。"

◎第三十七章　人骨坛子

特案组无法将人头从坛子里取出来，也想不明白人的头骨是如何放进坛子里的。他们制定了几种方案，甚至想到了用X光探视坛子里的秘密。

画龙说："奇怪，颅骨比坛子口大得多，是怎么装进坛子里的啊？"

苏眉说："这个有点像魔术呢，谁有科学的解释？"

包斩凑到坛子口边闻了一下，他皱了皱鼻子，说道："醋，醋的味道。"

梁教授说："我明白了，有人用醋泡过骨头。"

生物实验中，坚硬的骨头在醋或酸性液体里浸泡十天左右，就会变软，人的腿骨软得可以打一个绳结，骷髅头变软之后，自然可以塞进坛子。

特案组进行了拍照，然后将坛子小心翼翼地锯开，坛子里竟然放着一整

副人的骨骼。颅骨放在最上面，下面还有躯干骨、上肢骨、下肢骨，一副完整的人体骨骼经过醋浸软化处理放进了这个狭小的坛子里。

整副人体骨骼被挤压成了球的形状，在空气里如同花朵一样缓缓地绽放。

骨骼连夜送到市里加急检验，和红裙子上的血迹进行比对，DNA鉴定结果显示，这些骨骼是死者浣玉的骨骼。不出所料，大老鼠腹内也是人体组织，是浣玉身上的肉。

一个十六岁的花季少女，被老鼠吃掉，凶手又将她的骨骼用醋浸泡，放进一个坛子里，扔到河中，毁尸灭迹。作案手法极其残忍，世所罕见。此案震惊了市局，市局领导非常重视，派出一个专家组进驻乌洋镇，协助特案组侦破。

特案组分析认为，凶手应该受过某种刺激，极度仇恨穿红色裙子的女孩，他与受害人不一定认识，凶手在街上尾随红裙女孩，使用某种方式将其劫走杀害。凶手以折磨红裙女孩为乐，这是一个心理变态扭曲的人，作案有一定的规律，还会有再次作案的可能。

三名女孩失踪的那条街成为了重点监控地区，苏眉和联防队员安装了摄像头，对这条街进行二十四小时监控。

镇长和片警整理了镇上犯有前科的人的名单，逐一排查。

画龙和包斩带着坛子的照片，走访群众，这种坛子在镇上很普遍，正如联防队员所说，这是一种酒坛子，镇上的居民也常用来腌制鸭蛋或泡菜。包斩和画龙走进那个长发画家的画室，当时学生们正在上人体素描课，讲台课桌上放着的那个坛子让包斩眼前一亮，这个坛子和特案组在河里打捞出的坛子一模一样。

坛子旁边还放着几个苹果，一个裸体的中年男模特坐在桌旁，一动不动。让人感到尴尬的是，那中年大叔的胯下竟然是勃起状态，画室里学画的女孩们大多很漂亮，中年大叔裸体面对她们，可能心里一直在蠢蠢欲动。

长发画家正在对一个女学生指导，他看着画作说道："素描线条要具有表现力，人体和静物的结构要区分明暗色彩，细致观察受光和背光的色调比例。"

画龙走进画室，看到裸体中年男人和他胯下的鸟，嚷嚷道："停了，停了，这是干吗呢？"

长发画家对包斩和画龙闯进课堂的做法很气愤，双方争吵起来。

画龙说："这些学生，有的还是未成年，学习这种人体写生素描，合适吗？"

长发画家不耐烦地解释说："人体素描是艺术，是一种用于学习美术技巧、探索造型规律、培养专业习惯的绘画训练过程，不要用有色眼光去看待。"

画龙说："今天有几个问题想问你，你的课先停了。"

长发画家无可奈何地宣布提前下课，学生们收拾东西陆续离开，那个中年裸体模特慢吞吞地穿上衣服。他和包斩擦肩而过的时候，引起了包斩的警惕，此人贼眉鼠眼，面相猥琐，他的眼睛滴溜溜地转，盯着前面一个穿红衣的女孩。

长发画家介绍，坛子是买来的，中年模特是聘用来的。包斩对画龙使个眼色，两人没有过多讯问长发画家，而是立即走出门外，悄悄跟踪那个猥琐大叔。

猥琐大叔是民工打扮，他尾随着一个穿红衣扎着马尾辫的小女孩，走到僻静处，他竟然拉开裤子拉链，把那丑陋的东西掏出来，用手套弄了一会儿。画龙和包斩躲在暗处，目睹了这恶心的一幕。猥琐大叔回到家里，吃完饭，已是华灯初上，画龙和包斩耐心地在一个馄饨摊上等待，晚上8点多，猥琐大叔背着一个帆布包，走出了家门。镇上的居民有早睡的习惯，街上行人寥落，只有一些背包客和旅行者聚集在茶馆和酒吧。

晚风徐徐，雨丝飘荡，猥琐大叔在路边的石凳上抽了几支烟，一个穿红裙的女子从他面前走过，他踩灭烟蒂，悄悄地跟了上去。这个红裙女子正是在茶馆唱戏的那名女子，她卸了戏妆，长发披肩，还穿着古装戏服，宛然一个古典美人袅袅婷婷地走过。

古典红裙美人走进一条街，这条街正是三名女孩失踪的那条街。

尸骨奇谈

街道上挂着几个大红灯笼，两边黑暗的小巷遍布，水路众多，夜幕中的街上已经不见了人影，那一条条极其相似的小巷，就像迷宫一般，应是色狼伏击的最佳场所。

古典红裙美人风情款款地走在街上，猥琐大叔贴着墙根悄悄尾随，画龙和包斩在后面小心翼翼地跟踪着，苏眉和梁教授也在监控中看到了这一画面。街上灯笼的光线有限，只能照到很小的范围，猥琐大叔利用街上那些黑暗的角落隐藏自己，在一个垃圾箱的后面，他掏出裤裆里的东西，然后，他快跑几步，接近红裙美人，走到背后，他呼吸急促地喊了一声："喂，看这里！"

红裙美人回眸一看，花容失色，一个猥琐大叔站在街道中间，淫邪地笑着，他用手快速地套弄着，随即，嘴角一歪，舌头伸了出来，他射了，接着他做了一个恶心的动作——伸出舌头，舔了舔自己的手指，舔干净手指上的液体。这一整套动作其实很快，红裙美人回头的时候，他已经完成了射精、舔手指等动作。

红裙美人尖叫起来，猥琐大叔嘿嘿地傻笑，画龙上前抓住猥琐大叔的头发向后拽倒在地，随即给他戴上了手铐。

猥琐中年大叔上升为犯罪嫌疑人，几个联防队员将他狠狠地揍了一顿，然而这个猥琐男人只是交代出他在以前犯过的一个案子，他曾经在夜里入室盗窃，看到一个女孩很漂亮，就悄悄钻进了女孩的被窝。他修过空调，在玻璃厂吹过瓶子，因为精神有点问题被开除，待业在家，后来在街上看到画室招聘人体模特，这个有露阴癖的男人就去报名做了裸体模特。

警方将猥琐大叔拘留收监，等候进一步调查。

猥琐大叔在审讯中，对三名女孩失踪的事情一无所知，但他提供了一个有价值的线索。

乌洋镇上有个地方，是一个长满荒草的大院子，一个喜欢拉二胡的盲人老头收留了很多流浪猫，他的孙子大概有十六岁，常常去河堤上捕捉老鼠，镇上有些好心的居民捉到老鼠也会送给盲人老头。

画龙和包斩带上几名联防队员，立即出发，前往调查。

院子没有门，乌洋镇的天气很怪，下着小雨，但天上还挂着月亮，一个戴墨镜的老人正坐在院里拉二胡，在门外就能听到凄惨悠扬的《二泉映月》曲子，盲人老头的孙子将小木船泊在台阶下面的水巷旁，他还提着一个大笼子，笼子里全是老鼠。

这个男孩看上去有点孤独、忧郁，但是胆子很大，他用手将一只老鼠从笼子里抓出来，扔到地上，院里的荒草中蹿出很多猫，纷纷对逃窜的老鼠围追堵截。

包斩对老头和孙子进行讯问，画龙做笔录，联防队员检查了老人的家，没有发现异常。

包斩："大爷，有件事想问你，7月1日晚上8点，7月15日晚8点，你在做什么？"

盲人老头："拉二胡，我每天晚上都在家拉二胡。"

包斩："哦，你的邻居应该能够证实这一点，你的孙子也会拉二胡吗？"

盲人老头："会的，但是拉得不好。"

包斩转过头问老头的孙子："那两天晚上，你在哪里？"

那个孤独忧郁的男孩回答："我在河边抓老鼠，喂猫。"

包斩："这些猫是哪里来的？"

男孩说："流浪猫，没人要的，被人扔下不管的，残废的，还有别人送来的。"

男孩手里的笼子引起了包斩的警惕，包斩问道："笼子是你自己做的吗？"

男孩回答："隔壁兽医家的笼子！"

隔着墙头，可以听到邻居兽医家发出了几声惊呼，画龙和包斩立即跑过去，兽医家的院子里聚集着几个人，地上还有一头又肥又大的种猪，看来这几个人是来给种猪治病的，院墙边放着一些大大小小的笼子。兽医先将猪装进一个笼子里，进行麻醉，然后进行放血疗法，他把一根很粗的针扎进猪的脖子，因为放血不畅，他直接把嘴凑到猪的脖子上，开始吸吮猪血，他并没有把血吐

出来，而是咕咚咕咚喝了下去。这种恐怖的放血疗法，引起了大家的惊呼，画龙和包斩正好在这时闯进院子。

喝猪血的兽医抬起头，舔了舔嘴唇说道："看你们吓的，猪血，大补啊！"

画龙将无关人员驱散，包斩问兽医："你还喝过什么血？"

兽医说："那多了，蛇血，鸽子血，狗血，我都喝过。"

包斩："血是红色的，你很喜欢红色，是吗？"

兽医回答："红色啊，喜欢，很喜欢。"

特案组让联防队员对兽医和盲人老头秘密监控，联防队员借用对面的一处阁楼，进行二十四小时监视，画龙和包斩做了大量调查，试图从兽医和盲人老头身上找到疑点，梁教授却另辟蹊径，竟然在国外发现了一条极其重要的线索。

梁教授让苏眉联系上了赵纤纤在国外的父母，几经辗转，终于拨通了国际长途电话。

梁教授："打扰了，虽然你们在国外，但是女儿失踪，物证辨别的工作，我们也不能忽略。"

赵纤纤父亲："怎么辨别呢？"

梁教授："你女儿失踪时的裙子是红色的吧，你还记得是什么款式吗？"

赵纤纤父亲："哎呀，纤纤失踪时穿的是一条红色裙子，但是时间太久了，记不得了。"

梁教授："时间太久？你的女儿在哪里失踪的？"

赵纤纤父亲："乌洋镇啊，纤纤在那里学画，唉，我们难过伤心了很久。"

梁教授："很久，什么时候失踪的？"

赵纤纤父亲说了一句令人大惑不解但随后毛骨悚然的话："我女儿已经失踪三年了啊！"

◎第三十八章　异装癖者

梁教授召开案情紧急发布会，镇上所有警察、联防队员都被召集起来，梁教授对大家说："凶杀现场肯定是在镇上，这个判断应该是正确的，小镇不大，我们破案是迟早的事情。接下来的工作会比较艰巨，首先，镇长应该告知全体居民，近期不要穿着红色裙子或衣服，这样做虽然会惊动凶手，但是我们身为警察，除了破案之外，也应该努力避免惨案再次发生。"

包斩说："此案的疑点非常多，等待我们逐一摸排，深入调查。"

梁教授说："我们特案组整理出了十条疑点，解决这十个问题，真相也就水落石出。"

画龙说："请大家保密，如果有人将案情泄露出去，我会在第一时间拘捕他。"

苏眉说："凶手究竟是谁，很快就会水落石出，抓到凶手的人将获得上级的表彰和奖励。"

特案组整理出的案情疑点共有十条。

一、三名女孩失踪，目前可以确认的是浣玉遇害，另外两名女孩是否已经死亡？

二、河里发现的三条红裙子上都有血迹，除浣玉之外，另外两条裙子的血迹是否和莫菲及赵纤纤的血型吻合？

三、赵纤纤在三年前失踪，此事已经在当地警方的报案记录中得到了证实，悬案一直未破，那么现在出现的赵纤纤是否为别人冒充，还是真正的赵纤纤失踪三年后，重回旧地？

四、莫菲和赵纤纤同时失踪，凶手如果是一个人，在街上怎样控制劫走两个女孩？

五、老鼠吃掉了浣玉，吃掉一个人，需要很多老鼠，这么多老鼠从何而来？

六、第一凶杀现场在哪里？

七、目前已经出现的嫌疑人有长发画家、兽医、中年猥琐大叔、盲人老头和孙子，还有一些潜在的嫌疑人等待进一步调查，例如，浣玉的继父、赵纤纤的父母，谁的杀人嫌疑最大？

八、凶手也许使用了某种药物，也很有可能有笼子或箱子，凶手是如何控制受害人？

九、赵纤纤住在哪里？三年前她来镇上学画，住在哪里？现在的赵纤纤又住在哪里？

十、凶手将浣玉的骨骸装进坛子里，坛子对凶手来说具有什么意义？

梁教授分配了工作，镇长和联防队员立即行动起来。

镇长带人寻找第一杀人现场，小镇一共就这么多居民，杀人现场有可能就隐藏在某一栋房子里。梁教授叮嘱镇长，摸排工作一定要细致，要做到人不漏户，户不漏人，重点查看阁楼、地下室、地窖、下水井等隐蔽地方。镇长申请了搜查令，对兽医家和盲人老头家，做地毯式搜索。

兽医的院子里埋着很多动物尸体，兽医声称这些动物都是病死的，如果扔到外面有可能引发疾病污染环境，所以他将动物尸体在自家院里的树下深埋。

盲人老头的家破败不堪，这个老人依靠政府救济过日子，他的孙子也早早地辍了学，平时在镇上的陶艺制作店打工，他的工作是负责在河边挖泥，用来制作陶艺。那个陶艺店和画室位于同一条街，距离十字绣店也不远。尽管生活困难，但是爷孙俩多年来收留了很多流浪猫，赵纤纤在失踪的前几天，她和莫菲曾经带着一只受伤的小猫来过盲人老头的家。

镇长在户口簿上看到，盲人老头的孙子的年龄是二十岁，也许是多年来的营养不良，这个羸弱忧郁的男孩看上去就像是未成年。

镇长和联防队员对附近的邻居也做了走访，其中一个邻居支支吾吾，欲

言又止。

镇长说道:"这可是天大的案子,中央都来人了,你要是知情不报,想想后果吧。"

邻居有点害怕了,说起一件事。莫菲和赵纤纤失踪的那天晚上,邻居听到盲人老头一直在拉二胡,拉的是一首从未听过的曲子,曲子拉到一半时,邻居听到传来一声凄厉的惨叫声,曲子停顿了一会,然后再次响起。邻居无法确定惨叫声来自兽医家还是盲人老头的家。

镇长将这条线索汇报给了特案组,特案组研究决定,对盲人老头和兽医进行全面调查,包括他们的亲属,也要重点排查。

特案组在三年前的案卷中找到了赵纤纤的住处,案卷中还记录有赵纤纤当时做过处女膜修复手术,从血型对比上,也和河里发现的一条裙子上的血型相吻合。这使得特案组倾向认为,失踪三年的赵纤纤又重回旧地,回到她失踪的这个小镇上学画。

这么做的原因很令人费解。

案卷记载,赵纤纤三年前住在画室附近的一个院落里,一幢房屋的阁楼上,楼里有古香古色的大床,还有木阁的窗,阁楼下面的院子里住的都是学画学唱戏的学生。巧合的是,画室里的那个长发画家目前就住在赵纤纤住过的阁楼上。

长发画家深居简出,除了画画之外,别无爱好,没有课程的日子里,他会一整天都待在阁楼里,将自己关闭起来,没有人知道他在做什么。

包斩和画龙对阁楼进行了突击检查,房间里大多是破旧的木质家具,就连墙壁也是木结构,阁楼里光线阴暗,角落里布满蛛网,画龙在衣橱后面发现了一窝老鼠,厨子里的很多戏服都被咬坏了,包斩在板壁上发现了一句话,这句话分明是用某种利器刻在木质墙板上的:

这一次,你离开我,就不会再离开我。

尸骨奇谈

包斩进行了拍照取证，然后冷冷地问道："这句话是谁写的？"

长发画家淡淡地回答："我怎么知道？"

包斩说："你的学生喜欢你吗，有没有暗恋你的，你喜欢你的学生吗？"

长发画家说："小女生都喜欢我，崇拜我，不过，没有发生过师生恋关系。"

包斩问道："你的学生赵纤纤住在哪里？"

长发画家："楼下是学生宿舍，赵纤纤住在楼下。"

包斩问道："我是说，三年前的赵纤纤住在哪里，你知道吗？"

长发画家："三年前的事情我怎么知道，难道有两个赵纤纤，我是去年才来到这个镇上。"

包斩说："你撒谎！"

长发画家："好吧，三年前我也在，不过，那时我不住在这里，我在和人同居。"

包斩说道："谁？"

长发画家："一个戏子。"

长发画家对三年前的赵纤纤没有什么印象，他为了撇清自己的嫌疑，交代了一件隐私的事情，三年前他和别人同居，那人正是茶馆里唱戏的女子，也就是中年猥琐大叔在街上跟踪的那个女人。人们不知道的是，其实，这个戏子是一个男人，他一直伪装成女人，在这个小镇上生活。戏子和画家一直同居了三年，画家想结束这段不伦之恋，所以两个人分开了。

包斩对着板壁上的那句话陷入了思考，后来经过笔迹鉴定，这句话正是赵纤纤前些天写上去的。赵纤纤的画作也引起了特案组的注意，在那些画作中，除了风景和静物，她只画了两个人：一个是她自己，她抱着坛子，站在河边；另一个是长发画家抽烟的样子，还有低头沉思的素描。

赵纤纤的风景和静物画作中还有一些写生作品，一些小镇建筑的速写，其中有盲人老头的家，还有兽医家的院子。

特案组传唤了戏子，由梁教授和苏眉进行讯问。

戏子穿着女人衣服，秀发披肩，身上有着淡淡的香水味，还涂着胭脂，

唇红齿白，无论是外表还是说话的声音，都和女人没有任何区别。有些同性恋中的女人会刻意地将自己打扮成男人，外表看上去和男人一模一样，有的男人扮成女人也非常像，谁也看不出来。然而，有些"伪娘"并不是同性恋，只是一些异装癖爱好者。

苏眉："冒昧地问一下，我们应该把你当成男人还是女人？"

戏子："女人。"

梁教授说："我们已经调查过了，你现在使用的身份证是假的，我们了解你过去的身份。"

戏子："哦，这是我的个人自由。"

苏眉："你喜欢做女人吗？我注意到你有喉结。"

戏子："我就是女人，心理上一直都是。"

梁教授："你平时上男厕还是女厕？"

戏子："女厕。"

梁教授："这么做不道德，虽然你看上去像女人，并且很漂亮，但是你的生理特征是男人。"

戏子："我没有伤害任何人，除了自己。"

梁教授："你很爱那个画家吗？"

戏子："嗯，我愿意为他杀人。"

苏眉说："7月1日晚上8点，还有7月15日晚8点，你在哪里？"

戏子："我在茶楼唱戏。"

梁教授："你认识赵纤纤吗？三年前失踪的赵纤纤，还有前几天失踪的赵纤纤。"

戏子："认识，三年前，她跟我学过戏，我喜欢唱戏，要不要我给你们唱一段？"

梁教授说："好啊。"

戏子看着审讯室的窗外痴痴地唱了起来，语调优美，缠绵婉转——原

来姹紫嫣红开遍，似这般都付与断井颓垣。良辰美景奈何天，赏心乐事谁家院……

审讯结束之后，梁教授召集特案组成员，他说道："我知道凶手是谁了！"

◎第三十九章　铁皮柜子

镇长也急匆匆地赶来了，大家都等着梁教授揭晓谜底。

梁教授却故弄玄虚，反问大家："有些案件，不仅要推理谁最有可能是凶手，还要反其道行之，谁的杀人嫌疑最小？"

包斩点点头说道："嫌疑最小的就是那三名失踪女孩。"

镇长说："三名女孩已经死了啊，河里打捞出的三条红裙子上都有血。"

梁教授说："目前只能确定浣玉遇害死亡，另外两名女孩活不见人，死不见尸，裙子上有血不一定就代表着死亡。"

画龙说："难道莫菲和赵纤纤还活着，两人是凶手，或者其中一人是凶手？"

镇长说："这怎么可能，她们都是受害者，受害者怎么可能是凶手呢？"

梁教授说："这个案子里，其实有四个赵纤纤！"

梁教授语出惊人，他详细地说出了自己的推理和分析。赵纤纤在三年前失踪，下落不明，那么只有两种可能，已经死亡或者还活着。如果死亡，三年后出现在乌洋镇的赵纤纤肯定不是她，是别人冒充的，冒充赵纤纤的人也有两种可能：男人或女人。

男扮女装的戏子使人相信，一个男人扮成女人，可以骗过大家的眼睛。

四个赵纤纤就是：三年前失踪的赵纤纤、三年后在乌洋镇学画再次失踪

的赵纤纤、假扮赵纤纤的女人、假扮赵纤纤的男人。

梁教授重新制定了侦破方向，画龙和镇长继续在镇上搜寻凶杀现场，特案组其他成员将破解赵纤纤的身份列为侦破重点。

苏眉联系上了赵纤纤户籍所在地的公安局，民法通则规定，一个人失踪两年以上，亲属可以申请宣告失踪或死亡，然而，苏眉发现，赵纤纤的户籍并没有注销。种种迹象表明，赵纤纤还活着。苏眉远程查看了赵纤纤的学籍资料，据校方说，在一年以前，赵纤纤甚至还在高中的学校出现过，有个认识她的老师看到她回到母校，一个人在学校操场的秋千上坐了很长时间。

这个老师是赵纤纤高中的班主任，他在电话里对特案组介绍说，赵纤纤高中时品学兼优，多才多艺，高考分数名列前茅，考上大学前的假期里，她去乌洋镇学画，竟然失踪了，父母悲恸欲绝，警方和家人多次寻找未果，后来，父母远渡重洋，不再抱以希望。奇怪的是，失踪两年后，班主任竟然在学校操场上再次见到了赵纤纤，班主任上前和她说话，但是赵纤纤一个人坐在秋千上，痴呆呆地保持沉默，根本不理会班主任，后来离开了。

梁教授在电话中问道："这个赵纤纤穿的是什么衣服？"

班主任回答："那天穿的是红裙子，我记得很清楚，赵纤纤同学喜欢穿红裙子。"

梁教授说道："你怎么知道这个穿红裙子的就是赵纤纤，确定吗，也许是两个人，长得像？"

班主任说："衣服一样，发型一样，就连眼角的滴泪痣都一样，尽管两年没见，肯定是她。"

梁教授回头对包斩说道："这个神秘的人，很可能从一年前就开始假扮赵纤纤了，真可怕。"

包斩问道："赵纤纤在学校里有没有谈过恋爱，喜欢她的男生多吗？"

班主任回答："多，她收到的情书和贺卡是最多的，记得有一年圣诞节，她课桌上的情书和贺卡堆积如山，但是高中面临着高考，赵纤纤以学业为

重，没有听说和谁谈过恋爱。"

包斩问道："喜欢赵纤纤的男生里，有没有特别变态的人？"

班主任经过回忆，想起一个人，此人名叫马骝，是赵纤纤的同桌，全校师生都知道马骝一直暗恋赵纤纤。有一年，圣诞节的时候，其他男生送贺卡，但是马骝送给赵纤纤的礼物是一个纸盒子，打开后，盒子里竟然放着十几只老鼠，赵纤纤吓得尖叫起来，她平时最害怕老鼠。还有一次，马骝送给赵纤纤一个瓶子，马骝说，瓶子里装的是他的眼泪。赵纤纤觉得恶心，失手将瓶子打碎，愤怒的马骝用瓶子碎片划破了赵纤纤的手掌，然后又割破了自己的手心，他强行将赵纤纤的手掌和自己的手心贴在一起，两个人的血液也流到了一起。后来，因为此事，学校将马骝开除。班主任是高三时才来到赵纤纤所在的班级教课，所以班主任并没有见过马骝，这些事都是他听到的传闻。

变态男孩马骝浮出水面，他的一些怪异行为和此案有着相似之处。特案组决定兵分两路，包斩和苏眉前往赵纤纤的户籍所在地调查马骝，梁教授和画龙依旧留在乌洋镇寻找凶杀现场。

镇上警力有限，画龙和联防队员分片包干，每人划定一块区域，挨家挨户地进行排查。

画龙负责的那片范围正好包括兽医家和盲人老头家，警方对这两户人家的院子进行过多次搜查，没有发现什么异常情况。画龙不死心，决定再去查看一次，盲人老头依旧坐在院子里，猫依旧在荒草中嬉戏，月亮依旧挂在天空。

盲人老头见到画龙，突然哭了，干涩的眼窝流出泪水。

画龙感到很诧异，盲人老头对画龙说了一句令人费解的话：

"我眼瞎了，心里亮堂着呢，我看不见，却能听得见，听得清清楚楚。"

画龙疑惑地问道："你听见什么了？"

盲人老头说："我孙子被人杀死了，我知道。"

画龙说："啊，被谁杀的，在哪里？"

盲人老头说："我听到他在喊爷爷……"

一宗罪

画龙再三讯问，盲人老头只是说他听到了孙子临死前的呼救声，但是他不知道是谁杀死了他的孙子，也不知道在哪里。画龙觉得老人有点犯糊涂，老人拿不出任何证据，他说昨晚上二胡的弦断了一根，他意识到，孙子被人杀害了。

这些话虽然不能让画龙信服，但是已经引起了他的警觉。

画龙开始重新思考整个案子，他的脑海中像电影一样闪过很多画面，其中有两点很可疑，他想到赵纤纤曾经做过处女膜修复手术，这个女孩很可能被强奸过。他想起赵纤纤的画作，那些画作中有一些小镇建筑的写生，其中就有盲人老头的家，还有兽医家的院子。

画龙思索了一会，突然想到——赵纤纤画这些画的时候，她应该在什么位置？

写生素描如同摄影拍照，一个人如果能拍到建筑大门的照片，那人肯定面对着大门。

赵纤纤的画作呈俯瞰的视角，她画画的位置应该是在盲人老头和兽医家对面的一个很高的地方。画龙看到斜对面有座阁楼，一个破败的木质建筑，阁楼的木窗紧闭着，楼下台阶处停泊着一条乌篷船。

画龙走过石桥，敲了敲门，有个二十多岁的青年人把门打开，画龙表明警察身份，说要检查一下消防设施，青年人很热情，把他邀请进来。庭院深深，穿过两道门，楼梯上放着一些渔网，看来这是一户打渔人家。阁楼上没有灯，青年人说去拿个手电筒。画龙走进阁楼，黑暗之中，隐约看到阁楼里放着几个铁皮柜子，一股腥臭味扑鼻而来，阁楼里还弥漫着醋味。

画龙虽然不及包斩的鼻子灵敏，但他的嗅觉渐渐从臭味中分离出另一种臭味，时隐时现，一阵一阵的。那是一种他熟悉的味道：死尸的腐味。

这个阁楼里死过人，腐尸的臭味经久不散。

画龙想要掏枪，却发现自己没有带枪，他一回头，那个青年人脸色苍白正站在门前，他没有拿手电筒，而是将手中的一张渔网向画龙抛了过去，渔网张开，罩住了画龙。

尸骨奇谈

那个青年人先是用竹篙打了画龙几下，没有将画龙打晕。画龙剧烈挣扎，但一时半会无法挣脱渔网，那个青年人有些慌乱，将一大瓶液体倒在画龙身上，迅速离开了房间，并且关上了门。这种液体是乙醚，极易挥发，在封闭狭小的环境里，一分钟内就可以让人昏迷不醒。画龙破口大骂，继续挣扎想摆脱渔网，一会儿，他感到意识渐渐模糊，很快就昏迷了过去……

画龙醒来的时候，发现自己躺在一个铁皮柜子里，双手被铁丝反绑，双脚也被铁丝捆扎上了，嘴巴里塞着一团毛巾，还缠绕了几圈胶带，这是防止他吐出嘴巴里的毛巾大声呼救。画龙挣扎了几下，手腕上的铁丝捆得非常牢固，陷进皮肉，铁丝拧成了麻花状，不可能挣开。

画龙的周围，密密麻麻全是老鼠，当一个人被老鼠包围的时候，心里该是多么的恐惧？

画龙意识到，自己的下场即将和浣玉一样——被老鼠吃得只剩下一副骨架。

这是一个长方形铁皮柜子，横躺在阁楼的窗下。这种铁柜子是用来养鱼苗的，长两米，高和宽一米多点，坚固密封，盖板上只有几个硬币大小的通气孔，还上了一把铜锁。

这个铁皮柜子就像是一口棺材，这里很可能就是画龙的坟墓！

画龙坐了起来，身边的老鼠上下翻滚，柜子里空间狭小，他的头顶着柜子的盖板，从通气孔中可以看到阁楼的窗户。

画龙有两种选择：

一、坐以待毙，等待别人来救，但别人找到他的时候，下场很可能是只找到了他的骨头。

二、自救，在老鼠吃掉他之前，从这铁皮柜子里逃出去，但是应该怎样做才能逃出去呢？

宗罪

◎第四十章　深渊之恋

画龙一生中历经无数凶险，他知道自己必须临危不乱才能化险为夷。

画龙仔细审视了自己的处境，已经有老鼠开始噬咬他了，他一动不动，从通气孔中看着阁楼的窗口。越来越多的老鼠开始噬咬他，画龙翻了个身，用身体压死几只老鼠，他的手指突然碰到了脚腕上的铁丝。

画龙灵机一动，他已经想到了逃生的办法。

一个人手腕被反绑，脚腕被捆绑。呈跪姿或者蜷缩的姿势，手就可以解开脚腕上的束缚。 画龙忍受着老鼠啃噬时的剧痛，将脚腕上的铁丝松开解除，这铁丝使他看到了希望，也成了他逃生的唯一工具。

如果手是自由的，可以将铁丝从通气口穿过去钩住窗口的挂钩，将铁皮柜子立起来，然后晃荡几下，从窗口掉进外面的水中，就会得救。

然而画龙的双手被反绑，手上的铁丝不可能解开。

按照惯性思维，手是最灵活的。然而特种兵以及武警都接受过用脚开枪的训练，画龙身为武警教官，他的脚也非常灵活。画龙先踢死一些老鼠，为自己赢得更多的逃生时间，铁皮柜子里空间狭小，画龙身上沾满了老鼠的肚肠，令人作呕。

画龙用脚趾将铁丝的一端拗成一个小圈，从通气孔中伸出去，小心翼翼钩住窗口的挂钩，然后经过几次调整，画龙寻找到最合适的姿势，两只脚互相交替，拽紧铁丝，画龙力大无穷，最终将整个铁柜子立了起来。

画龙的脚踩住柜子的内侧两边，以身体晃动柜子，抓住时机，铁皮柜子晃荡了几下，撞开虚掩的木窗，从窗口跌进外面的水中。

整个过程惊心动魄！

盲人老头正在院中枯坐，他看不见，但是听觉很灵敏，对面阁楼上掉下一个铁柜子，扑通一声，水花四溅，兽医也听到了，最后，盲人老头和兽医将

尸骨奇谈

画龙从铁皮柜子里救出。

画龙和联防队员再次进入阁楼,那个青年人已经不见了。

阁楼的另外两个铁皮柜子里,各用醋泡着一具人体骨骼。后来经过鉴定,这两具人体骨骼分别为莫菲和盲人老头的孙子。

苏眉发来了马骠的照片,画龙一眼就认出,那个青年人尽管做过整容,但他就是马骠。

据房东介绍,马骠前不久租了这座阁楼,平时深居简出,很少有人见过他。

梁教授说:"他只是用这阁楼作凶杀现场,平时,都是化装成赵纤纤的样子,或者说,他已经变成了赵纤纤,只有杀人的时候才会变回自己。"

梁教授推理分析认为,赵纤纤已经遇害死亡。三年前,马骠杀害了赵纤纤,马骠可能无意中得知赵纤纤曾经在乌洋镇被强奸过,三年后,马骠假扮成赵纤纤来到镇上寻找那个强奸犯。因为仇恨别人穿红裙子,所以这个变态的年轻人杀死了浣玉和莫菲,后来调查得知盲人老头的孙子强奸了赵纤纤,于是,马骠又将他杀害。

镇长说:"那孩子看上去很老实,怎么会干出强奸的事呢?"

梁教授说:"我也不太确定,只是推理和分析,只有抓获了马骠,此案真相才会水落石出。"

警方发布了通缉令,然而始终没有抓获马骠。这个青年人就像是人间蒸发了似的,没有人再看见过他。正如通缉令上描述的那样,此人伪装成女人,别人很难分辨身份。

我们生活的城市里,任何一个穿着红裙子的女孩都有可能是他!

几天后,画家和戏子也从镇上消失了,有人在茶楼的换衣间里发现了一首诗:

十宗罪

沅玉幽骸巳尘埃，
乌塘遗梦旧情怀。
纤纤江风香飘去，
菲菲暮雨绵归来。
画阁春肠强行墨，
梨园怨歌难剪裁。
旧事已为铁棺锁，
不知谁人得揭开。

这首诗写在一张纸上，字迹娟秀，纸上面还放着一把带血的剪刀！

苏眉和包斩几经辗转，终于找到了马骝的家。马骝父母双亡，单独住在一个破旧居民楼的顶层，苏眉和包斩与当地警方一起破门而入。马骝的卧室落满尘埃，看上去像一个女孩的闺房。包斩从一张照片上判断，马骝将自己的房间布置成赵纤纤的房间模样，有时，不得不佩服一个人的能力，那个房间几乎和赵纤纤的房间一模一样。床，枕头，书桌，小台灯，这些都费尽了心思才弄齐的。马骝的信件中写道，他曾经躲在赵纤纤卧室的床下，他借过她的指甲刀，私下里偷配了钥匙。

房间的抽屉里堆满了没有寄出的信，从笔迹颜色上可以判断这些信写于不同的时间，那些被水浸湿的字体也能看出写信人曾经哭过。

这些信都是马骝写给赵纤纤的，摘录如下：

纤纤，我所有的密码都是你的生日，一直都是，并且将永远是。我为你保持着很多习惯，以前我从来都不吃话梅，第一次吃，是你给我的，后来就养成了习惯，有时，半夜里我也要去买话梅，想你的时候，我就要吃话梅。

你的头发总是很香，为了找到你使用的洗发水，我买遍所有的牌子，挨个地试，终于找到了你的香味。因为这种香味可以让我感觉到你的存在。

我模仿你写的字，我们的笔迹渐渐融合在了一起。

你已经渗入我的生命之中，到处都有你的影子，你隐藏在我生活的细节里面。我平日最自然的动作，我的一举一动，我一个人走路，一个人吃饭，一个人看电视，一个人看着雨水打湿窗外的树叶，我能感觉到我们在一起。

纤纤，你知道吗，每次走楼梯的时候，我会靠扶手那一边走，因为我最后一次和你并肩走下楼梯时，我就是靠着扶手走的，而你就走在我的身边。

纤纤，我知道你有叠被子的习惯，所以，我每天也会叠被子，我现在可以将被子叠成四四方方的豆腐块，就像是军人的被子，只有一次，我想放弃，我扑到被子上大声痛哭，你从小到大坚持叠被子，可是，你为什么就不能坚持爱我呢？你爱过我吗，哪怕只有一秒钟？

我用很多种方式来想你，来和你说话，可是……你从来都不知道，不知道我有多爱你。

你可曾知道，我总是在下雨时分，宁静与忧伤之间，最想念你。

你可曾知道，我总是在落雪时节，沉默与孤独之间，最想念你。

你可曾知道，我用钥匙在你家楼下的墙上刻了很多字，等一整夜，只是为了看一眼你早晨上学时的身影，你戴着围巾，你穿红色的夹克，我悄悄地跟在你的后面，只是为了看着你。

曾经，我是那么真诚地站在你的背后，望着你美丽的背影，你在夏天穿红裙子，下雪的天气，你穿红色的羽绒服，你裹紧衣服，一直往前走，你只要一回头就会看到我，但是你没有。我多么想追上你，把你冰冷的手揣在怀里。我很喜欢站在四楼教室的窗前，你在注视风景，我在注视你。你走后，我会站在你站过的那个地方，望着你望过的方向，把手掌贴在你贴过的那个位置，我一直在你身后，可是……你从来都不曾回头。

时光宛若流水，玫瑰的颜色并不消退。

这些年来下过的暴雨，就像是很多游泳池摔碎在地上，然后消失不见，如同我为你流过的泪。纤纤，你不知道，我为你流过多少泪。

我用瓶子储存泪水，用胸腔储存叹息。

我的爱比最深的海水还要深，你要是肯看着我的眼睛，就会看到深渊，看到我眼睛里的鱼游来游去。你的外壳就躺在我的身边，日日夜夜，你的墓地

一宗罪

和你的葬礼都在我的怀抱之中。

我追赶你追赶过的蝴蝶，低头去闻你闻过的花朵。

我走过你曾走过的街头，徘徊在你徘徊过的路口。

我爱你爱到穿上了你的内裤！

我爱你爱到穿上了你的裙子！

我爱你爱到变成了你的样子！

你的内裤上有血，我没有洗过。这是我从你房间偷来的，你不知道，我多么喜欢在你的床下睡觉。我穿上你的内裤，很害羞。第一次穿着连裤丝袜上街的时候是冬天，我很紧张，丝袜里面穿的就是你带血的内裤，丝袜外面穿着秋裤和毛裤，人们根本看不出来，我喜欢丝袜带来的那种滑腻的感觉。后来，我终于敢在夏天穿上裙子出门了，我变成了你，就连我自己都认不出来。

每天早晨洗脸的时候，我会疯狂地陶醉地痴情地亲吻镜中的自己。

我不是在亲吻镜子，我在亲吻你。

我吻你的肠子，我把你的脑浆涂满我的全身。

你知道，我有多么的爱你吗？

……

这些泛黄的旧信件，每一封都饱含深情，每一封都是那么的变态。

房间里落满尘埃，书桌旁边的床上，苏眉和包斩发现了床上的一具骷髅，骷髅呈现侧卧的姿势，躺在枕头上，旁边还放着个枕头，由此可见，有个人曾经搂着一具尸体睡了好几年。

食人惨案

我只知道我一无所知。

——苏格拉底

蓝京大学两个学生在午夜玩笔仙，笔仙是中国最古老的巫术之一扶箕的变种占卜游戏。他们的手握住一支笔，笔垂直于纸面，闭上眼睛，驱除杂念，一个学生念道：笔仙笔仙请出来，来了画个圆。似乎有一股强大的力量控制着他们的手，也许是灵魂的意念力，也许是某种神秘的力量，笔尖缓缓地在纸上画了一个圆。

一个接近完美的圆——人不可能画出这样的圆形。

学生问道："你姓什么？"

笔在纸上写了一个字：刁。

学生问道："你叫什么？"

纸上又出现两个字：爱青。

刁爱青，这是一个让人恐怖的名字，蓝京市的警察和市民对

这个名字非常熟悉！

刁爱青案，又称蓝京"1·19"碎尸案，又称蓝大碎尸案，案发于1996年1月19日。受害人为蓝京大学成人教育学院一年级女学生刁爱青。

受害人遗体碎片在其失踪九天后，也就是当年1月19日清晨，被一名清洁女工在蓝京华侨路发现。凶手为消灭作案痕迹，将其尸体加热至熟，并切割成二千片以上，头颅以及分割好的内脏均被煮熟，用塑料袋整齐地包装好，甚至连肠子都整齐地叠放，后分四处进行抛尸。清扫大街的女工，清早发现了一个黑色塑料袋，以为是猪肉，回家后打开仔细地清洗，准备食用，结果在清洗的过程中发现了三根手指，吓个半死，于是报了案。

此案震惊了蓝京市，蓝京市警方投入大量警力多方调查，均未有任何突破性进展。

就这样十几年过去了，虽然蓝京警方一直在全力侦破此案，但凶手却至今逍遥法外。

玩笔仙的学生对刁爱青案也有耳闻，其中一个学生胆战心惊地问道："是谁杀害了你？"

另一个学生也壮胆问道："凶手是谁？"

一种神秘的力量使得笔开始在纸上疾走，似乎夹杂着某种愤怒和咒怨，字迹混乱而不规则，像是一张路线图，也像是某种动物的轮廓，更像一些难以辨认的文字，最终啪嗒一声，笔尖竟然折断了。

◎第四十一章　千刀碎尸

墙上的电子钟指向夜晚9点，白景玉脸色凝重走进特案组办公室，他在这么晚的时间到来，可见一定有非同寻常的特大案件发生，奇怪的是这一次他并

食人惨案

没有拿任何卷宗资料。办公室里，梁教授和包斩正在下围棋，白景玉要包斩立刻把画龙和苏眉叫来，包斩意识到这次的案子肯定极其重大，等到特案组四名成员到齐之后，白景玉说："我要你们都穿上警服！"

画龙说："老大，发生什么事了，什么案子，这么重视啊，还非要穿警服？"

白景玉说："这个案子是我们警察的耻辱，不能破的凶杀案是警察心中永远的痛。"

包斩说："不能破的凶杀案？那就是积案和悬案了？"

白景玉说："'1·19'碎尸案，想必你们都听说过。"

梁教授说："这起碎尸案，影响重大，不仅全国警界闻名，就连国外的媒体也多次报道。"

苏眉说："这个案子是十几年前的吧，蓝京警方几乎动用了全部力量，但凶手一直没抓到。"

白景玉说："现在，凶手可能又出现了！"

1996年1月10日夜间，蓝京大学大一女生刁爱青吃完晚饭出走，据称是由于当时同宿舍女生违反学校规定使用电器，导致担任宿舍长的刁爱青也受到处罚后，心情不佳赌气外出散心，此后再未回到宿舍。死者刁爱青离开时，铺平了自己的被子，这说明她打算回来睡觉，也表明她并无外出远行的打算。目击者最后看见死者刁爱青的地点是青岛路，死者当时身穿红色外套。

九天过去了，二十岁的刁爱青从此再也没有回来。

1996年1月19日，一场大雪之后，刁爱青的尸体被发现。一名打扫卫生的妇女在蓝京新街口附近的华侨路捡到一个提包，包中装有五百多片煮熟的肉片，后来她在清洗肉片时发现有三根手指混在其中，随即报案。之后尸体另外的部分在水佐岗路和龙王山被发现，均被包在提包以及一条床单之中。尸体在煮熟后，总共被切成了二千多片，刀工十分精细，内脏和肠子码放整齐，可见凶手的残忍与超强的心理素质。

案情轰动了整个蓝京市，一时间人心惶惶，警方投入大量警力进行了深

入细致的调查。专案组进驻蓝京大学，全校师生以及当时附近几乎所有居民都受到了盘查，包括市里的出租车司机。

一个人力三轮车车夫多年后还能回忆起当时的情景，警方讯问他是否见到有人带着几个包，还问起是否认识打猎的人。

当时，蓝大校内先是有小道消息流传此案，随后正式贴出了被害女生的照片。据说所有学生都要接受调查，提供事发当晚不在现场的证人。当时的媒体报道了相关新闻和批示，警方悬赏通告，公布了涉案的几个装尸体的提包和一条印花床单。

一名群众声称看到有人拿着印有"桂林山水"字样的包，鬼鬼祟祟的，跟警察晒出照片上的包一模一样，还有人说见过两个人提着两个老式提包，包上印着一架飞机，带子的地方有铜扣扣着。

警方向市民广泛征集线索，然而案子却毫无进展。

一位当年参与侦查"1·19"碎尸案的警官，时至今日，他对于这一碎尸案仍然记忆深刻。他在接受记者采访时说："这么多年过去了，虽然经手办过不少案子，但是还从没有碰到过这样的案子。凶手确实很残忍，我们发现的尸块竟达到二千多块，并不是民间传说的一千多块。每块都切割得很小很整齐，从凶手碎尸的手法来看，应该是比较专业的，对解剖知识有一定程度的了解，我亲眼看到过死者的手脚，肢解得很整齐。而且，死者的头和内脏都被煮过。"

由于当年还没有DNA技术，法医只能通过尸块上的体毛特征、肌肉纤维组织等确认死者为女性。

据这位警官回忆，当年蓝京警方为侦破此案，发动了"人海战术"，进行了广泛细致的排查。"可以说，当时蓝京几乎所有的警察都不同程度地参与了这起案件。有的是被抽调到专案组直接参与，更多的则是在所辖片区进行排查工作。"

凶手的抛尸地点大多集中在闹市区，多达五六个地方。

警官说："凡是在抛尸现场出现过的人，比如说垃圾箱，只要倒过垃圾的人，我们都会逐一进行排查，当时确实很紧张，因为每个人都有可能是嫌疑

食人惨案

犯，生怕漏掉每一条线索。根据凶手抛尸的地点以及相关调查情况，我们推测凶手应该就住在大学校园附近，而且很有可能是骑自行车进行抛尸。"

根据凶手的碎尸手法，蓝京警方曾一度认定凶手的职业是医生或屠夫，并对符合作案条件的这两类职业的人群进行了广泛排查。

警官对记者说："后来经过各种渠道的情况汇总，又扩大了排查目标人群……"

被害者刁爱青是大一新生，性格比较内向和单纯，平时爱看文学类的书，根据她的朋友吴晓洁介绍，能够想起刁爱青的书籍里有《辽宁青年》，还有《电影文学》。周末上街，刁爱青总会在书摊前流连。她和同学们也合得来，没有什么矛盾。交际并不广泛，在她认识的一些人中，都没有作案的嫌疑。有个线索曾引起过专案组的注意，刁爱青在遇害的前几天，曾经声称征集认识了一个作家。警方也曾对蓝京作家进行过调查，然而没有获得有价值的信息。

这起骇人听闻的血案被称为"1·19"碎尸案，警方当时立即展开了大规模调查，然而始终未能破案……

十二年过去了，遇害女孩的冤魂在世间游荡，什么时候才能安息？凶手何时才能落网？

似乎每年的不确定时间，总会有人莫名其妙地在互联网上发一篇关于此案的文章。有人说这是死者冤魂在促使一些人来关注这件事。毕竟凶手不能归案，情何以堪？也有人说是凶手良心欠安，所以来发帖进行忏悔；还有人说，是凶手为了炫耀自己的犯罪手段，挑衅警方；还有的说是知情者想要揭发罪恶，不断地暗示给警方。

2008年6月19日21:49分，一个网名叫做黑弥撒的网友在某虚拟社区网站发了一个帖子《关于蓝大碎尸案的一点想法》。

黑弥撒在帖子中对此案进行了详细的推理，并为凶手画像，他写道："被害人的尸体被切成一千多片，内脏被煮过，并被整齐地叠好，包括衣物也被整齐地叠好，可见嫌疑人很强的心理素质，同时可能懂得医学知识。如此看

来，嫌疑人的文化程度较高，应当受过高等教育，至少其个人素质要高于普通的初高中文化者。试想，一个只有初中或高中文化程度的大老粗，凭借什么能吸引一个在校女大学生的注意？且又有什么能力做到杀人后冷静地分尸？所以我认为，嫌疑人是屠夫、厨师，或者锅炉工的可能性都很小，因为这几种职业的从业人员文化程度及素质普遍不高；至于医生，只能说有可能性，因为目前还没有任何可用于推理的证据。"

黑弥撒主观猜测："被害人刚入学不久，一次在校门口逛街的时候偶然接触到了打口碟……犯罪嫌疑人出现了，他主动向被害人介绍这些音乐……"

黑弥撒在文章最后对凶手进行了描述："犯罪嫌疑人，男性，案发时年龄在三十岁至四十岁之间，亦有可能在三十岁以下，相貌端正，气质成熟稳重，性格内向，为人谦和，单身，受过高等教育，文化素质较高，喜欢听音乐，亦有可能爱好文学，住在蓝大附近，独居，懂得一些医学方面的知识，但没有人知道。"

黑弥撒的文章发出后并未引起太多关注，但在6月20日14:12，有ID为"很多的"的用户，对黑弥撒的文章进行了长达几千字的回复。从多个角度对黑弥撒的名字，还有原文的用词、写作历程进行讨论，"很多的"在这篇长文中最后说——"结论：黑弥撒是凶手！"

网友对"很多的"进行了调查，一个叫做"悼红轩主人"的网友发现，"很多的"博客里面有这样一段话：

"鉴于本人较为特殊的成长经历，对把人大卸八块之类的东西，基本上没有反应……别误会，我没干过这个，主要是小时候住在医院的集体宿舍里，医院嘛，很长'见识'的地方——不过现在的医院管理严格，长不了什么'见识'了。"

"很多的"在2008年6月9日1:12:33回复一篇帖子的时候，描述了一个非常诡异而且具有一定特质的怪人：

1. 每次杀完人，都要对尸体说一句：再见，×××。

2. 平时手总是塞在裤兜里，能不用就不用，如果需要开门的话，最喜欢跟着别人后面进。

3. 每到一个地方，一定要租三套房子，不然就不习惯。并且有一套一定要是合租，这样可以不带钥匙。

4. 每次听到有人说"不杀女人"，都要立即当场回一句"神经病"。

5. 从来不喝牛奶，也从来不把武器放在提琴盒子里，从来不戴面具。

6. 居住的环境，上下楼梯什么的，一定要记住多少级，并且记住多少步。保证在完全黑暗的环境里也能行动自如。

7. 每到一个地方，一定最先看看那里的大商场，并且记住所有出口。

8. 楼底下一定会有放一辆旧自行车，并且永远不锁，如果被偷了，就抓紧时间再买一辆。因为是旧的，所以从来没被偷过。

9. 看到稀奇古怪的帖，就喜欢作一些稀奇古怪的回复。

此后不久，一个名字叫"WCAT666"的网友也参与了回复：

"为什么要切成一千多片？为什么要把内脏和衣服叠得整整齐齐？很多人问过这个问题。只能说你们想得太复杂了。很简单，因为享受啊，享受的就是这个过程。正如读最喜欢的小说，舍得一口气读完吗？正如吃最爱吃的雪菜肉丝面，舍得一口气吃完吗？整个过程，那气味，带着一丝丝血腥，一丝丝凉风，有点点腥，还有点点甜。那灯光，因为前两天日光灯坏了一根还没有修好，只剩了一根，那一根用的时间也很久了，灯丝总是暗暗的。另外一根或许是接触不好，忽明忽暗的，总发出哧哧声，让每个手势都被放大了。虽然带来的阴影不那么方便操作，却增加了另一种快感。潮潮湿湿的地方，没有看时间，很久都没有戴表的习惯了。但是室外宁静和黑暗，偶尔晃过的人影，正是有点点的兴奋……那个晚上的情景，一直紧紧抓住了这颗心。多少次梦中比较，分析，寻找最合适的位置与力度，寻找那种感觉。直到今时今日才是最清晰而深刻的感觉，一切都恰到好处。"

细心的网友发现，"很多的"和"WCAT666"同为蓝京市人，并且有可能认识！

十二年后，这起悬案再次浮出水面，网友诡异的讨论和推理让很多人感到毛骨悚然！

七宗罪

十二年来，凶手一直没有落入法网，凶手可能每天都行走在蓝京市的大街小巷，凶手可能会上网参与分析案情，凶手可能会看到这行文字，凶手可能会再次作案……

2008年9月11日清晨，蓝京市新街口的一个垃圾桶旁边，有个捡垃圾的人发现了一个黑色塑料袋，袋里放着一颗煮过的人头。警方接到报案后，在水佐岗路和龙王山又发现了装有尸体碎块的提包。此案与十二年前的"1·19"碎尸案极其相似，无论是作案手法还是抛尸地点都几乎完全一致。蓝京市警方为避免社会恐慌，立即封锁消息，将此案列为绝密案件，同时上报给最高公安部门，请求特案组协助。

梁教授说："十二年前的碎尸案和十二年后的碎尸案，也许是同一凶手。"

包斩说："还有可能是另一个凶手模仿作案！"

苏眉说："这个案子太棘手了，这个肯定是我们特案组成立以来接到的最棘手的案件。"

画龙说："现在是晚上9点了，我们明天就赶往蓝京市。"

白景玉说："不用明天，现在就立即出发，有一架专机在等待着你们。"

画龙说："好家伙，这次要动真格的了。"

白景玉郑重地说："我作为特案组的组建者，只要求两件事，第一，你们要穿上警服，出现在蓝京八百万人民面前；第二，身为警察，不要求此案必破，只希望你们能对得起老百姓的期望和重托，就四个字为你们送行……无愧于心！"

◎第四十二章　十年恐怖

特案组四人感到案情重大，下了飞机之后，蓝京市委市政府的主要领导都在等待着特案组的到来，接机阵容豪华强大，一个秘书上前为特案组介绍，

食人惨案

蓝京市市委书记、市长、蓝京公共安全局局长、蓝京市公安局局长、政法委书记、蓝京市各分局局长……这些领导挨个地与特案组握手，每个人的脸上和眼神中都流露出期望和重托。

特案组到达蓝京市公安局时已是夜里11点，办公大楼灯火辉煌，楼前还有很多警察列队欢迎，为首的是一个六十多岁的老人，他就是蓝京市公安局的老局长，已经退休，十二年前，曾担任"1·19"碎尸案专案组总指挥。

老局长握住梁教授的手说："惭愧啊，'1·19'碎尸案没破，现在又发生一起碎尸案。"

梁教授说："天大的案子也总有水落石出的一天，我们会尽心尽力，现在刑侦科技这么先进，破案希望很大。"

老局长介绍了列队欢迎的警察，这些警察十二年前都参与过"1·19"碎尸案的侦破，现在已经是中老年人了，不少人头上都有了白发。老局长主动请缨，向特案组表示他们想再次参与侦破工作，他百感交集地说道："十二年了，我当年对孩子的父亲发过誓，我向全市人民承诺过，一定要将凶手绳之以法，然而现在，这么多年过去了，我还是没抓到凶手，唉，我怎么能对得起穿在身上的警服……"

其中一个警察感慨万千，说道："十二年了啊，'1·19'碎尸案是我接手的第一个案子，那是我当警察的第一天，我也见过刁爱青的父亲，一个老实巴交的农民，十几年来，我常常想起两件小事，梦里也睡不踏实。"

警察讲起自己当年走访刁爱青父母时的两件小事。

刁爱青不会骑自行车，她是一个出身贫苦的女孩儿，小时候，父亲常常骑自行车载着她，案发之后，父亲说他孤身骑着车子行在乡间小路时，他总会习惯性地回头看看后座，这才发现早已没了女儿。

女儿遇害死亡后，刁爱青的母亲也变得寡言少语，她在柴油机配件厂工作，有时，发呆的时候，她会想起与女儿曾经的一次对话：

刁爱青妈妈："爱青，你的耳朵后边怎么也有一颗痣？"

刁爱青："以后失踪了，你好找我呗。"

梁教授当场决定，所有参与过"1·19"碎尸案侦破工作的干警组成一个积案组，由特案组直接指挥。指挥部设立在蓝京市公安局刑侦五处办公楼，老局长、刑侦五处处长、鼓楼区分局长三股刑侦力量会聚到一起，三人和特案组一起办公工作。

当天夜里，一个中央、省、市各级公安部门参与的大案指挥部迅速成立，特案组任核心领导和总指挥，警力不足从全省抽调，工作人员不足从各机关抽调，总之一切要保证侦破工作的进行，一切都要为大案提供便利和帮助。指挥部下设调查走访组、法医组、现场勘验组、物证分析组、计算机技术小组、痕迹鉴定组、档案管理组、群众线索征集组。

第二天上午，白景玉又从全国警界抽调精兵强将组成一个专家团，紧急召集前往蓝京市，加入大案指挥部，其中有罪犯画像、DNA破裂鉴定、血型分析、齿科学、痕迹学、犯罪变态心理学等各领域的专家，每一位都名震全国警界。

大案指挥部可谓是群英荟萃，阵容超级强大！

特案组召开了百人会议，制定了总的工作原则和细致的任务分配，"1·19"碎尸案和"9·11"碎尸案，两起性质恶劣的案件并案侦查。尘封了十二年的悬案再次开启，特案组走进了档案室，梁教授想起白景玉没有拿案卷的原因——"1·19"碎尸案的档案卷宗太多了，堆满了几间屋子。

刁爱青的头被煮过，十几年来一直冷冻保存。大量照片显示出多年前刚被发现时的情景，人头被煮过，所以呈现出骇人的红色。十几年前，蓝京警方曾通过电视台广泛征询线索，展出了装尸的两个包：一个是牛仔布蓝色双肩背包，一个是老式提包。还有一条装尸体碎片的印花床单，希望市民提供线索。

梁教授派出几名警察去提取刁爱青父母的DNA和血液样本，对于死者刁爱青的二千多尸块以及人头重新做DNA鉴定，包装尸块的包以及床单要做微量物检测，力图从中发现凶手遗留下来的细微物证，如果能提取到凶手的DNA，此案侦破将指日可待。

一位DNA鉴定专家说：凶手为什么使用的是红色床单呢，唉，如果是白色的，我们会发现更多的蛛丝马迹。

食人惨案

DNA鉴定专家介绍，床单上有深红色染料，这种染料是DNA检验中很难对付的抑制物。

十二年后的碎尸案作案手法和"1·19"碎尸案极其相似，抛尸地点也非常吻合，特案组在会议上展开了热烈的讨论，大家意见分歧，一半人认为两起碎尸案为同一凶手所为，另一半人觉得是另一凶手模仿作案。

"9·11"碎尸案的三处抛尸现场都受到了警方严密保护。梁教授要求包斩带领勘验人员从中心现场开始，将散落物固定，做标记后照相提取。包斩首先拍摄下现场全貌和中心现场，以两千米为半径展开搜索，然而在外围没有发现一丝可疑物证。警方将抛弃尸块的垃圾桶运回指挥部，把里面的物体全部提取，几十人用了三天三夜的时间进行了细致的排查，除了装有尸块的包装袋之外，警方没有获取其他有用信息。

调查走访组广泛征集目击者，初步认为凶手可能骑着电动自行车抛尸，这点和十二年前的"1·19"碎尸案也有惊人的相似之处——十二年前，警方认为凶手是骑着自行车抛尸！

大案指挥部成立了实验室。

现场勘验、物证分析、痕迹鉴定，三个小组联合成立实验室，配备有最新科技仪器，包括扫描电子显微镜、傅立叶红外光谱仪、显微分光光度计、气相色谱/质谱联用仪、气相色谱仪、液相色谱仪、多波段光源检测系统、紫外可见分光光度计、薄层扫描仪、法医图像分析仪、DNA扩增仪、DNA测序仪、语言识别工作站、文件检验仪等，以及其他实验室设备。

梁教授要求鉴定专家从包装尸块的提包和塑料袋上做最细致入微的检查，力图提取残留的血、精液、唾液、痰液、毛发、指甲、污渍、油渍、皮屑或者其他人体组织。

这名死者的人头也被煮过，面目难辨，经过DNA鉴定死者为男性，年龄约四十岁。

两起碎尸案有了很大的区别，十二年前的"1·19"碎尸案死者为女性，

二十岁；十二年后的"9·11"碎尸案死者为男性，四十岁。

案情变得复杂起来，特案组分析讨论，包斩在会议上作了一个大胆的假设，这名四十岁的中年人也许就是"1·19"碎尸案的凶手，被人以同样的方式杀害；还有一种可能，此人是知情者或目击者，被"1·19"碎尸案凶手杀人灭口！

这两个假设的问题使人感到毛骨悚然！

凶手在多年后杀死知情者？

知情者在多年后杀死凶手？

哪一种可能更接近事实真相呢？

苏眉利用电脑技术寻找到在网络上发帖的几名网友。黑弥撒在鼓楼区分局接受了警方的讯问，他称自己是法学出身，曾在法院和律师事务所工作过，现在在一家银行任职。网名叫黑弥撒，是因为喜欢一张重金属音乐专辑，因此命名。

梁教授："1996年，你才十四岁，还在上初中，从这一点上可以排除你作案的嫌疑。"

鼓楼区分局长："你对十几年前的案子为什么那么关注，怎么想起在网上发帖推测凶手？"

黑弥撒说："我对这起案件的关注是2006年，就是在网络上看到了关于此案的几个帖子。我发帖的初衷，是想吸引民间高手进来一同探讨案情，但没想到有人怀疑我是凶手。"

梁教授："你在帖子里的推理分析我都看了，有一定的道理，我们会深入调查。你认为犯罪嫌疑人为男性，案发时年龄在三十岁至四十岁之间，亦有可能在三十岁以下，相貌端正，气质成熟稳重，性格内向，为人谦和，单身，受过高等教育，文化素质较高，喜欢听音乐，亦有可能爱好文学，住在蓝大附近，独居，懂得一些医学方面的知识，但没有人知道——可是你忽略了极其关键的一点。"

黑弥撒："什么？"

梁教授："这个也不是什么保密性质的问题，希望你了解之后，从此闭嘴。"

黑弥撒："好，我会闭嘴的。"

梁教授："'1·19'碎尸案，没有发现死者的全部内脏和人骨，你推理下，这些哪里去了？"

黑弥撒："可能是被凶手扔了，要不就是埋了。"

梁教授："还有一种可能，你往最恐怖的地方想想。"

黑弥撒："难道……天哪，被凶手吃掉了，凶手是一个食人恶魔？"

◎第四十三章　幽暗小巷

另外几名网友也接受了警方的讯问，其中一名网友叫"很多的"，他对此案显示出浓厚的兴趣，甚至想从警方嘴里套出话来，他反问警方："凶手有枪，是吗？"

梁教授和鼓楼分局长对视一眼，鼓楼分局长说道："你怎么会这么问？"

这名网友说，十二年前，警方在盘查群众时，曾经多次问起，是否注意到谁家有火药，或者猎枪。这个细节非常重要，也许说明刁爱青的尸块上，或者包装的包上，床单上，应该有火药痕迹，或者刁爱青被猎枪打过，案发当晚很可能有群众听到猎枪的响声——要不，警察是不会调查火药或者猎枪的！

鼓楼局长意味深长地说："别瞎猜，有些事情不知道最好，你今天知道了，明天可能没命。"

梁教授说："当时临近过年，火药也很可能是鞭炮或者烟花里的，不要再瞎猜了。"

碎尸案发生之后，确认尸体身份是侦破重点。"9·11"碎尸案中，死者头颅被煮过，面目全非，难以辨认。六位特邀专家马不停蹄地工作了一天半，

他们利用颅相恢复技术，复原了头颅的面貌。这是一种很神奇的刑侦科学技术，即使是墓中出土的骷髅头也能还原本来面目。照片显示，死者是一个浓眉大眼的中年男性，阔脸，鹰勾鼻，戴一副眼镜。

蓝京市所有警员都行动起来，每人一张照片，在全市范围排查死者身份。

专家组有了新的进展，要求立即召开案情发布会。他们将会发表什么样的高论呢？一位痕迹检验专家代表专家组发言，开场便语气肯定地说："凶手可能是一个女人！"

话音未落，会场上出现了轻微的躁动，很多人开始交头接耳，窃窃私语。

只要犯罪，就会留下痕迹。

"9·11"碎尸案中，装有尸块的黑色塑料袋上，专家用显微镜做细致入微的查找。这是一个未使用的崭新塑料袋，遗憾的是没有提取到指纹，塑料袋曾被扔进垃圾箱里，专家耗费了大量工作，首先排除塑料袋沾上的其他垃圾痕迹之后，在塑料袋的提手上发现了一小块污渍。

这块污渍疑似凶手留下的。

专家组将这块污渍分成一百份，分别做微量物成分检验，污渍中有针孔那么小的红色斑点，专家最初以为是血痕，如果是凶手的血痕，无疑是此案的重大突破。物证检验极为严谨，专家首先通过化学实验方法检测红色斑点是否为血，结果大失所望。

红色斑点不是人血！

然而鉴定过程柳暗花明，专家组从污渍的成分中发现了油和牛奶，红色斑点为口红！

痕迹专家说："口红可以推断凶手可能为女性。"

苏眉问道："污渍中的牛奶，确定吗，有没有可能是人奶？这个很重要。"

痕迹专家说："我们作过比较，牛奶总蛋白质含量高，为人奶的三倍。牛奶的蛋白质主要是酪蛋白，人奶以白蛋白为主。"

包斩问道："油是什么油，汽油，柴油，还是食用油？"

专家说："就是我们平时炒菜用的油。"

包斩说道："我们可以想象一下抛尸经过，凌晨，天还没亮的时候，街道上一片漆黑，有个涂着口红的女人，骑着一辆电动自行车，没有开车灯，车筐里放着装有尸块的塑料袋和包，驶过垃圾箱的时候，她没有停车，只是减速滑行，将一袋碎尸扔进垃圾箱里。口红很可能是她无意中擦了下嘴唇，沾到手上，拎起尸袋时又遗留在了塑料袋提手上……"

梁教授说："油是豆油，还是芝麻油，菜子油？"

鉴定专家说："这个……我们还需要进一步检测。"

梁教授对痕迹鉴定专家组提出批评，要求他们必须尽快搞清楚油的成分，散会之后，痕迹鉴定专家做了加急检测，结果显示为棉子油。这种油在家庭厨房里很少使用，痕迹专家使用卫生局测试食用油老化程度的烹饪油快速测试仪，将仪器的金属探针与油接触，十秒钟过后，仪器上显示的读数为42。这说明棉子油曾被多次使用，从而产生油质老化的迹象。鉴定专家在油的成分中还提取到了：碱和矾。

鉴定专家急忙找到梁教授，将这个好消息告诉他。

鉴定专家兴奋地说："老梁，搞清楚了，这是一种用来炸油条的油！"

梁教授惊喜地问道："你确定吗？"

鉴定专家说："绝对错不了，这是炸油条的油，反复使用，碱和矾，发制油条必不可少。"

梁教授让画龙立刻出发，将抛尸现场附近炸油条的摊主带回警局讯问。摊主五十多岁，系着围裙，是一个老实巴交的市民，每天凌晨4点，他就和儿媳妇一起出摊炸油条，主顾很多，都是周围的居民，他对案发当天买油条的顾客没什么特别印象，想不起其中是否有涂抹口红的女人。

梁教授说："你好好回忆一下。"

包斩提醒道："9月11日，天还没亮的时候，吃早点买油条的顾客中是否有可疑的人，一个女人，涂抹着口红，骑着电动自行车，车筐里放着黑色塑料袋。"

卖油条的摊主想了想，摇了摇头，忽然说道："你们问这个，不会是和碎尸案有关吧？"

梁教授答非所问，说道："你别害怕，只是了解点情况，你要是想起什么，就告诉我们。"

卖油条的摊主离开警局之后，梁教授重新制定了排查方向，凶手很可能买过油条，应该居住在油条摊附近。调查走访组以油条摊为中心，在较大范围做一个基本的排查，即使一无所获，至少也可缩小侦查圈，重点排查周围居民区的单身住户以及有前科的人员。

不知为何，包斩对这个卖油条的摊主起了疑心，摊主的眼神中隐隐约约似乎掩饰着什么，身上还有一股怪怪的味道。包斩带上两名侦查员，又去了摊主的家。

卖油条的摊主住在小粉巷子。

这是一条破败的小巷，都是又矮又旧的老房子，墙皮剥落，巷子里有很多民房改建的小饭馆，卫生环境很糟糕。这条巷子没有路灯，晚上的时候，整个巷子很幽暗。那些矮房上搭着石棉瓦，院子里长着槐树和榆树，偶尔有一只黑猫在墙头上走过，晚上，独自走在这种幽暗小巷子里的路人会心生寒意。

很难想象繁华的都市中有这样一条破旧的小巷，巧合的是这条小巷就在蓝京大学附近！

可以肯定的是，十几年前，死者刁爱青就曾经从这条幽暗的小巷子里走过。

十几年前，这条小巷里还有租书店、影碟店，刁爱青喜欢看书，案发后，警方对书店进行了调查，没有发现可疑线索。包斩对老局长说，从刁爱青失踪到发现她的尸块，历时九天，凶手完全有时间将凶杀现场清理干净。老局长认可这种说法，遗憾地表示说如果从失踪当天就开始排查，刁爱青案很可能就已经侦破了，学生失踪而学校一无所知，学校负有不可推卸的责任。

包斩和两名侦查员站在巷子里，风幽幽地吹过，游荡了十几年的亡魂，何时才能安息？

食人惨案

卖油条的摊主住在小粉巷子的一个院落里，几间瓦房，院中有一株梧桐树，墙头上插着一些碎玻璃，防止歹人攀爬。摊主的儿子三十多岁，经营着一家羊肉拉面馆，拉面馆就是自己家临街的一间房子，媳妇很贤惠，早晨卖完油条回来，还要帮丈夫干活。

院子里污水横流，垃圾遍地，巷子里没有下水道，住户大多选择在自家院子里挖一个阴井。包斩注意到下水口附近有血迹，两名侦查员警惕起来，摊主儿子解释道，他在院里杀过羊，包斩用手指沾上血迹，闻了一下，点头不语。

包斩拿出两张照片——刁爱青和"9·11"碎尸案死者的照片，让他们辨认，摊主儿子和儿媳对照片都没有印象，卖油条的摊主看到刁爱青的照片时，眼神中闪过一丝慌乱，他说十几年前警方也曾拿着这张照片让他看过。

包斩问道："1996年，你做什么？"

摊主回答："卖油条，我卖了十几年的油条了。"

一名侦查员开玩笑说道："你是老油条了。"

摊主毫不介意，笑着回答："你还真说对了，我外号就叫老油条。"

包斩再次问起9月11日凌晨，出摊卖油条时是否注意有什么可疑的人。儿媳妇想了一会，脱口而出："哦，哦，有一个，我得和你们说说，这件事很怪。

摊主立即打断了儿媳妇的话，呵斥她别多嘴。

包斩让她继续说，摊主狠狠地瞪了一眼多嘴的儿媳妇，转身离开了。儿媳妇欲言又止，包斩多次鼓励，最终她吞吞吐吐地说起一件事。那天早晨，天还没亮，儿媳妇和公公出摊卖油条，有个驼子骑着一辆倒骑驴三轮车来买油条，三轮车上放着个鼓鼓囊囊的黑色塑料袋。儿媳妇多嘴，问了一句："里面装的什么啊？"

驼子回答："肉馅儿！"

驼子走后，公公将儿媳妇骂了一顿，儿媳妇觉得很委屈。

公公对儿媳妇悄悄说："你知道那驼子是谁吗？"

儿媳妇气呼呼地说："我怎么知道？"

公公压低声音说："这个人我认识，火葬场的驼子，他是火葬场的焚化工人。"

这件事很奇怪，一个早晨买油条的驼子，三轮车上载着一包肉馅，他并不是开饭店的，也不是卖包子或馅饼的，他是火葬场的焚化工。卖油条的摊主出于胆小谨慎的心理，并没有把此事告诉警方，包斩也表示理解。

一名侦查员问道："这个驼子是不是又黑又矮，秃头，三角眼，眼角还有个大瘊子？"

儿媳妇说："对。"

侦查员倒吸一口气，立即问道："五十岁左右？"

儿媳妇回答："是的。"

从院子里出来后，侦查员看看四下无人，低声告诉包斩，这个驼子以前曾被警方处理过，他的事迹曾经引起过整个蓝京警界的震惊，出于对社会安定的考虑，警方一直隐瞒案情。

包斩问道："这个火葬场的驼子，犯过什么事？"

侦查员说："吃人！"

◎第四十四章　食人恶魔

世界各地都曾发生过一些骇人听闻的食人案件，最为臭名昭著的要数俄罗斯杀人狂"罗斯托屠夫"和美国"密尔沃基怪物"。

罗斯托屠夫最少杀死五十三人，这是警方已知的数目，他的杀人方法是将受害人折磨至死，虐杀并烹尸吃掉。二十年间，他的犯罪地点横跨整个俄罗

斯，表面上看，他是一名受人尊敬的老师，排除在连环杀人案嫌疑人名单之外，但他正是俄罗斯一连串虐杀和食人案件的元凶。罗斯托屠夫有性功能障碍，只有将受害人杀死之后，才能进行性行为。1978年至1992年，他多次在车站尾随女童，事后，警方总能发现一具眼睛被挖出且四肢残缺不全的尸体。

密尔沃基怪物是一名同性恋者，堪称《沉默的羔羊》里食人博士的真人版本，杀害十七人。在烹尸方面，他非常讲究，只会选择想吃的部位贮放于冰箱，其余的扔到厨房特制的硫酸池里处理掉。在十多件案件当中，他曾经试过先后杀害两兄弟，最恐怖的一次是把被害者的头盖骨凿开，往脑浆中灌入水银。他被判终身监禁，最终死在狱中，因为另一名在狱中的囚犯声称受上天感召，要杀死他替天行道，这个食人恶魔的一生就此完结。

中国也曾发生过一些食人案件，官方向来对此讳莫如深，只能从一些法学院的论文中窥视到冰山一角，例如打黑英雄王利均的论文《颅面复原技术在焚尸、食人案件中的应用》。媒体也曾报道过一些解密了的食人案件，例如"人肉火锅案"和某地"系列杀人案"。

凶犯张某将一女孩碎成八块，警方找到六块，其余两块已被切成火锅肉片吃掉……

杀人恶魔李某在半年内杀害五名坐台小姐，强奸、肢解尸体、吃下被害者的双眼……

蓝京市火葬场曾发生过一起蹊跷的案件，报案人声称自己女儿在火化前夕少了一个乳房，警方调查后认为火葬场的一个驼子具有嫌疑，然而驼子拒不承认，火葬场方面为挽回名誉对家属进行了经济赔偿，最终此事因家属撤销报案而不了了之。

过了不久，火葬场又发生了一起奸尸的事，这件事闹得满城皆知，驼子的知名度甚至超过了市长，市民们并不一定知道市长的名字，但是对于驼子奸尸的故事几乎都能绘声绘色地讲述。群众对于这种爆炸性新闻更津津乐道，在传播的过程中还会加入自己的想象。一个市民声称，火葬场的驼子脾气很火暴，他有时怒气冲冲，会拿着根棍子把停尸房里的尸体揍一顿，还会对尸体大

喊："操你们所有人的妈，有本事的给我站出来！"

驼子奸尸的事情得到了火葬场化妆女工的证实，那名女工不止一次对人讲起这个故事。

一个公关公司的礼仪小姐，心脏病发去世，被送到火葬场。火化之前，公司领导和家属来得匆忙，忘了拿死亡证明，只好回去取，因路远至少要到第二天才能拿到，当天晚上，就把女尸放在了火葬场的停尸房。

驼子是火葬场焚化工人，也负责看守停尸房，平时还要干一些杂活。他长相丑陋，因为在火葬场上班，没有女人肯嫁给他，四十多岁了还是一条光棍。

停尸房就是个临时的太平间，有一些冷冻设施，温度很低，阴森森的。驼子就住在停尸房旁边的房间里，那房间里还堆满了花圈、火纸等祭奠用品，门前还有两棵白纸扎成的树！

礼仪小姐长得非常漂亮，躺在停尸房的担架上，她刚死不久，身体还没僵硬，穿着旗袍，看上去就像是个熟睡的美人。驼子见到这么漂亮的女人，心生歹意，忍不住抱住亲了亲，慢慢脱掉了她的衣服。美人玉体横陈，驼子爬上去，抱住她，用力地耸动下身，一直干得大汗淋漓，还不停地变换各种姿势。

驼子很变态，事先，他把停尸房里所有尸体都拖了出来，让尸体靠在墙边充当观众，观看他和礼仪小姐的激情表演。

驼子喘气如牛，大吼一声，爆发了，一会儿，他安静下来，开始如痴如醉地亲吻女尸。

墙边的那些充当观众的尸体，姿态各异，有的甚至是车祸现场的尸体，只有血肉模糊的上半身。煞白的灯光照着停尸房，正在和女尸接吻的驼子注意到墙边出现一个直挺挺的人影，那影子静止不动，看着这一幕。

驼子以为那影子是一具尸体，他丝毫没想到——尸体怎么可能站立呢？

驼子吻着女尸，用牙齿拽出她的舌头，含住，贪婪地吸吮，然后硬生生地咬断，驼子昂起头，嚼了几下，吞咽了下去……

那影子就是火葬场的化妆女工，无意中看到这恐怖的一幕，第二天她就

第九卷

食人惨案

辞职了，辞职后将此事告诉了一个片警，片警赶到现场的时候，尸体已经火化。家属当时也没看出什么异常，礼仪小姐的尸体在火化前完好无损，衣服也穿得好好的，没有人会注意到女尸的舌头不见了。

因为缺乏证据，警方无法处理，蓝京市街头巷尾都传闻火葬场有一个恋尸吃人的变态驼子。火葬场方面曾经想过辞退驼子，但是焚化工人很难找到，几乎没人愿意从事这种工作，只好作罢。

侦查员向包斩讲完驼子的故事，包斩决定带上侦查员去火葬场调查一下，然而司机却退却了，司机苦笑着表示，他下星期就要结婚，老爸刚过完六十大寿，他实在是不愿意去火葬场沾染晦气。

包斩和侦查员只好打出租车去了火葬场，出租车司机师傅说："去火葬场得加钱！"

包斩说："多少？"

出租车司机师傅说："要加一块钱，这是我们的规矩。"

很多城市的出租车司机最不愿意去的地方就是火葬场和殡仪馆，多收一元钱只是讨个吉利，图个安慰，一种迷信的做法，拉过死人的车往往还要系个红布条，起到辟邪之用。

出租车司机师傅说："看到殡葬工人吃韭菜炒鸡蛋，我吐得不行。"

包斩说："师傅，你干出租车这行也很久了吧，火葬场的驼子，听说过吗？"

出租车司机师傅说："啊，那个吃死人的驼子，以前他是推板儿车的，也算是我的同行。"

包斩让侦查员从包里拿出两张照片，让出租司机辨认，司机对"9·11"碎尸案的男性死者毫无印象，看到刁爱青的照片时，他想起来什么，突然一个急刹车。这种过激反应引起了包斩的警惕，包斩亮出警察证件，要他接受讯问。司机师傅解释说，1996年的时候，出租车驾驶员每月都要回公司进行安全

培训,但是那几个月的培训内容却是配合警方调查,回忆案发前后有没有搭载过受害人以及犯罪嫌疑人。所以他对死者照片印象深刻,警方还公布了协查通报上的两个包,他还记得其中有个旅行包,老式的那种,印着一架飞机。

出租司机拒绝搭载,声称即使包斩投诉,他也不去火葬场了。包斩无奈,只好记下了他的车牌号码,然后和侦查员步行前往火葬场。

火葬场停尸房门前有一道铁栅栏,进去后是个大厅,放着张桌子,用来办理尸体移交手续,靠墙有一些花圈和骨灰盒。大厅尽头还有一道栅栏,里面就是停尸间,大多是临时停放的尸体,也有一些无人认领的无名尸体。通往停尸间的过道里有一个锁着的小铁门,那是值班看守的房间,驼子就住在里面。

在火葬场负责人的陪同下,包斩和侦查员对驼子进行了讯问。

包斩和侦查员坐在办理尸体移交手续的桌前,桌对面的驼子长相凶悍,有着一对三角眼,眼角还挂着一个肉瘤,蓬乱的头发遮盖住耳朵,他低垂着头,心不在焉,往地上吐着唾沫。

侦查员拍了下桌子,说道:"抬起头来!"

驼子怏怏不乐地说:"赶紧问,别吓唬我,我啥样的死人没见过,还怕活人?"

包斩开门见山问道:"你在9月11日凌晨买过油条?"

驼子想了一下,回答:"买过。"

包斩说:"当时,你骑着一辆三轮车,车上有个黑色塑料袋,里面的肉馅是哪儿来的?"

驼子说:"集市上买的,肉丝,不是肉馅,我早晨给一家面馆买菜,挣点零钱。"

包斩讯问了那个面馆的名字和地址,表示会调查核实。包斩又问起火葬场负责人,9月11日前两天,火葬场有没有送来涂抹口红的女性尸体,火葬场负责人摇了摇头。包斩继续讯问驼子,问他什么时候开始担任火葬场焚化工,驼子声称自己中学毕业就接了父亲的班,一直在火葬场工作。

侦查员拿出两张照片给驼子看，包斩仔细观察驼子的表情，然而驼子非常镇定，对这两名死者的照片没有任何反应，说是自己从来没有见过。

审讯结束，没有获得任何有价值的线索，驼子站起来说要是没什么事，他就回去吃饭了。

包斩听到"吃饭"二字，立刻警觉起来，他的鼻子用力嗅了几下，空气中有一丝胡椒的怪味，他站起来向驼子居住的房间走去，门上有锁，包斩要驼子交出钥匙，驼子紧张起来，转身就跑，侦查员身手敏捷将其制伏，戴上了手铐。

驼子的房间里临时堆放着火纸和纸钱等祭奠用品，门前还有两棵白纸扎成的树，房间里凌乱不堪，床上的被子肮脏破烂，露着变黑的棉絮，地上两个马扎，他的餐桌是一口小棺材。

棺材餐桌上放着一个沙锅，旁边一个酒杯，一双筷子，沙锅里是婴儿粉丝汤！

◎第四十五章　悬赏寻尸

棺材里有一些女人内衣，有些已经很旧了，驼子说是从女尸身上扒下来的。房间里还发现了几个饮料瓶子，瓶里装着令人恶心的不明液体，审讯时，驼子对警方说，最好不要知道瓶子里装的是什么。警方经过化验，内衣非碎尸案死者遗物，瓶子里装的全是驼子吐的痰，驼子有吐痰的习惯，还患有鼻炎，他感冒的时候，把浓痰吐到空瓶子里，日积月累，积攒了满满的几瓶。

梁教授："为什么吐痰？"

驼子："好玩。"

画龙："为什么吃人肉？"

驼子："我有哮喘病。"

苏眉："你真恶心。"

驼子："嘿嘿，是吗？"

包斩："你还喜欢玩什么？"

驼子："我喜欢烧尸体。"

驼子喜欢观看死尸熊熊燃烧化为灰烬，这些年来，他已经焚化了上万具尸体。火葬场的炼尸炉都有窥孔，从孔里可以看到尸体燃烧时会动，还会蜷缩起来，有的尸体甚至会缓缓地坐起，这是因为筋与肌肉收缩的原因，就像是一张纸燃烧的时候也会动，并不奇怪。

驼子否认了奸尸的事情，声称火葬场化妆女工喜欢他，但他看不上那女人，女工后来被开除免职，到处诬陷驼子。很显然，这个说法并不能使得警方相信。驼子说他对那个礼仪小姐印象深刻，他亲自将她送进炉子，从窥孔里看到这具燃烧的女尸坐了起来，手竟然慢慢地抬起，指着窥孔外的驼子。

警方很快就搞清楚了婴儿的来源，驼子去医院收尸的时候常向妇产科医生索要胎盘，胎盘在中药中也叫紫河车，很多地方都有人吃胎盘，据说对肺结核和哮喘有良效。医院也会将流产或早产的死婴交给驼子，让他带回火葬场烧掉。

驼子虽然变态，但没有任何证据能证明他和两起碎尸案有关，奸尸一事也无法得到证实，吃流产死婴这种恐怖行为，因为并非盗窃掘墓而来，对于是否构成法律上的"侮辱尸体罪"争议较大，本着疑罪从无的原则，警方将他羁押了几天，就给释放了。

驼子被释放的时候，感到很意外，他狡黠地向警方挑衅："你们会后悔的！"

一个冲动的警察忍不住违反纪律将驼子揍了一顿。

案情再次僵持不下，唯一的犯罪嫌疑人并非凶手。

大案指挥部召开了案情讨论会，老局长发言说，我们已经建立了积案攻坚机制，然而"1·19"碎尸案因年代久远，数据库不完善，查证困难，嫌疑人身份始终不明，尽管对死者刁爱青的二千多尸块以及头颅重新做了DNA鉴定，包装尸块的包以及床单也做了微量物检测，然而尚未发现凶手遗留下来的

细微物证，案情陷入泥潭。

走访调查组负责人情绪沮丧地说，虽然经过大量的走访排查，但是始终没有搞清楚"9·11"碎尸案的死者身份，这个神秘死者到底是谁，还需要进一步扩大摸排范围，查清尸源。

一个警员嘀咕道："'9·11'碎尸案的死者会不会是外省人？"

另一个警员说："如果是外省人，咱们上哪儿找去，难道要从全国范围内排查？"

梁教授说："我有个办法。"

走访调查组负责人说："什么办法？"

包斩说："蓝京市八百万人总有人认识他，或者见过他。"

梁教授说："对，咱们就利用电视台，发动八百万人找出他来，确定他的身份！"

特案组建议请电视台等新闻单位大力配合，播放悬赏寻尸启事，将案情公之于众，依靠八百万老百姓，不仅可以查清尸源，也一定能将碎尸凶手从藏身之地找出来。

老局长当场表示了反对意见，他说"1·19"碎尸案警方也曾经在电视台播出简报，征集破案线索，非但没有破案，还引起了极大的社会恐慌，现在"9·11"碎尸案的杀人手法与"1·19"碎尸案极其相似，老百姓肯定认为凶手再次出现，这就相当于给蓝京市投下了一枚原子弹，市民会再次陷入巨大的恐慌之中。

刑侦五处处长说："美国历史上最大的凶杀悬案，十二宫连环杀人案，美国警方动用一切媒体力量征集线索，几十年过去了，不也是没有侦破吗？"

鼓楼区公安分局局长说："我得再准备几个空房间来存放案卷，可以想象到，电视台播报碎尸案后，所有的线索都会汇总在一起，就像是无数雪花滚成球，越滚越大，最终咱们这个屋子都装不下，并且，这些线索有价值的肯定不多，要耗费大量警力调查那些无用的线索。"

梁教授说："特案组有指挥权，明天蓝京市新闻联播头条播报悬赏寻尸

启事，就这么定了。"

宣传处处长说："我也有顾虑，案情公布之后，社会影响就大了，要是案子破不了，你说咱的脸往哪儿放，谁还好意思穿警服上街？"

梁教授斩钉截铁地说："如果此案不能侦破，我不再当警察了，我会退出特案组，散会！"

包斩、画龙、苏眉三人感到心中一惊，没想到梁教授在会议上破釜沉舟作出如此重大承诺，三个人肩上的压力立刻变得无比巨大，为了特案组的完整，必须侦破此案，没有退路。

苏眉要求画像专家准备死者的两张照片用于明天的新闻播报，一张不戴眼镜的，一张戴眼镜的。包斩再次向法医核实死者是否戴有眼镜，因为抛尸现场并未发现死者的眼镜。法医专家声称，尽管死者头颅被煮过，已经面目全非，但是从耳畔和鼻梁的皮肤压痕以及皮肤色素可以确定死者平时戴着眼镜，就像一个常年戴戒指的人，即使手指被煮过，痕迹仍在。

对于能否查明死者身份，揪出凶手，这些细节都至关重要。

第二天中午，蓝京市当地电视台播报了这起恐怖碎尸案的新闻和悬赏寻尸启事，并且预告晚上8点会进一步报道。主持人对台长说："晚上，咱们电视台的收视率肯定暴涨。"精明的台长说："是的，案情播报前后的广告应该提价。"

晚上8点，主持人对全市守候在电视前的市民说，我们马上为大家揭晓关于特大杀人碎尸案的补充信息，疑犯的身份不明，性别不详，居住在抛尸地点附近，画面上展示的是装有尸块的包装物以及抛尸地点，案发前，凶手购买过黑色的塑料袋，在一个油条摊买过油条，骑着一辆电动车在凌晨抛尸，特别强调一点，此刻，这个变态杀人碎尸者有可能正在看电视，凶手正在你们中间，请电视机前的观众，看一下自己的周围，看看谁最符合我们描述的特征，然后拨打屏幕上的警方热线，我们会为举报者保密，对提供破案线索者奖励人民币十万元！

警方热线很快就被打爆了，根据群众提供的线索，蓝京市至少有七十多

个凶手，他们大多数是举报者的邻居，还有学生信誓旦旦地说这是他的物理老师干的，更荒谬的是，一个孩子举报了自己的父亲，并且追问会不会得到赏金，因为他需要钱买一台电脑。

尸源的线索也非常多，很多群众声称死者是他们的亲属和朋友，警方调查了举报线索中突然失踪和去向不明的人员，与户籍档案照片进行对比，然而一次又一次失望。

在寻尸启事中，梁教授似乎有先见之明，特意加上了一条：死者也有可能不是蓝京市人，也许是来本地探亲访友出差旅游的外地人士。

这条信息非常重要，一个医院院长提供的线索最终确定了死者身份。

医院院长声称这个受害人很像邻市的一个外科手术医生，名叫黄百城，四年前来蓝京开过一次著名的学术会议，医院院长之所以印象深刻是因为当时的合影照片一直放在他的办公桌上。仅从目测上就可以看出，黄百城和警方画像非常相似，画龙立即出发前往邻市，提取了黄百城家人的DNA，经过基因检测比对，死者正是黄百城！

案情有了重大突破！

黄百城家人反映了一个疑点，黄百城在案发前声称去海南出差，但是警方却在蓝京市发现了他的手机。大案指挥部联合电信部门使用GPS定位坐标以及根据最近的信号塔追踪到他的手机——被扔在了一个人工湖里。

人工湖里还打捞出了他的血衣！

警方要求电信部门调出了黄百城的通信记录，一个名叫夏雨萍的人在案发前给他打过电话发过短信，短信中留有一个地址。警方调查证实夏雨萍即为蓝京市人，女，三十六岁，未婚，那地址位于蓝京市的旧居民区，就在抛尸地点和油条摊附近。

地址所在的位置是一栋旧房子，有一个独立的铁栅门，上着锁，门内是几节台阶，一个过道，过道里放着一辆电动自行车。

警方破门而入，痕迹专家们分散开来，弯腰顺着楼梯一阶一阶地搜寻。在强光灯的照射下，他们根据肉眼尚能见到已干涸的陈旧血迹，再按照行走人的步法特征，找出潜在的血脚印位置，然后用四甲基—苯胺化学药液小心地涂

在上面，地面上沾有血迹的部位与药液接触后呈现蓝色反应，这样，几个清晰度被大大强化了的血袜印便显现了。

苏眉放上编号牌，用相机拍照。

楼道里弥漫着刺鼻的药液味儿，每一道工序有条不紊地进行着。

包斩和画龙站在门外，透过锈迹斑斑的铁栅栏门，可以看到台阶上有一行醒目的血袜印，脚印很小，说明是一个儿童，血袜上的花纹图案可以推断出是一个小女孩。不出意外的话，房间里就是凶杀现场，然而令人担忧的是，这个女孩是否还活着？

可以想象到——一个小女孩从凶杀现场跑出来，她没有穿鞋，说明内心是多么的惊慌，她的脚上沾满了鲜血，站在已锁的铁栅门前，无处可逃……凶手已经出现在小女孩的身后！

碎尸真相

探索的终点将是开始时的起点。

————艾略特

这里就是杀人分尸的第一现场。

房间里恶臭熏天，茶几上杯盘狼藉，上面摆的菜很丰盛，已经腐烂变质，警方分析化验后发现，全是人体组织和器官做的菜肴，其中有：醋溜心尖、阳具馅的饺子、红烧胳膊、炖脚丫、肚肺酸辣汤……

包斩注意到：房间里有三名死者，但是餐桌上却有四双筷子！

◎第四十六章 人肉盛宴

警方使用切割机打开防盗门，用撞门锤将内门撞开，一股熏人的臭味扑鼻而来，房间的地面上密密麻麻爬满了蛆，根本没有

265

落脚的地方，苏眉拍了几张照片，弯下腰忍不住想吐。包斩换上一次性P3隔离服，戴上乳胶无粉手套，拎着一个现场勘验箱进入房间。

画龙随后进入，指着餐桌上腐烂的饭菜开玩笑说："嚯，四菜一汤，老干部下乡也这待遇。"

一名勘验专家俯下身，看着餐桌上的胳膊和脚丫说："这是人肉，你要不要尝尝？"

包斩用镊子小心翼翼夹起几条最长的蛆，放进证物袋。一名法医将门关上，防止室内的苍蝇飞出去，凶杀现场的苍蝇和蛆可以判断死者的死亡时间。

客厅现场勘验完毕之后，画龙轻轻地打开了浴室的房门，眼前的一幕令人震惊！

浴室现场惨不忍睹，让人头皮发麻。浴缸里的血水已经发黑，表层凝结。浴缸里有三名死者，一个女人，一个女童，还有一具无头人体骨架，黑压压的苍蝇落在三名死者身上，门被打开的一瞬间，苍蝇嗡的一下飞了起来，露出高度腐败的尸体。尸体的皮肤和组织已经软化，如同糖浆一样耷拉下来，一只手垂在浴缸外，手上有清晰的腐败水疱，有蛆从手背上钻出来。尸体的胸腹部以及脸部，有很多密密麻麻的孔，每个小孔里都有蛆钻进钻出。

浴室地板上满是尸体腐败后流出的液体，和血迹混在一起，呈现出恶心的黄褐色。

浴缸边发现了一把水果刀。

刑侦人员在厨房的菜板上又发现了两把刀，一把菜刀，一把剔骨刀，刀具上皆有血迹，看来这就是肢解碎尸时使用的凶器。

厨房没有窗帘，窗外有一栋楼，可以想象到，凶手杀人碎尸，在厨房里切肉时，对面楼上的邻居根本不会想到凶手切的却是人肉。

厨房的垃圾篓旁边发现了一卷黑色塑料袋，和"9·11"碎尸案使用的塑料袋一样！

卧室的床单上也有血迹，血迹位于床单的中下部，也就是说，在人的下身处。苏眉拍照，指着血迹说："为什么不是喷溅性血迹？"

碎尸真相

一名经验丰富的女法医说："死在床上的受害人如果是男性，那么他的阳具肯定不见了，没有形成喷溅性血迹，说明凶手不是用刀割下，很可能是硬生生咬下来的。"

苏眉冷汗淋漓，说道："这得是多大的仇恨啊！"

女法医笑着说："不一定是恨，也很可能是出于爱啊。"

警方对桌上的菜肴提取了样本，一名勘验人员掰开一个饺子，饺子里露出一根卷曲的毛，女法医看了一眼，对苏眉说道："这饺子是什么馅的，现在知道了吧。"

苏眉说："恶心，真受不了，凶手竟然把男人的那玩意剁成馅，包成饺子。"

卧室里的电脑竟然开着，苏眉先拍照，提取了鼠标上的指纹，然后她戴上手套，晃了晃鼠标，屏幕从待机状态恢复显示，桌面是一束鲜艳欲滴的玫瑰图片，背景上还有一个女人和一个女孩的合影，看上去是一对母女。

显示器上有一个最小化的网页，苏眉点开后发现是一个空白的电子信箱。

苏眉突然想到什么，出于警察特有的警觉，她意识到电脑中可能记载了和案情有关的秘密。苏眉按下鼠标右键，选择粘贴，出现了一段复制过的内容。这些内容是一封信，苏眉看完之后，大叫起来，包斩和画龙以及其他刑侦人员也围过来。

苏眉简单地解释了一下信件内容，她用一种难以置信的语气说："天哪，两个网友一夜情，女网友回去后发现自己怀孕了，她没有选择流产，而是把孩子悄悄生了下来，养到四岁，这四年来，那男人竟然不知道自己有个孩子，直到前几天，女人才把隐瞒了四年之久的秘密告诉他，但是这封电子信件好像没有发送出去，有人还把内容删除了，删除之前复制了一下……"

包斩说道："这是一种很矛盾的心理。"

这时，梁教授和市委市政府的领导也驱车前来，平时，梁教授都是坐在

办公室远程指挥，现在亲自前来，可见他内心急于想知道案情的最新进展。包斩向梁教授和市领导简单汇报了一下现场的初步勘验结果，浴室里发现了三名死者，其中那具无头人体骨骼应该就是"9·11"碎尸案的受害人黄百城，需要DNA鉴定证实。另外两名死者是一对母女，夏雨萍和女儿，死亡原因均为割腕失血过多而亡。

市领导惊慌失措地说："又死了两个人，凶手是谁？"

包斩说："我分析认为，夏雨萍杀害了黄百城，但是她和女儿是他杀还是自杀，目前还不清楚。现场有一个疑点，房间里有三名死者，餐桌上却有四双筷子，这说明也许还有一位身份不明的神秘人士。"

梁教授说："有没有发现'1·19'碎尸案有关的证据？"

包斩摇摇头说："目前还没发现直接证据。"

梁教授说："我看过夏雨萍的户籍资料，她三十六岁，蓝京市人，我想，刁爱青活到现在的话，应该也是三十六岁了吧？"

一个片警说道："夏雨萍，我知道这个人，她是蓝京大学毕业，是刁爱青的校友，估计是同一年进入大学，三十多岁，还没结婚，在车站卖票，据说是领养了一个女儿，叫做小橘子。"

市领导说："校友，都是蓝大毕业，这也太巧了吧？"

苏眉汇报说："夏雨萍的电脑中发现一封已经删除的电子信件的草稿，其中有一句威胁性的话——'蓝京市'1·19'碎尸案你也应该听说过吧，我知道一些内情，你要是敢辜负我和女儿，我就把你切碎，扔到垃圾箱里，就像'1·19'碎尸案一样。'"

夏雨萍的邻居家是一个出租屋，常年无人居住，警方联系房东暂时征用了这个场地，作为临时办公地点，大案指挥部的分部也临时设置在此地辖区的派出所。

案子已经泄露出去，群众从四面八方拥来，将夏雨萍家门口围得水泄不通，大家站在警戒线之外，议论纷纷。附近的屋顶上和楼顶上也站着人，有的人甚至拿着望远镜观看。

碎尸真相

随着现场勘验的深入，案情逐渐清晰明朗，在冰箱里又发现了一些储藏的人肉肉片，垃圾袋里发现了干巴巴的油条和空牛奶盒，梳妆台的抽屉里发现了口红。口红，牛奶，油条的油渍，也是"9·11"抛尸袋上共有的。

痕迹专家对夏雨萍女儿小橘子的血袜脚印做了追踪定位，清除了地面上的蛆虫之后，专家做鲁米诺荧光检验，可以看到血袜印从浴室跑向门外，在台阶上站了一会，又回到客厅，客厅里的手掌印痕和脚印的位置可以判断出——小女孩曾经跪在地上磕头求饶。

市领导说："向谁磕头求饶，凶手？"

包斩说："小女孩也许是向妈妈磕头求饶。"

包斩在凶杀现场做了犯罪模拟，这一次他扮演的是小女孩。

妈妈出门抛尸去了，小女孩一个人在家里的小床上睡觉，此时是天未亮的时刻，房间里一片漆黑，小女孩醒了，她瞪着一双惊恐的眼睛看着旁边大床上的血迹，她来到浴室，立刻被眼前的一幕吓哭了，浴缸里放着一具被剥皮割肉的无头骨架，小女孩害怕极了，她费劲地打开门，站在台阶上，一路上留下了血袜印。她穿着白睡裙，小脸煞白，透过铁栅栏看着外面黑黑的夜，她甚至吓得不敢哭，只是一动不动地在那站着。妈妈回来了，小女孩才放声大哭，妈妈捂住了她的嘴巴，回到客厅之后，妈妈拿出一把刀子，要女儿闭上眼睛。

小女孩吓得磕头求饶，一边磕头一边说："妈妈别杀我，妈妈别杀我。"

然而，妈妈还是残忍地用刀子划破了小女孩的手腕，然后将小女孩抱进满是血水的浴缸。

浴缸里还放着一具恐怖的无头骨架，妈妈也割腕自杀，三个人静静地坐在浴缸里。

小女孩坐在血池里，喊着妈妈，声音渐渐地微弱下来。

妈妈也许会对小女孩说一句：你知道吗，旁边这个人，是你爸爸！

宗罪

◎第四十七章　情人之心

艺术的眼光应该无处不在，无所不能，我们来还原一下案件的整个过程。

鲜血从地面向上飞起，碎肉回到骨骼上面，被肢解的尸体重新复活站立起来。飘落的树叶，凋谢的花儿，随着时光的倒流而在枝头再次重现。

2004年，两只蜗牛相遇，他们的触角相碰。

三十多岁还没有结婚的夏雨萍在征婚交友网站上贴出了自己的征婚启事，大龄剩女的苦恼，世俗的压力，亲朋好友的催促，都使她想尽快告别单身，找个看着顺眼的男人嫁。应征者很多，她以挑选驸马的眼光来挑选未来的老公。黄百城，邻市的一个外科医生进入了她的视线。黄百城的条件非常好，有房有车，月薪过万，长得也是一表人才。

网上交流了一段时间之后，他们就相爱了。

这是她的初恋！

有的女人一生中都不会谈一次恋爱，一旦爱上一个人，就会非常痴情和疯狂。

那段时间，键盘上开满了鲜花，两个人日日夜夜地倾诉，互相思念。

夏雨萍怎么也没想到，黄百城竟然是一个骗子。

征婚交友中，常常有一些骗子，利用网络征婚做诱饵，疯狂骗财骗色。黄百城即是其中的一位，他是有妇之夫，却冒充单身，最终他也为自己的欺骗行为付出了生命代价。

黄百城来蓝京出差，夏雨萍去接他。

他们在一个下雨的日子相见，他和她打着一把伞，并肩前行，雨下大了，他们停住脚步，他拥抱她，抚摸她流水的脊背。她多想让时间就停留在这一刻，停留在这个动作上。两个人静止不动，成为雕像。

碎尸真相

她长得并不好看，但是风把她的裙子吹得很好看，雨把她的背影淋得更孤单。

在宾馆的房间里，床上凌乱，刚发生过一场战争。他去卫生间洗手，抬起头，镜子里的那个人坏笑了两声。床上的女人瘫软如泥，微微喘息，这个初次恋爱的女人第一次体验到高潮，她在他的撞击下发出了母狼似的嗥叫，她非常喜欢这种感觉。

黄百城声称自己要出国半年，顺便从国外走私一批医疗器材，他向夏雨萍借钱，说回国之后就结婚。夏雨萍轻信了他的谎言，拿出了自己几乎所有的积蓄，他们在一起住了一个星期，依依不舍地分别，从此，黄百城人间蒸发，失去了任何联系。

可是，她发现自己怀孕了！

她开始找他，但是找不到他。她不知道他的家庭和单位地址，他的电话号码早已无法拨通，QQ头像也一直暗淡，她只能一次又一次地给他发电子信件。

她这样劝慰自己：他出国了，耐心等他回来吧。

然而，肚子一天一天隆起，未婚先孕使她备感压力，同事和朋友开始在背后窃窃私语，大家比平时更关心她，试图从她的话里来验证自己的猜测。这种假惺惺的关怀让她愤怒，她想到了流产。

夏雨萍坐在医院走廊的塑料椅子上，等待着流产，医院里传来一个婴儿的哭声，她点了点头，心里所有伺机涌上来的犹豫和彷徨，都退散而去。当医生叫她的名字的时候，走廊里已是空无一人。她在离开的路上对自己说，就算他是骗子，大不了，我这辈子都不结婚！

爱情使人盲目，爱情使人疯狂，恋爱中的女人是最傻的女人。

爱情这东西，上哪儿说理去？

她向单位请了几个月假，悄悄生下了这个孩子，天真幼稚的她向所有人表示这个孩子是领养的，每个人都对她诡异地微笑，不置可否。

她常常感到一种莫名的悲伤袭来，心隐隐作痛。

她常常发呆，在深夜让乳汁滴落。她是售票员，在车站卖车票，看到开

七宗罪

往邻市的车，她会有一种想坐上去的冲动。她一次又一次地对孩子说，妈妈要带你去一个地方，妈妈要找到你的爸爸。汽车其实并不会动，汽车只是静静地停在城市的浮萍之上，任由浮萍随着流水到达一个人想去的地方。

此后多年，她用雷声提醒那个失踪的男人沉默中也有雷霆，用闪电告诉他夜晚不全是黑暗。四年来，她一直在找他。她多想拥抱着他，抱成一圈空气，直到老去，直到肋骨裸露在空气中，风从胸中吹过。她多想在伞下看到他，多想在大雨中看见他，如同四年前，他在雨中和她打着一把伞。她把感情隐藏了起来，她退到白垩纪之前，将自己的感情隐藏在石头里。

夏雨萍的行囊空空如也，只带着微笑和一个孩子，一次又一次踏上开往邻市的汽车。

她使用的是最笨的方法，拿着照片跑遍整个城市的每一家医院，一个门诊一个门诊挨个地讯问，终于，工夫不负有心人，她找到了他。

那天晚上，屋内灯火温馨，一家三口正在吃晚饭，电视里播放着《新闻联播》。

窗外雨声哗哗，有个女人默默地看着这一切，她的手里还牵着一个孩子。

闪电划空，雷声滚滚，乌云越聚越多，一场暴雨来临了。

儿子对黄百城说："爸，外面好像站着一个人，怪吓人的。"

黄百城抬头看着窗外，外面却没有人，只有雨水顺着屋檐流下，就像一个人的眼泪。

几天后，夏雨萍拨通了黄百城办公室的电话，两个人都沉默了一会。

夏雨萍："我知道你家在哪儿，一个医生朋友偶然告诉我的，我还知道你有老婆和儿子。"

黄百城："啊……我对不起你，萍萍，是这样，我在国外时……"

夏雨萍打断了他的话，说道："我买彩票中奖了。"

黄百城："彩票？"

夏雨萍："你借我的那些钱你不用还了，我现在很有钱。"

黄百城："你中了多少？"

碎尸真相

夏雨萍说了一个数字。

黄百城的眼睛一亮："真的？"

夏雨萍说："你能陪我去兑奖吗，我一直想你，一直没结婚。"

黄百城说："当然可以，萍萍，你一个人去兑奖也不安全。"

夏雨萍："你骗我，你有家，我原谅你，我很想见你，哪怕是最后一面，要不我就去你家。"

黄百城："我会离婚的，你要给我时间，萍萍，其实我和老婆一直没什么感情……"

夏雨萍："嗯，我等你，我的手机号码没换，这几年一直在等你给我打电话。"

夏雨萍伤心地哭了起来，黄百城不断地安慰她，答应她明天就去陪她兑奖。当天晚上，黄百城在网上查询了中奖信息，本省报纸的头条是：蓝京彩民喜获千万大奖，神秘得主一直没有现身。这个新闻使他深信不疑，贪念使他走上了不归之路。

第二天，也就是2008年9月10日，星期三，黄百城乘坐早晨的第一辆客车前往蓝京，夏雨萍买好了早点等他到来。黄百城根据夏雨萍短信中的地址找到了她的家，两人进门后拥抱接吻，一个小女孩站在旁边，夏雨萍声称是姐姐家的孩子。

黄百城俯下身对小女孩说："喊叔叔。"

小女孩摇了摇头，夏雨萍笑了。

黄百城不断地讯问中奖之事，夏雨萍避而不谈，吃完两根油条，几个小笼包，喝下一盒牛奶之后，黄百城觉得头有点晕乎乎的，他站起来，觉得天旋地转，倒在了地上。等他醒来的时候，发现自己赤身裸体，手和脚被牢牢绑在了床的四脚上。

黄百城："你干什么，你给我吃了什么？"

夏雨萍："安眠药，从你离开我，我就一直失眠。"

黄百城："萍萍，你别冲动，我会和你结婚的，咱们领奖回来后，我就

离婚，和你结婚。"

　　夏雨萍："你知道吗，我给你生了一个孩子，已经四岁了。"

　　黄百城："啊，你不是给我发电子信件说流产了吗，她叫什么名字？"

　　夏雨萍："黄小橘！"

　　夏雨萍拽过女儿说："小橘子，喊爸爸，这就是你爸爸，我们找了他整整四年，找得好苦。"

　　小橘子："爸爸。"

　　夏雨萍："你爸爸现在就像什么字啊。"

　　小橘子："大。"

　　夏雨萍："'太'字，我要让他变成'犬'字！"

　　夏雨萍把小橘子送到幼儿园，临走前，细心的她用胶带封住了黄百城的嘴巴。

　　窗外开始下起雨来，就像他们见面的那一天。

　　夏雨萍说："我暗中调查过你，1996年的时候，你在蓝京市一家医院实习，当时蓝京市发生过一起碎尸案，你不会忘记吧，现在，就要发生第二起了，我也会把你切成片扔到垃圾箱里。"

　　黄百城的眼睛瞪大，露出无比的恐惧。

　　她开始吻他，他使劲挣扎，她的吻像毒蛇的芯子，从脖子滑过胸膛，一路向下，舌头抵达终点，她用舌尖挑逗、缭绕，嘴唇像是玫瑰花瓣，将生命之根吞没……她狠狠地咬住了他的下身。

　　黄百城疼得身体直挺，昏厥过去，再也没有醒来。

　　夏雨萍用菜刀砍下他的头颅，撕下嘴巴上的胶带，她捧起人头，在前额上吻了一下。黏稠的鲜血滴到了她的身上，她哭了。

　　无须说出爱，这个案子本身就足以惊世骇俗惊天动地，每一刀，都是爱情的仪式。

　　她将他千刀万剐，她将他碎尸万段！

　　她轻轻地说："我把你的心葬在我的胃里，再也没有人能把我们分开。"

碎尸真相

中午的时候，她把他的心脏煮熟，炒了一盘菜，接着又炖上了他的手和脚，然后将他的阳具剁成馅包了饺子，又用肺和肚皮上的肉做了汤。

四菜一汤，一气呵成，剩下的开水，她随手浇在了他的头颅上。

她摆上了四双筷子。平时，她吃饭的时候，尽管只有她和女儿，但是也会摆上三双筷子，并且对女儿说，你爸爸可能会来吃饭。第四双筷子，究竟是留给谁使用，我们无法得知。

她要把他的心吃下去，让他的心和她的心靠在最近的地方，两颗心在一起……永不分离！

雨停了，天阴沉沉的，傍晚的时候，她把女儿从幼儿园接来。客厅里的血迹使女儿感到害怕，女儿在血泊中摔了一跤，四肢着地，跪着站起来——并不是警方推理猜测的女儿向妈妈磕头求饶。妈妈喂她吃下安眠药，女儿安静地睡着了。

夜来香在雨中开着，红色花朵挂着雨珠。

夜来香在天亮之前凋谢，她要在天亮之前把他切碎。

她忙乎了整整一夜，骑着电动车，将人头和尸块以及血衣抛弃。

夏雨萍回到家，锁上铁栅门，把钥匙冲进马桶，她抱着熟睡的女儿喃喃自语：孩子，你本来就不该出生到这个世界。她狠下心，残忍地割破了女儿的手腕，将女儿放进满是血水的浴缸，她自己也坐在浴缸里，用水果刀割腕自杀。

妈妈和女儿坐在浴缸里，静静地等待死神来临，旁边还放着一具血肉模糊的无头骨架。

这是一家三口！

如果爱无法用言语来表达，她愿意用生命来证明。

也许是妈妈不忍心下手，女儿的伤口并不深，没有立即死去。她从疼痛中醒来，走出浴室，走过客厅，打开门，她站在台阶上，铁栅门上着锁。

小女孩茫然地看着这个世界，然后她转过身，手腕滴着血，回到浴缸里，抱住了妈妈。

◎第四十八章　尘埃落定

"9·11"碎尸案尘埃落定，特案组打算第二天就离开蓝京，然而这个案子还有很多疑点，因为凶手已死，剩下的谜团只能猜测和分析。蓝京警方对黄百城进行了深入调查，黄百城的履历显示，1996年，他曾在蓝京的一家医院实习，当时就租住在蓝京大学附近，这使得警方将他和刁爱青碎尸案联系起来。

老局长说："我们当时怀疑杀害刁爱青的凶手的职业为医生，或者厨师。"

梁教授说："1996年，黄百城住的那地方，现在还能找到吗？"

老局长说："去年，那片居民区就拆迁了。"

包斩说："拆迁之前，夏雨萍可能前去调查过，不知道她发现了什么。"

苏眉说："夏雨萍在电子信件中写道，她对'1·19'碎尸案知道一些内情，又是什么内情呢？"

画龙说："夏雨萍也是蓝京大学毕业，和刁爱青是同一届校友，这个巧合也值得注意。"

没有任何证据证实黄百城和夏雨萍与十二年前的'1·19'碎尸案有关，但是种种巧合不得不让人产生疑问，夏雨萍和黄百城中的一位，以前是否杀过人？夏雨萍是模仿作案吗？

还有，在"1·19"碎尸现场，也就是夏雨萍的家，发现了四双筷子，但是现场只有三名死者，这个应该怎么解释？

中午吃饭的时候，第四双筷子的问题得到了答案！

"9·11"碎尸案成功告破，蓝京市公安局举行了盛大的庆祝午宴，大案指挥部全体警员赴宴参加，蓝京市公安局长发表了重要讲话，向广大民警表示感谢和致以崇高的敬意。在掌声中，特案组成员也应邀上台发言，梁教授和苏

碎尸真相

眉说了一番客套话，表示特案组不敢居功自傲，任何一起特大案件的侦破都是所有参战民警的努力和功劳。

画龙就说了一句话，警察只有两个名字：英雄或狗熊，这是每一个警察的选择。

台下的警员静默了一会，随即有人起哄，大声喝彩叫好。

画龙将话筒递给包斩，包斩有些腼腆，面对台下这么多人，不知道说什么好，所有人都在安静地等待，包斩咳了一下，说了一段话，这也是他参加特案组时说的那段话。

国旗在上，警察的一言一行，决不玷污金色的盾牌。

宪法在上，警察的一思一念，决不触犯法律的尊严。

人民在上，警察的一生一世，决不辜负人民的期望。

我面对中华人民共和国国旗和国徽宣誓：

为了国家的昌盛，为了人民的安宁；中国警察，与各种犯罪活动进行永无休止的斗争，直至流尽最后一滴血。为了神圣的使命，为了牺牲的战友……我能做一名警察，我能站在这里，是我一生的荣耀！

这段话尽管不合时宜，但依然打动了在场民警，午宴现场爆发出雷鸣般的掌声！

特案组四人回到酒席桌上，蓝京市公安局长和老局长亲自作陪，老局长将第一杯酒洒在了地上，他有些动情地说："案子虽然破了，但我实在高兴不起来啊，这杯酒，给无辜的死者，'9·11'碎尸案中的小孩子太可怜了，还有刁爱青，整整十二年了啊，什么时候能够沉冤昭雪？"

蓝京市公安局长叹了口气说道："我收到过一个邮件，一个大学生寄来的，他不是警察，但是几年来，一直默默地致力于'1·19'碎尸案的调查，从高中时候开始，直到现在，他收集了所能收集到的所有资料，报纸新闻的剪纸，自己做的笔记，还有他的调查记录，这些资料加起来足足有二十斤重。面

对这些，我很惭愧啊。"

　　苏眉说："很多网友也在关注这个案子，'1·19'碎尸案是网络上关注度最高的一个案子。我觉得，凶手……我只是随口一说啊，只是酒桌上的闲聊。"

　　梁教授说："我看这样，咱们把自己的分析和猜测，都大胆地说出来，不用为自己的话负责，也不用讲究什么证据和严谨性，就像网友讨论或者市民随意地闲谈那样。"

　　苏眉说："好，我接着说，常言道，贼不打三年自招，杀害刁爱青的凶手一直没有落网，至今仍逍遥法外，他肯定为此沾沾自喜，这么多年过去了，他以为自己很安全了，所以他在网上与网友一起讨论案情，甚至故意泄露一些作案细节，他很喜欢这种讨论分析，有些网友的推理也能让他感到心惊胆战，出于谨慎，他消失了，然而过了一段时间，他又耐不住寂寞重新出现……凶手是一名网友，我注意到，网络上每过一段时间，都会有人发布或者转载蓝大碎尸案的帖子，很可能就是凶手做的，只是我们无法从海量的信息中考证出来。"

　　包斩说："我更倾向于认为，凶手是一个屠夫，一个在菜市场卖肉的肉贩，单身或者离异，一个人居住，他有一所破败的院子，还有一辆机动三轮车，有些人猜测抛尸时的运输工具是自行车或者小轿车，为什么没人猜测是机动三轮车呢，这种农用车很符合肉贩或屠夫的身份。那辆车可能很旧，没有车灯，刹车甚至也有些失灵。1996年1月19日，最低气温零下四摄氏度，蓝京城被大雪覆盖，在此之前也下过一场雪。刁爱青失踪很可能源于一场车祸，凶手开着一辆机动三轮车，因为当时天寒地冻，凶手不小心撞倒了晚上出来散步的刁爱青，刁爱青也许并没有死，但身受重伤，凶手以送她去医院为由，将她抱上车，但是在路上改变了主意，拉到家里杀人灭口，因为职业的原因，他选择的是切片碎尸。1996年，那还是一个使用BP机的年代，当时切割肉片肉丝的机器还很少出现，屠夫和肉贩都是手工切割肉片，这也很可能是被害者被切成二千多片的原因，零下四摄氏度，尸体冻得硬邦邦的，一把锋利的杀猪刀切

碎尸真相

割起来很容易，也许是肢解后，头颅和内脏冻在了一起，凶手用开水烫了一下，让其分开。凶手把尸块分装在多个行李包里，丢弃在蓝京闹市区的几个地方。根据那个老式的包可以判断出凶手的生活水平并不高，也符合肉贩或屠夫的身份。"

画龙说："对于'1·19'碎尸案，我有个猜想，死者刁爱青在1996年1月10日失踪，1月19日发现尸块，历时九天，为什么会是九天呢？凶手杀了人后，最想做的第一件事就是销毁尸体，然而九天之后才抛尸，九天时间是否太长了。这其中有什么蹊跷吗？值得怀疑的是110和119这两个数字。大家都知道这两个数字代表着什么，这是咱们公安机关的报警电话啊。这代表了什么，我们是否可以这样理解此人的动机，他就是一个被公安机关打击过或受到过不公正待遇的出狱犯人，利用此举报复并挑衅警方。"

老局长说："呵呵，这种毫无根据的推断有点意思，说实话，我一直在怀疑一个人，也是没有任何根据，既然你们都大胆地说出了自己的猜测，我也不妨告诉你们。我觉得，咱们警方在摸排的过程中，肯定与凶手有过正面接触，因为线索太少，把他给漏了。我认为，第一碎尸现场应该在小粉巷子或青岛路一带，当时，我们也对这两个地方进行了重点的排查，挨家挨户地寻找犯罪嫌疑人，当时的思路是尽管线索极少，但做一个大致的摸排，也能缩小范围。排查到一家面馆的时候，我注意到老板是一个三十多岁的男人，据群众反映，此人极为吝啬，精神似乎也有点问题，他身材较高，肩很宽，皮肤黝黑，并没有狰狞的长相，但我看着他的时候，竟然有一种恐惧感，要知道，我从警多年，什么样的杀人犯都见过，我从未感到这样害怕，他的一双眼睛喜欢死死地盯着人看，眼神痴呆呆的。我们在他家里翻到了一本线装的手抄本，很古旧的一本书，里面是毛笔字，看上去有些年头了，那上面记载的竟然是凌迟的手法，一种酷刑的操作讲解手册。经过讯问，他的祖上有一位刽子手，是他爷爷的爷爷，这本册子就是祖上传下来的。我当时有一种猜测，这个刽子手的后人，会不会随便从大街上捉一个人，按照手册的内容把人凌迟处死啊。"

画龙说："那面馆卖的是什么面？"

老局长说："雪菜肉丝面，还卖烧烤，羊肉串，一本手抄册子无法定罪，当时也就不了了之，但我至今都忘不了那个人的眼神。大案指挥部成立后，我也曾带警员再去探访，可是那人已经搬走了，不知去向，那片居民区早已拆迁。对了，黄百城当时就住在那一带。"

蓝京市公安局长说："我觉得，团伙作案的可能性不大，这么大的案子，应该不会是团体作案，人多嘴杂，谁也不敢保证对方能永远保守秘密。私人之间的恩恩怨怨，说不定什么时候就会爆发，谁也无法相信对方会保守那个秘密，此案很可能就是一个人作案。凶手就是一个人，然而，刁爱青刚上大一，社会关系极其简单，凶手很可能和她并不相识，这是一起偶发的命案，也是最难侦破的。刁爱青喜欢文学，凶手有可能是一个书店老板，借书时偶发争执，老板失手杀人，然后毁尸灭迹。还有一种可能，当时学校还流行交笔友，刁爱青在遇害之前曾说自己认识了一个作家，也许这个作家一直和她书信往来，约好见面的那天，强奸杀人碎尸，煮过头颅和内脏以及切割成二千片，或许了为了毁掉犯罪证据。"

梁教授说："我有两个疑点，百思不得其解，一个是火葬场的驼子，此人有食人的变态嗜好，根据我们的调查，他在1996年是一个拉板儿车的人力车夫，但他在审讯中却否认了这一点，说自己从初中毕业就接了父亲的班，一直在火葬场工作。他为什么要隐瞒这事呢，会不会是当时他在大街上拉板儿车，刁爱青正好上了他的板儿车，然后，'1·19'碎尸案发生了？还有一点……"

在座的有六个人，六双筷子，梁教授又拿出一双筷子，放在桌上。

梁教授问道："'9·11'碎尸现场多出来的一双筷子，代表着什么，谁能告诉我？"

画龙看着那双筷子发了一会呆，他说："我知道。"

包斩问道："什么？"

画龙端起一杯酒，一饮而尽，他有些伤感地说道："以前，我也参加过一个庆功会，本来，应该是三个警察参加，我们是一个卧底小组，另外两个人都死了，只有我活着，那个庆功会也很热闹，有很多警员，就像现在一样，我中途退席，一个人找了个小饭馆，点了几道菜，那天，我喝醉了，也哭了，尽

管只有我一个人喝酒，但是我放了三双筷子，我感觉他们两个还活着，就在我身边……"

苏眉说："你的意思是，多余的筷子是为了死去的人而准备的？"

梁教授沉吟道："死人，难道那双筷子代表着刁爱青？"

◎第四十九章　抛尸路线

当天傍晚，也就是特案组离开的前夜，鼓楼分局接到了蓝京大学保卫处的报案。一个夜晚巡逻的保安在南园四舍巡逻的时候，遇到了一件奇怪的事情。鼓楼校区南园四舍有一间宿舍门始终锁着，保安是新来的，曾有个年长的保安告诉他，晚上最好不要去那里巡逻。

保安说："为什么，难道那里闹鬼？"

年长的保安说："你最好还是不要知道。"

好奇心驱使那个保安每天晚上都要去南园四舍查看一下。他打着手电筒，在这栋老旧的楼里巡逻，走到那扇关闭着的门前时，他停了下来，走廊里阴风阵阵，他用手电筒照着门上的锁。锁已经生锈，从那老式的合叶与锁扣上可以看出，这扇门已经很多年没有打开了。

现在，门开了。

保安忍不住用手拽了一下锁，螺丝早已生锈松动，保安一下子就将锁和锁扣拽了下来。

后来，很多人都问起他打开门看到了什么，保安讳莫如深，不想多谈。

有人开玩笑，问道："你是不是看到了一个穿白衣的女人？"

保安笑着摇摇头。

还有人问："门背后站着一个披头散发的女人？"

保安说："里面根本就没有人。"

那你看到了什么呢？保安科长也好奇地问道。

说起来令人难以置信，保安打开门之后，房间里空荡荡的，落满尘埃，一股陈腐的气息扑鼻而来，在手电筒光线的照射下，竟然有一张纸缓缓地从空中飘落下来，落到保安的脚下。

这张纸应该是门开的一刹那，被风从地上吹起，又落了下来。

保安问道："纸上写着个名字，刁爱青是谁？"

保安科长看着他，这个年轻的保安不到二十岁，十二年前还是个小孩子。保安科长告诉他，1996年，那个宿舍里一个叫刁爱青的女孩被杀了，凶手将其碎尸，切成二千多片，凶手至今没有抓获，因为案情骇人听闻，那个宿舍现在还空着，一直无人居住。

保安拿出在宿舍里发现的那张纸，纸上写着刁爱青的名字，还画着一些奇怪的线条，看上去像一只羊，也像是某种神秘的路线图。学校保卫处经过调查之后，了解到是学校里的两个女生玩笔仙留下的纸，笔仙是一种召灵游戏，大中学校园里很流行，按照规则，召灵之后的纸应该烧掉，但是两个女生出于恐惧，将这张纸悄悄地放回刁爱青曾经住过的宿舍里。

保安科长将此事反映给了鼓楼分局，分局长又将此事汇报给了特案组。

很多警察，包括分局长都认为"笔仙"是一种无稽之谈，根本就不相信，即将解散的大案指挥部对此也不是很重视，毕竟警方一直靠科学破案，只有苏眉坚定地认为，笔仙是一种很神奇的占卜游戏，能够知晓过去和将来，她在大学里也曾经和同学玩过这种神秘的游戏。

梁教授提议，大家投票表决，如果超过半数，就对这个线索进行深入调查。

苏眉第一个举手。

包斩从小在农村长大，对于灵异之说一直深信不疑，也举起了手。

画龙嗤之以鼻，没有举手，他说道，这是迷信。

梁教授并没有动，如果他放弃，那么此案就到此为止，特案组明天打道回府，离开蓝京。苏眉焦急地看着他，包斩也等待着梁教授的决定，画龙笑着说既然笔仙很灵，梁教授也不妨请笔仙来作决定。

碎尸真相

梁教授看着那张纸说道："咱们来的时候，白景玉特意叮嘱我们四个字——无愧于心，也许这张纸毫无价值，但是，我们应该把该做的都做了，哪怕无用，也算对得起自己。"

梁教授要求特案组成员都穿上警服，就像他们来的时候那样，他们要穿着警服出现在蓝京大学，这样是要告诉他们，警方对于刁爱青案一直没有放弃，也永远不会放过凶手。

画龙开车，特案组四人前往蓝京大学，此时夜幕来临，梁教授看了一下表，这也是刁爱青失踪那天离开校园时的时间。学校保卫科长接待了特案组，校长等领导也随后赶来。特案组先是对两名玩笔仙的女生进行了传唤，又对发现那张纸的保安进行了问询。保安说，他们做了大量的调查，根据纸上打印的内容，才了解到是这两名女生将纸从门缝里塞进刁爱青的宿舍。两名女生说，他们听一些学长说起过，刁爱青当年就住在那间宿舍里。

这是一张A4纸，背面写着刁爱青的名字，还画着一些复杂的不规则线条。

特案组四人站在刁爱青当年住过的宿舍门前，房间里空无一物，只有尘埃，灯不亮，大家静静地注视着黑暗。1996年，大学女生刁爱青就是从这个房间里离开，而后，消失在这个城市，直到九天后，她的尸体碎块被发现。

这里就是起点！

梁教授将那张纸举起来，用手电筒照上去，他眯着眼睛仔细观察，轻轻说道："你到底想告诉我们什么？"

包斩也看着那张纸，可以很清晰地看到落笔时的起点。

梁教授突然想起什么，大声说道："拿一张蓝京市城市地图来，1996年的，快点！"

学校保卫处立刻行动起来，大家以为1996年的地图现在应该很难寻找，然而出人意料的是竟然很快就找到了——学校里的一个老司机，他的家里正好有一幅1996年的城市地图！

梁教授用红笔在地图上点了几下，这些红点标记就是当年的抛尸地点，然后以蓝京大学为起点，将A4纸上复杂凌乱的线条覆盖到地图上，那些线条

居然穿过几处抛尸地点，这种巧合令人难以置信。

包斩说："这会不会是凶手当时的抛尸路线？"

苏眉说："第一杀人碎尸现场也许就在某个线条的点上。"

梁教授说："画龙，开车。"

画龙说："梁叔，您不会是开玩笑吧，咱是警察，难道要按照这张破纸的路线寻找凶手？"

梁教授说："就当是逛逛蓝京城吧，按照这个路线，总有尽头。"

这种寻找很像是儿戏，纸上的线条覆盖到城市地图上，地图的比例以及方位都无从判断，任何一点偏差，就会造成两条街道的距离和两个居民区的位置错位。画龙发动汽车引擎，特案组四人心里都不抱什么希望，也许正如梁教授所说，就当是逛逛蓝京城吧。他们明知这是一种无用的寻找，只是想寻找到一种安慰。

从起点出发，汽车离开蓝京大学，缓缓地前行，冥冥之中，也许有个人在指引着这辆车。

苏眉戴上耳机听MP3，画龙问什么歌，苏眉回答是一首老歌——《萍聚》。

> 别管以后将如何结束，
> 至少我们曾经相聚过。
> 不必费心地彼此约束，
> 更不需要言语的承诺。

十多年前，被残忍杀害的花季少女，听到了吗，这是你曾经最喜欢的歌！

让我们走上蓝京街头，来吧，告诉我们，凶手是谁，凶手在哪里！

让风带我们去找到凶手，让你飘荡在世间不肯安息的灵魂来做我们的指引！

284

◎第五十章　凶杀笔记

十几年来，这个城市发生了天翻地覆的变化，唯一不变的是依然有人靠捡垃圾为生。发现刁爱青尸块的是一个清洁女工，她也捡垃圾，发现一块废铁就很高兴，发现一包肉还想着回家去吃。十几年过去了，水泥砌成的垃圾池换成了蓝色的塑料垃圾桶，捡垃圾的人走了一群，又来了一群，他们拿着铁钩子，从我们抛弃的东西中寻找财富。

城市里的穷人像蒲公英一样，在水泥地上空随风飘荡，带着一点点随时会破灭的希望无助地寻找一点点能扎根下来的土壤。

垃圾箱的特点在于诚实，从不撒谎。富人和穷人在这里面一视同仁，这里才是真正意义上的人人平等，每一个物品都还原成本来的面目，每一种东西在这里找到了终点。撒谎的假牙终于成了假牙，目睹过腐败交易的酒瓶终于成了酒瓶。民工抽过的烟蒂和贵妇吃剩的苹果核在这里相遇，残币上的头像与纸巾的痰唾再次相逢。虚假伪装的面具在这里揭开，垃圾箱有着象征意义。

他们开着车在这个城市里转来转去，驶过小粉巷和火葬场，驶过青年路和华侨路，绕过了几条死胡同，经过案发时的抛尸现场，穿过很多街道和居民区，中间甚至迷过路，最后，他们到达了终点。

特案组四人下车，这里是一个很大的广场，游人如织，跳舞健身的群众很多，可以看得出，广场刚建成没几年，周围还有一些老房子，也许多年前，这里是一个破败的居民区。广场的正中央有一个喷水池，池边放着几个垃圾桶。

一个小学生坐在池边的台子上。

苏眉推着梁教授在垃圾桶前停下，大家看着周围，一片歌舞升平。

梁教授弯下腰对小学生说："你自己在这里玩啊，爸妈呢，你别跑丢了。"

小学生说："刚才，有个人也问我。"

苏眉："问你什么？"

小学生："问我在这里玩啊，问我爸爸妈妈呢。"

包斩："那人是谁啊？"

小学生："不认识。"

梁教授说："长什么样？"

小学生摇摇头，说："很平常。"

小学生大概上一年级，一年级的孩子描述长相和面貌非常困难。他想了一会又说道："大裤衩，背心，手套是白的。"

画龙说："白手套，那人戴着手套？"

小学生点点头。

特案组四人顿时警觉起来，现在是九月，天气还很热，一个人戴着手套，非常可疑。

梁教授立即问道："那人多大岁数？"

包斩指着广场上一个四十多岁近五十岁的中年男人说："那个人，像他这么大岁数吗？"

小学生点点头。

梁教授问："那人还做了什么？"

小学生说："扔垃圾。"

画龙和包斩立刻掀翻垃圾桶，根据小学生的提示，他们找到了那个陌生人扔的一个纸团，从字迹和泛黄绵软的纸张上可以初步判断，这张纸起码保存了十年以上。纸张很平整，是刚刚被揉皱的，在此之前，这张纸可能夹在某本书里。

上面记载的内容夹杂着当地方言和粗俗的脏话，似乎书写者没什么文化，然而奇怪的是字体却写得非常漂亮，更可疑的是字与字之间的距离并不一

碎尸真相

致，有几个字距离旁边的字较远，显得孤零零的，可以一眼看出。

全文抄录如下，为了区别那几个突出的字，特意用黑色醒目字体标注：

现在这个社会，黑漆麻乌，干么斯都要**开**后门，干么斯都要有关系。有钱的人少，么钱的人多。唱歌的，演电影的，人**五**人六的骚包，扭扭腚沟子，就来钱。么钱的人累的吊比朝天也**是**搞不着几个吊钱，一个月才几佰块钱，没钱抬马马。谁能听我韶韶，这些个小炮子子，册迁搞得一比吊糟，窝屎你妈，戴大盖帽的都古七古八撕划子，吊比代**表**代表谁，吃公家饭的鸟**人**，一嘴比大胡话**和**二五，贪贪贪，逮住了，萝卜缨子换白菜，调走了，白菜换萝卜缨子。老子做牛做马，吊日子怎么混啊，么的**吊**时间耗了，别问我想干么斯，我要活得刷刮点，我就想，找个人，砍了老瓜子，剁了手指拇头还有脚痕巴。

一共有七个字，在文中显得很醒目，应该是书写者故意空出来的，按顺序排列如下：开、五、是、表、人、和、吊。

这段话很像是一个凶手的自白，画龙立即在广场上寻找穿着大裤衩和背心戴白手套的中年男人，广场上人流涌动，附近有个十字路口，如果一个人想要离开，几分钟时间就可以消失在夜幕中，消失在人海，再也难以寻觅。

梁教授和包斩对小学生详细讯问，那中年人长什么样，小学生无法进行准确的描述，只是告诉警方，那个人很普通、很平常，就像街上走过的每一个人。

其实任何一个我们身边看似普通的人，都存在他背后所不为人所知晓的另一面。

特案组也许与真正的凶手擦肩而过了。

特案组回到警局后分析认为，有些凶手出于变态心理，会保存着受害者的某样东西，警方发现的并不是刁爱青完整的尸体，缺失的那部分究竟丢到了哪里，一直都没有找到，按照凶手的抛尸习惯，也可能是将其扔到

了垃圾桶里。

这些字也许是凶手写下的。

特案组抱着最后一丝希望进行了笔迹鉴定，然后结果令人垂头丧气，这些字既不是驼子写的，也不是夏雨萍和黄百城写的。他们连夜排查对比了每一个出现过的嫌疑人的笔迹，没有找到吻合的人。

天快亮的时候，特案组打算放弃，他们对那七个字隐含的信息分析了整整一夜，始终没有解开谜题，整个通宵都徒劳无功，他们休息一会就该去机场离开蓝京了。

梁教授看着窗外，天边晨光熹微，他说道："有一个人的笔迹我们忘记比对了。"

苏眉说："谁？"

梁教授说："一个死了的人。"

画龙说："我们能核对的都核对过了。"

包斩说："难道，你的意思是……"

梁教授说："刁爱青。"

美国臭名昭著的拱顶石杀手令受害人拖着自己的肠子清洗犯罪现场，杀人狂山姆之子以及十二宫杀手都曾经给警方写信，山姆之子作案时还会故意留下记号。

梁教授分析认为，凶手可能在杀害刁爱青之前逼迫她写下了那些字，这也是字写得漂亮工整但是内容却脏话连篇的原因。刁爱青是一个大学生，有文化有头脑，当时肯定知道自己的危险处境，所以她故意留下了线索，突出的七个字即为七个密码，应该是暗示凶手的身份，揭开这个谜团，也许就会真相大白。

苏眉说："那七个字的笔画可能组成一个电话号码，或者门牌号码。"

画龙说："也可能是传呼号码，十年前，那时正流行传呼机呢。"

包斩说："前面三个字，我猜到了，后面的四个，破译不出来。"

梁教授说："什么？"

碎尸真相

包斩说："'开'字共有四个笔画，'五'字也有四个笔画，有一个词，正好也是由两个四笔画的字组成，再加上后面的那个'是'字，然后将这隐藏的三个字连起来。"

梁教授说："不用解释，剩下的四个字由我们大家来猜，先说隐藏的前三个字是什么？"

包斩说："凶手是……"

（完）